How to Be Both

Ali Smith

両方になる

アリ・スミス

木原善彦 訳

両方になる

HOW TO BE BOTH

by

Ali Smith

Illustration by Mizuki Goto

Design by Shinchosha Book Design Division

謝辞

目とカメラのアイコンはフランチェスコ・デル・コッサとセーラ・ウッドがデザインした。

ダニエル・チャトー、ポリー・ダン、ロバート・グリーソン、ジェイミー・マケンドリック、キャシー・ムーア、セーラ・ピックストーン、マシュー・レイノルズ、カドヤ・ウィッテンバーグ、そしてリッピ・ウィッテンバーグに感謝。

ケイト・トムソンに大いに、そして特別に感謝します。

アンドリュー、トレーシー、そしてワイリー社の皆さんに感謝。

ありがとう、サイモン、そしてありがとう、アンナ。

ありがとう、ザンドラ。

ありがとう、メアリー。

ありがとう、エマ。

ありがとう、セーラ。

フランシス・アーサーと
彼女を作ったすべての人に

歩く芸術作品
シーラ・ハミルトンを
忘れないために

そしてアーティスト
セーラ・ウッドに捧ぐ

前室にあります三幅の絵を仕上げました
フランチェスコ・デル・コッサと申す者の要望を
どうかお聞き届けください。

フランチェスコ・デル・コッサ

干魃と荒廃のみが支配する地で
生を求める緑色の魂
すべてが炭に思える場所で
すべてが始まると語る火花

エウジェーニオ・モンターレ

私は大きな白い塀の上で遺書を読んでいる夢を見た。

シルヴィ・ヴァルタン（「私の遺言」の冒頭）

たとえ生命が時間による荒廃を免れないとしても、
腐敗の過程は同時に結晶化の過程でもあるのだ。
かつて生き物だった存在が沈み、分解されていく海の底で、
「海の魔法」によって姿を変え、新たな形に結晶し、
自然の諸力に耐えて生き延びるものもある。
まるで、いつか真珠採りがそこを訪れ、
生きたものたちの世界に引き上げてくれるのを
待ちわびているかのように。

ハンナ・アーレント（『暗い時代の人々』所収の「ベンヤミン論」）

彼は小説の中の登場人物のように、
何の痕跡も残すことなく、突然消えた。

ジョルジオ・バッサーニ

第一部

ホー、これまたずいぶんと強烈な力で旋回（ツイスト）したぞ、
　口に釣り針が掛かった魚みたいに勢いよく引かれている、
　　6フィートの厚みがある煉瓦の壁を魚が
　　　通り抜けることができるならの話だが、
　　あるいは矢がのんびりと飛び、
カタツムリの殻みたいな輪を描いているようだ、
あるいは下から上に星が流れているみたい、
　ウジ虫やミミズ、
　　骨や岩の脇を過ぎ、
　　　大胆な少年が
　　　　父の言いつけに逆らって
　　　太陽の戦車を乗り回し、
馬とともに地上へやって来たのはいいが

幼くて、力も足りないせいで馬が言うことを聞かず
　地面に衝突し、
同じ勢いで舞い上がり、
　　野原にいた人々と羊を巻き添えにしたのと
その速度は馬40頭に引かれているみたい、ああ、神よ
父母なる神よ、お願いです、急いでください、
　　どこをめがけているのか存じませんが
　私が衝突する場所に（申し訳ありません）
（急いで）柔らかな毛の生えた羊の群れを（ああ）

何だろう
　今のは一体（何）
　　体に当たって（痛！）
　　　よけた（ふう）（ぴしゃり）
　　　　（ボコ）（うう）
　　　　　（助けて）
　　　　　でも、待てよ
　　　　　　あれってひょっとして
　　　　　　　　　　　太陽か、
　　　　青い空、白い雲
それを抜けて青

さらに深い青へと上り、
緑青色の地塗りから始まって
瑠璃色(ラズライト)に青藍(インジゴ)を加え、
鉛白(えんぱく)を混ぜる、あるいは瑠璃色に灰を加えた
昔ながらの空と同じ色？　地球？　再び？
再び舞い戻る、再び舞い戻る
不安定な下りはまるで
翼の付いた種のよう、
地表に落ちて、
根を張り、芽を出し、
芽が伸びて茎となり、
その先に
花が咲く、
目のような花、
それを世界が眺める
こんにちは
何だ、これは？
絵の前にいる少年。
よろしい　背中からの眺めは私の好みだ　背中がこちらを向いているときは、顔が見えないのが
いい　おい　君　声が聞こえないのか？　聞こえない？　駄目？　私の顎は君の肩のすぐ横にあっ

て、耳元でしゃべっているのに聞こえないとは　ははは　耳と目とどちらが勝るかという昔ながらの議論があるが、今の場合、見えもしないし聞こえもしないからどちらも役に立たない　では、私をコズメと呼ぶがいい　ロレンツォでもいい　エルコレでも　お好きな画派の名もなき画家と思ってもらって結構　**私はあなたを許す**　私は気にしない――気にする必要がない――よろしい――気にする人もいるかもしれない　だって、いいかい　昔、一人の老人が、私の描いたマルシュアスの絵（晩年の作品で、そのキャンバスは永久に失われてしまった）を掛け布団にして冬を過ごしたことがある　老人は寝具をほとんど持っていなかったのだが、マルシュアスという分厚い余分な皮のおかげで凍えずに生きながらえた　いや、もちろん最後は死んだのだが、それはずっと後のことだし、寒さで死んだわけでもなかった。

あの老人を覚えている者は一人もいない。

私はたった今、彼のことを思い出したわけだけれど

ただし色彩はかなり色あせていて

私は自分の名前さえろくに覚えておらず、ほとんど何も覚えて

でも、私が好きなのは、というか、好きだったのは

きれいな布の切れ端

そして、シャツや袖から外れたリボンが旋回（ツイスト）しながら落ちていくさま

そしてごく薄く、ごく軽く、ほとんど見えない炭筆の線が岩を割る小枝を魔法のように再現するさま

そして私が好きなのは大胆な曲線　少年の後ろ姿は、肩がそんな曲線を描いている　そこに現れているのは悲しみ？

あるいは大昔と変わらない、青春の悲哀か

（われながらいい表現だ）

しかし、ああ、神よ、キリスト様、すべての聖人様よ――あの絵――少年が見ているのは――あれは――私が描いたものだ。私の絵。

ええと、誰を描いた絵だったかな？

聖パウロではない　確かに、聖パウロも常にはげ頭で描かれるけれど　だって、聖パウロははげ頭で描くのが決まりになっているから――

待てよ、そう――思い出した――あの顔――

けど、他の絵はどこに行ったのだろう？　だってこれだけじゃなかったはず、他のとセットだったはずだ　誰かがこの絵だけを額に入れたらしい

なかなかいい額縁だ

絵の中の石組みもいい、うむうむ、マントも、いや、とてもいい、力を示すための黒、マントの隙間から素肌が見えるかと思いきや、さらに下の服が見え、何も明かされないという巧妙な仕掛けを見てほしい、それから、そう、聖人の頭の後ろ、壊れた柱の上に描き込まれた、小さな針葉樹の叢（むら）――

しかし、てっぺんにいる年老いたキリストの姿はどうだろう？

年老いた？

キリストが？

これじゃあまるでキリストが長生きしたみたい、誰でも知っていることだが実際には、目にしわはなく、熟れたヘーゼルナッツの色をした髪はナザレの人らしく真ん中で分けられ、耳から下は巻

き毛、表情は笑顔よりも泣き顔に近く、額は広く、穏やかで滑らか、年齢はせいぜい33歳、いまだに美しい人の子の姿を保っているはず、なのに、年老いたキリストとは、どうして私は老いた（冒瀆語）を描いたりしたのだろう？

待てよ――だって――思い出した気がする　何かを　そうだ、私は彼の足（というか御足）の下に手を描き込んだ、2本の手を　本当によく見なければ分からない　本当は天使の手だが、一見、誰の手でもないように見える　腐食した部分に錆でなく金が浮いているみたい　傷が金に化けたような、金色の豆から作った贅沢なスープ、疱疹が貴金属に変化して金色の黴になったみたい

でも、私は一体、どうしてあんなものを？

（さっぱり思い出せない）

御身を囲む天使たちを見よ、鞭や革紐を手にした美しい天使たち、なかなかの腕前だ

いやいや、1歩下がって距離を取り、全体を眺めてみよう

ついでにこの部屋にある他の絵も見よう　自分のばかりを見ていないで　後学のために他人の絵も見なければ。

あれ、これは見覚えが

あ、キリスト様――これって――

コズメの絵じゃないか？

コズメ。

聖ヒエロニムス――？

でも、ははは、やれやれ、何という代物だろう、ああ、ははは、まったく馬鹿げたナンセンス

（私が描いた聖人は、ふさわしい威厳と節度を持ってそちらから目を逸らしている）

見栄っ張りのコズメが描いた見栄っ張りの聖人は、笑いたくなるほど気が触れ、自分に石打ちの刑を科そうとするかのように宙に手を振り上げ、大金を払った後見人（パトロン）にアピールしている　聖人の背後で不自然な身振りをしている木々、そして聖人の胸を伝う血を見ろ　ああ、母父なる神よ、私は栄枯盛衰と歴史、忘却と記憶の断片を眺めながら地層、岩、土、ミミズ、星々、神々の脇を通り、あの場所からここへと遥かな旅をした挙げ句、地球の壁を逆方向に抜けて、さらに下の世界にたどり着いてしまったのでしょうか——だって、ここへ来て、最初に目に飛び込んでくるのがコズメだとは

　コズメ、いまいましいコズメ、父親は靴屋、身分は私の父と変わらない、むしろもっと低いくらい　コズメが得意なのは宮廷でのくだらない矯飾（きょうしょく）だけ　彼の絵はいつも、美しさとは無縁のひねくれた虚飾ばかり　おべっか使いの助手たちが行列を作り、彼が付けた印に手を加える。

とはいえ向こうの絵は、これまたコズメの手になるものだが本当にいい、私も認めざるをえない（しかし、女の頭の上にぶら下がっている飾りは、誰あろう私が彼にうまい描き方を教えたのだ、あれは確か、美花宮で一緒に仕事をしたときのこと、コズメは私が何者か知らないふりをしていたが本当は知っていた）

　そして向こうの絵、あれもコズメの絵？　初めて見たけれど、彼の絵だ　うん　美しい　それに向こうの絵も彼のもの？

　これで4枚。この1つの部屋だけで。

　私の絵は聖人のものが1枚きり、それに対してコズメは4枚。

　お願いです、神様、親愛なる神様、私を今すぐ忘却の彼方へお送りください　イエス様、聖母様、そして聖人、天使、大天使の皆様、私をすぐにお忘れください、だって、私には何の価値もありま

せんから、それにもしもコズメがここに飾られ、世間が皆、相も変わらずコズメをたたえるのなら――

しかしちょっと待て

地塗りに細部を下書きするには鉛白を使えばいいと私に教えてくれたのはコズメだ

（私は許す）

それに、絵の具に切り込みを付けて遠近感を出す技法を教えてくれたのもコズメだ

（私は許す）

それに、いずれにせよ、見るがいい。

コズメの聖ヒエロニムスと私の描いた聖人と、どちらが真の聖人かは明らかじゃないだろうか？

なんてね。

ついでに言わせてもらうと、こちらに背を向けた少年が長い間じっと見ているのは誰の描いた聖人か

フェラーラの松明（たいまつ）持ち、背後から見たその姿、あの少年は街で私のすぐ横を駆け抜けていった

当時は無倦宮（およそ「退屈の存在しない宮殿」という意味の命名）に絵を描くため画家が集められていたので、私もそこに参加した　私はコズメと一緒に美花宮で詩神のパネルを描いた経験があったので、フェラーラでは名が知られていた　ボローニャではそれ以上に有名　私は宮廷に興味がなかった、ボローニャの人々は宮廷なんて洟も引っかけなかった（どのみち、宮廷にはコズメがいたので、私など必要なかった）、いや、待て、最初から順に話をしなければ

　だって、本当の始まりはハヤブサと呼ばれる男だった　男は下の名前がペレグリンといって、ハヤブサ（ペレグリン・ファルコン）みたいだからそう呼ばれていた　彼はエステ公ボルソの相談役、教授、学者で、子供

の頃からギリシア語とラテン語に通じ、他の誰も知らない東洋の言語で記された魔法の本を読んでいた　星、神、詩に通暁し、エステ公一族が好む伝説や物語を知り尽くしていた　馬に乗った王、その息子、その異母兄弟と従兄弟、洞窟に暮らす魔法使い、彼らの間での争い、乙女、ライバル、そして誰が誰に恋し、誰の馬がいちばん利口で、いちばん足が速いかという物語　とりわけ、まんまと異教徒どもの裏をかき、ムーア人の王を破ったとかいう、意気揚々たる与太話　ハヤブサは無倦宮の設計において大広間の新しい壁画のデザインを任されており、コズメ以外の画家を探していた（あちこちで引っ張りだこのコズメは侯爵同然に宝石をまとって街を飛び回っていて、無倦宮の壁画デザインでは彼が中心に働くはずだったのに、実際には白鳥のように優雅に現場に出入りするのみで、私が彼を見たのも合計で2度、しかも最低限の素描をする姿だけだが、売れっ子の彼はたったそれだけのために高額の報酬を受け取ったという噂だった）ので、とにかく私が彼（コズメではなく、ハヤブサ）の家に呼ばれたということだ。

　ハヤブサは宮殿の建築現場の裏に住んでいた　玄関番の少女が呼ぶと、彼が現れた　そしてまず、私の後ろにいる馬をつぶさに観察した　賢明な彼は、馬を見れば飼い主の本性が分かると知っていたからだ　ボローニャからはるばる旅してきたにもかかわらず、馬の毛にはつやがあった　馬は綱でつながなくても、誰も見張っていなくてもおとなしく私を待ち、頭を下げて鼻先を地面から1インチのところまで近づけ、たどり着いた場所に探りを入れていた　私以外の人間がマットーネに乗ろうと試みれば、間違いなくその者は翼なしに空を舞い、煉瓦の壁に体を打ち付けることは必定だ。

　だから彼が私の馬を調べるのを見て、私は彼を気に入った　彼はその後、私の方を向いて、顔を見たので、私も見詰め返した　彼は年老いてはおらず、賢そうでもなく、私とおおよそ同じくらいの年齢で、学者といえば通常、本を読んでばかりなせいでぶくぶくと太っているものなのにやせて

いた　鼻梁の高いローマ鼻（異教徒を打ち負かし、アフリカを征服する物語が大好きなエステ公一族は、昔ながらのローマ人にあこがれていたので、きっとハヤブサの顔もお気に入りだったのだろう）に鋭いまなざし　彼の目は私のズボンの前に留まった　彼はそこを見詰めたまま、君の腕がいいという噂は聞いている、と言った。

それから視線を私の目に戻し、私が何か言うのを待ったが、ちょうどそのとき——あの少年が私たちの脇を駆け抜けたのだった　美少年の素早い動きに、風が起きるのさえ感じられた（あの場面を思い出すだけで、今でも風を感じる）　片方の手に松明、他方の手に旗、それとも丈の長いチュニック？を持つ少年自身がまるで風と火の塊のようだったからだ　宮廷に向かって階段を駆け上がる少年が頭上高く掲げたそれは、風をはらみ、弧を描いていた　仕事の現場はその宮廷で、噂によると今回そこで求められているのは宮廷画、趣味の絵画だった　聖なる事物ではなく、侯爵自身の絵　この街における彼の1年の生活をひと月ごとに、まさに先ほど横を駆け抜けた少年のように日々実際に起きている出来事とともに描くこと　私はそのとき思った、**もしも今あの少年を描けば、私の仕事の速さと腕前をこのハヤブサに見せつけることができる、**と　彼の目はまだ少年の後ろ姿を見ていた（私の目はそんなハヤブサを見ていた）

そうすれば私の力量を悟った雇い主が

それに応じた支払いを考えてくれる

だから少年の姿が見えなくなると私は言った　**デ・プリシャーノ様、今、私にペンと紙と台を与えていただきましたら、いかなるハヤブサよりも素早く、あの兎（うさぎ）を捕まえてご覧に入れます、**と　すると彼はそのぶしつけな言葉に一瞬、眉をひそめたが、私のおどけた顔を見て（そのときはまだ私に対して冷たかったのだが）、玄関番の少女を呼び、私が要求した物を持ってこさせた　私はその間、少年の姿と速さを記憶に留めていた　掲げた絹布が風をはらむさま、そしてそこにある息づかい、それが私の描きたいもの　だって私が得意なのはリアルなもの、真実のもの、美しいもので、その3つが出会う場所を見事に——他人におだてられようと、おだてられまいと——描くことができるからだ　家政婦が道具とパン皿を持ってきた（私がこっそりウィンクすると、帽子をかぶった少女は顔を赤らめ、それを見て私も赤面した　サンジョヴァンニの白亜（ビアンコ）、肌色（チナブレーゼ）、青竹色（ヴェルデ・テッラ）、薔薇色（ロゼッタ）、そしてかわいい絹の帽子は縁が全体にほつれていたが、私は後にそれを3月のパネルの隅、機（はた）の周りで働く糸切り娘の帽子として描くことになる　ハヤブサの指示で3月のパネルには運命の女神たち——ちなみに4月のパネルには美の女神たち——を描き込むことになっていたのだが、私としては本物の女が実際に働いている姿にしたかったからだ）。

私はその場でパン皿からパン屑を払い落とし（ハヤブサは玄関に屑が落ちるのを見て、顔をしかめた）、もう姿が見えなくなった少年の構図を紙に記した　後頭部がここ、背骨の基部がここ、片方の足、反対の足、片方の腕、他方の腕、そして頭の素描（でも頭は重要ではない、大事なのはそこではない）、中でもいちばん時間をかけたのは後方にある足、上がりつつある踵（かかと）の曲線だ　それを正しくとらえること、体全体を跳ね上げるそのばね、ただ1つその細部を描きさえすれば、絵の全体も軽やかに駆けだす　それを正しくとらえさえすれば、絵も飛躍する（だって少年の足元では階段の石までが重さを失うように見えたから）　少年は何かの儀式に向かっていたのだろうか？　彼は昼間なのに火の点いた松明を持っていた、それゆえ私は松明が必要となるよう、少年の頭上に鴨居を足してどこかへつながる扉があるみたいに仕立て、松明が不自然に見えないよう前方と周囲に影を加え（風にそよぐ長い髪のような炎、ただし髪なら下になびくが、炎は上になびき、ありえない美しさを見せている）、周りの地面に転がる小さな岩、小枝、壁際に4、5本、そして正面に、スライスしたチーズにそっくりの煉瓦と3つの石が草むらを囲うように並べられ、草までがまるでハヤブサに敬意を表するかのように頭（こうべ）を垂れている。
（その後、仕上げに、どうせ誰も気付かないだろうから単に私1人のお遊びに過ぎないが、筆の先が滑ったか、蝶を描き加えたかのような2つか3つの点。）

とうに失われてしまっただろう、あの絵はきっと。

とうに失われてしまっただろう、私、少年、あの男、優しい目をした愛馬マットーネ、顔を赤らめたあの少女。

とうに失われてしまっただろう、後ろから見たフェラーラの松明持ち、紙の上に記されたインク、折り畳まれ、破かれ、虫に食われ、バラバラになって宙に舞い、燃えて灰になり、空に消える。

ああ。

私はその喪失の、鈍い痛みを感じる
だって、それは1度は私のものだったのだから　少年の脚が胴と出会う場所、チュニックに風をはらませる筋肉質な浅黒い肌　私は最古の物語を語るときと同様にそれを手にしていた　尻の描く曲線のように、曲線には純粋な喜びがあるからだ　絵にしたときそれに劣らぬ美しさを持つのは馬の曲線　馬と同様、曲線にはぬくもりと善良さが備わっていて、間違った扱いをしない限りはこちらの言うことをよく聞く　肩から先、手風琴（コンサーティーナ）のように伸縮する袖の曲線、縁かがりと波形の縁取り、胴衣を縛る2重の腰紐。

私は強度のために2本の細縄を撚り合わせた縄が好きだ　縄が大好き　昔、絞首刑が執行された後、市場（いちば）で短く切った縄を幸運のお守りとして売っていたのを私は覚えている　自分がそうならないためのお守りだ。

短く切って売られないため、という意味ではなく、絞首刑にされないため、という意味だ。

あれ、——ひょっとして私は？——

まさかそんな——まさか絞首刑になったわけじゃ？——ああ。

ああ。

まさか？

いや、違う。

たぶん間違いない　絞首刑ではない。

でも、それならどんなふうだったのだろう？　おしまいは？

私は終わりがまったく思い出せない、ちっとも、まったく、少しも終わりのことなんか、全然——

じゃあ、ひょっとして——

ひょっとして私は……死んでないとか？

おい！

その絵を描いたのは私だぞ。　おい！

私の声は聞こえていない。

太陽の光が黄色に色づく葉に当たる　私は小さな子供、きっとまだよちよち歩きの子供で、日の光でぬくもった平らな石に腰掛けている　すると何かがくるくると旋回（ツイスト）しながら落ちてきて、馬の小便溜まりの中央に着地する　石を載せた荷車を通すために新しく作った道と古い道の間にある石のくぼみに溜まった小便は、表面の泡はほとんど消えているが、臭いはまだ辺りに漂っている。

落ちた物体が波紋を生み、丸い輪が小便の中に現れる　輪がどんどん広がり、水溜まりの縁まで行って消える。

その物体は、異教徒の頭のように丸くて小さくて黒い　鳥の羽みたいな形をした硬い翼状のものが本体から真っ直ぐに1枚だけ生えている。

しかし、それが落下したときにできた波紋は消えていた。

どこに行ったの?

私は大声でそう叫んだが、母は半分に切った大樽の中で洗濯物を踏んでいた　母は石鹸を使って布を白くしながら歌を歌い、私の話は聞いていなかった。

私はもう1度呼び掛けた。

どこに行ったの?

それでも母には聞こえなかった　私は石を拾い、樽の側面に狙いを定めたが、石は的を外れ、代わりに鶏の横腹に当たった　鶏は鳴き声を上げ、跳び上がり、もう少しで空を飛びそうになった慌てて飛び回るその様子を見て私は笑い、鵞鳥(がちょう)と家鴨(あひる)と他の鶏はパニックを起こした　しかし残忍なことの大嫌いな母は、石が鶏に当たるのを見て樽から跳び出し、両腕を広げたまま私の方へ駆け寄った。

違うもん、と私は言った。何もしてない。ママを呼んだだけ。ママが一心不乱に洗濯してるから、注意を喚起しようとしたんだもん。鶏に当てるつもりじゃなかった。石が飛んだところに鶏が来たんだ。

母は両手を下ろした。

どこでそんな言葉を覚えたの?と彼女は言った。

どの言葉?と私は言った。

〝一心不乱〟と彼女は言った。それから、〝注意を喚起〟。

ママから、と私は言った。

へえ、と彼女は言った。

濡れた足のまま地面に立つ彼女の足首には、光のビーズがまとわりついていた。

どこに行ったの?と私は言った。

どこに行ったって、何が?と彼女は言った。

輪（リング）、と私は言った。

どの輪?と彼女は言った。

母は水溜まりのそばまで行って中を覗き、羽の付いた物を見つけた。

あれは輪じゃない、と彼女は言った。種（たね）よ。

何があったかを私が話すと、母は笑った。

ああ、と彼女は言った。そういう輪のことね。てっきり、手に付ける指輪（リング）のことかと思った。結婚指輪とか、金の指輪とか。

私の目が涙でいっぱいになっていることに母は気付いた。

どうして泣いてるの?と彼女は言った。泣かないで。あなたの言っている輪（リング）の方が指輪なんかより素敵よ。

なくなった、と私は言った。消えちゃったよ。

ああ、と彼女は言った。だから泣いてるわけ? でも、本当は消えたわけじゃないわ。だからこそ、金の指輪より素敵なの。輪は実は消えてない。たまたま私たちの目には見えなくなっただけ。本当は、今でもずっと広がり続けている。あなたが見た輪はどこまでも進み続けて、どんどん広がる。水溜まりの端まで達したら、今度は水から出て、目には見えないけれど空気の中を進む。驚異の現象ね。体の中を輪が突き抜けるのを感じた？　感じなかった？　でも、通ったのよ。今ではあなたも輪の内側にいる。ママもそう。私たちは二人とも輪の内側にいる。この庭も。煉瓦の山も。砂の山も。薪小屋も。家も。それに馬、パパ、伯父さん、お兄ちゃんたち、職人さんたち、家の前の道も。よそのおうちも。それから塀も庭も、家も教会も、宮殿の塔も大聖堂の尖塔も、川、裏の野原も、ほら、あの向こうの野原も。あなたの目はどこまで見える？　あそこの塔、向こうの家が見える？　誰も何も気付かないけれど、輪はそこを通り抜けているの。ここからは見えない野原や畑の上に輪が広がるところを想像してごらんなさい。野原や畑を越えてその向こうの町、さらに向こうの海まで広がっていく。次は海の向こうまで。あなたが水溜まりに見た輪は世界の縁まで広がり、縁まで行ってもまだ進むのをやめない。何もそれを止めることはできないわ。

母は馬の小便溜まりを見た。

そしてすべての始まりは一つの種が落ちてきたこと、と彼女は言った。あそこの種が見える？　どこから落ちてきたか分かる？

彼女は家の背後にある背の高い木々を指さした。

私たちがあの種を土の中に植えて、いささかの幸運と正義の下に充分な日光と充分な水が得られたら、それがまた木に育つのよ、と母は言った。

木は煉瓦の山よりずっと大きかった　木は、父の父の父が作った家の屋根よりも上まで伸びていた　うちは壁職人と煉瓦職人の一族だった　一家に生まれた男たちは皆、大きくなったらその職に就いた　一家はエステ家の宮殿を建てる手伝いをした　宮殿に部屋があるのは私たちのおかげだ　私たちは名もなき壁職人として、歴史の中に埋もれた存在だけれども。

私は小便溜まりの中から種を拾った　育つために落ちなければならない種　それは謀反の後に塀の上に並べられる生首のように見えたが、後ろから翼が生えていた　馬のいい匂いがした　鳥には翼が2つあるが、種には1つしかなかった　だから落ちたのだろう　そして落ちたのだから、何かが育つのだろう。

私は種を落とした　種はまた落ちた　幸運と正義の下、いつかこの場所に1本の木が育つだろう。新しい輪ができ、消え、見えない輪が私を通り過ぎ、世界へと広がった。

母は元の場所に戻り、樽の縁を越えた　そしてまた歌を歌いだした　彼女が足踏みをするたびに、種が生んだ輪と同じ水紋が、樽の中で足の周囲にできた　輪は広がり、母を包み、樽を包み、私を突き抜け、私をも包み（奇跡だ）、さらに外の世界へと広がった　何かが別のものに入ったり、別のものを通り抜けたりするとき、それは巨大な抱擁みたいに感じられる　太陽は既に小便溜まりを小さくし始めていた　小便が消えた部分に新しい輪ができた　蒸発するとき、元々濡れていた部分の石の表面がやや白っぽい、違う色に変わっていた。

そして時代が変わった　木からは黄色い花が落ちていた　落ちるときには音がした　花に声があるなんて誰が知っていただろう？　私は石を投げるのがかなりうまくなっていた　投げた石は必ず樽に命中した——命中するだけでなく、狙った部分に当たった　金属のバックル部分、上の縁、あるいは下の縁、または狙った板とか。

今では、わざと狙うのでない限り、鶏に決して当たらないようにも投げられる　でも、わざと狙うのは残酷かつ魅惑的だったので、ぎりぎりを狙う名人になった　ぎりぎり当たらないように石を投げただけでも、鶏は興奮した群れの音楽に合わせて例の変なダンスをした　でも今日はぎりぎりを狙う鶏も家鴨もいなかった　私が庭に現れるたびに鶏も鴨も家鴨も悲鳴を上げながら表に逃げ、私が表に回ると裏に逃げるようになっていたからだ。

フェラーラは町を流れる川でいい粘土が取れるので、煉瓦造りには最適の土地だった　海藻を燃やし、その灰と塩を混ぜて煉瓦を焼く　煉瓦造りにおいては、色についても、デザインについてもあらゆることが可能だった　その上、いろいろな名前を持った、値段もまちまちの石があった　懐具合がいいときの父は時々私たちに小さな石を見せて、名前を当てさせた　当てた子供はご褒美として肩車に乗せて庭を一周してもらえた　ペルラート　パオナッツォ（いずれも大理石の一種）　母は筋入りの玉ねぎ石（チポリーノ）を目のそばに近づけて涙が出るふりをして私を笑わせた　アラベスカートという名前の響きだけで私は泣きそうになった　礫（れき）が集まったブレッチア　そして2種類かそれ以上の石が集まって別種に分類された、名前の覚えられない石。

しかし、ここフェラーラには煉瓦があった　そして煉瓦を買うならうちと決まっていた。

私は煉瓦の山の中程に狙いを定め、狙い通りの煉瓦に石を当てた　煉瓦から土煙が上がった。

私は積まれた煉瓦の周囲でさらに破片を探し、服の前を伸ばして煉瓦のかけらを集め、玄関前の階段に戻った　そして敷居に腰を下ろし、投げる用意をした　座っていると、立ったときよりも狙いを定めるのがさらに難しくなる　いい感じだ。

わしの煉瓦に煉瓦を投げるな！

それは父だった　父は石が当たる音を聞き、土埃が上がるのを見ていた　そして庭を横切ってやって来て、私が集めた破片を蹴飛ばした　私はぶたれると思い、首をすくめた。

しかし父は私をぶつことなく、煉瓦のかけらを1つ拾い上げ、手の中でひっくり返した。

彼は私の横の階段にどっしりと腰を下ろし、煉瓦のかけらを差し出した。

これを見ろ、と父は言った。

彼は道具ベルトのみぞおち辺りに収めていた金鏝（かなごて）を抜き、一瞬、鏝の刃を壊れた煉瓦の横で構えてから、特定の部分に優しく刃を当てた　それから鏝を持ち上げて、先ほど刃を当てたのと同じ部分に強く振り下ろすと、きれいに割れた煉瓦のかけらが地面に積もった花の中に落ちた。

父は、手に握った煉瓦の破片がきれいな4角形をしていることを私に見せた。

これはまた何かを作るのに使える、と彼は言った。何も無駄にはならないってわけだ。

私は落ちたかけらを拾った。

このかけらは?と私は言った。

父は顔をしかめた。

母は私の言葉を離れたところで聞いて笑った　彼女はそばに来た　空色の作業服に付いた粘土の汚れが、雲のように見えた　母は私を挟んで父の反対側に腰を下ろした　彼女も途中で山から取った煉瓦を1つ持っていた　きれいで薄い煉瓦　いい色だ　最高級の粘土で作った玄関用、または窓用の煉瓦　母は私にウィンクをした。

これを見て。

彼女は父から鏝をもらおうとして、空いている方の手を私の頭の上に伸ばした。

駄目だ、と父は言った。おまえは煉瓦を台無しにする。鏝の刃も傷めるだろう。

頼むわ、クリストフォーロ、と彼女は言った。お願い。

駄目だ、と彼は言った。おまえたちに持たせたら、わしの大事なものがゼロになってしまう。

へえ、もしも持ち物がゼロになったら——と母は言った。

それは母の口癖だった　**もしも持ち物がゼロになったら、少なくともゼロは存分に味わえる**　でも今回は**ゼロ**を言い終わったところで突然鏝に飛びついた　父はそんな行動を予期していなかったので、腕を引っ込めるのが手遅れになり、母は私の背後から蛇のように素早く伸ばした手で（母の下着と肌のぬくもりと甘い匂い）鏝を奪って飛び上がり、軽やかな身のこなしで架台に駆け寄った。

彼女は体の前に煉瓦を構え、3度強く叩いた後、鏝でがりがりとこすった

（わしの鏝！と父が言った）

そして母は鏝の持ち手を煉瓦の上に置き、小さな石の小槌で煉瓦と鏝を叩いた――1度、それからもう1度　煉瓦の破片が欠け落ちた　彼女が指で煉瓦をとんとんと叩くと、大きな破片が落ちた　母は手を止め、鼻に付いた土埃をぬぐった　そして鏝を父に差し出した　反対の手には、割られた煉瓦の残りが握られていた。

馬だ！と私は言った。

母はそれを私にくれた　私はそれを手の中でひっくり返した　馬には耳があった　そして引っ掻いた傷があった　引っ掻き傷がしっぽになっていた。

父は文句ありげに鏝を見ていた　にこりともせず、尖端の土埃を親指でぬぐい、持ち手を調べた　しかし母がキスをすると、父も笑顔になった。

また別の時　暑い　蟬の声　母が棒切れで地面に線を書いている。

私は絵が完成するまでにそれが何か分かった　家鴨の首だ！

それから母は少し移動して新しい地面に線を1本引き、もう1本引いて、それを別の2本の線とつないで曲線を加えた　馬の脚が胴体とつながっているところだ！

母は馬を描き終えた後、また何かを描きだした　線を1本引き、もう1本、足で地面をこすり、そこに線を引いた　家だ！　私たちの家！

私は丈の高い草むらで自分用の枝を見つけ、先細になるように手元で折った　そして絵のところ

に戻った　私は細い先で、母が描いた家の屋根に3つの曲線を加えた。

どうして屋根に木を描いたの?と母が言った。

私は後ろにある家の屋根を指さした　屋根のてっぺんで根を張り、空に伸びている枝を。

ああ、と彼女は言った。あなたは正しい。

〝正しい〟と言われて照れた私は顔を赤らめた　そして棒切れの太い方の先で斜めの線、丸、何本かの直線、最後に曲線を描いた　私と母は父の背中を見た　父は庭の反対側で荷車に煉瓦を積んでいた。

母はうなずいた。

上手、と母は言った。とても上手。よく見てるわ。さてと。今度は目に見えないものを描いてみて。

私は馬の額に線を加えた。

お利口さん、と彼女は言った　お利口さんだけど、ずるね。

私はずるじゃないと言った　だって本当だもん　本当に自分の目で一角獣(ユニコーン)を見たことはないもん。

私が言っている意味は分かるでしょ、と母は言った。言われた通りにやってみなさい。

母は卵を集めに行った　私は目をつむり、また開いた　そして枝を逆に持ち替え、細い方を使った。

そっちは怒っているお父さん、母が戻ってくると私はそう言った。こっちは優しいお父さん。

母の口から空気が漏れた(私のしたことが正解だったという印だ)　そして卵を落としそうになった(絵を描くことには大きな力が宿っていて、よく注意していないと何かの破壊につながるかもしれないのだと、私はそのとき学んだ)　母は服でくるんだ卵がすべて割れていないことを確認してから、父を呼んで二つの顔を見せた。

父は怒った方の顔を見たとき、私の頭を手のひらで叩いた（人は自分が他人にどう見えているかを必ずしも知りたいわけではないのだと、私はそのとき学んだ）。

父と母はしばらくそこに立ったまま、地面に描かれた父の顔を見ていた。

それからしばらくして、父は私に読み書きを教え始めた。

そして、母が土の中に眠り、私がまだ小さかったある日のこと、私は母の寝室にある衣装箱に潜り込み、中から蓋をした　中には広幅生地（ブロードクロス）、リネン、麻、羊毛（ウール）、ベルト、レース、シミーズ、作業着、儀式用コート、袖付きのガウン（カートル）などが詰め込まれ、抜け殻みたいな服はどれも母の匂いがした。

時間が経つにつれ、匂いは消えた。あるいは匂いは徐々に分からなくなった。

でも、衣装箱の暗闇の中で私は、まるで目で見ているみたいに、指先の感覚で服の種類を識別する名人になった　台所用、日曜用、作業用　私は匂いに深く潜り、かつて母の肌に触れていた生地と一体になった　暗闇の中で服に埋もれ、手で上下に押し分け、袖や襟、帯や紐から伸びる布切れやリボン、タイやレースをたどっていると、やがて指先に母の何かが巻き付く　そうなるとやっと眠ることができる　目を覚ましたときにはいつも、眠る前につないでいた係留索がほどけていたしかし、しばらく巻き付いていた物には、雑然とした元の形に戻るまで、渦巻き状の癖が残っていた。

ある日、目を覚まして蓋を開け、日の光の下に出たとき、寝るときにくるまっていた服が後を付いてきた　青くて、まだ体のぬくもりが残る服　私は床の上で服と並んで座った　そしてまず頭と腕を服に通し、結局、体全体を通した　肩のところで止まった服が周囲に広がった　服は大きく体は小さかったので、私はまるで一面に広がる空を着ているみたいだった。

私は頭を、首の穴に通すみたいに袖に入れた　そしてそのまま服を引きずって家の中を歩き回った。

私はそのときから、母の服以外、何も身に着けなくなった　そして何週間も服を引きずり、家中の埃を集めた　父はあきれすぎて駄目だとも言わなかったが、ある日、私を抱き上げ（私が着ていた白くて大きな服はすっかり汚れ、ある日、石につまずいた部分と別の日にドア枠に引っ掛けた部分が少し破れ、この日は服の中で暑さに汗だくになり、自分でも分かるくらい顔が真っ赤になっていた）、重い生地を引きずった跡がそこで途切れ、私は中身のない巨大な尾びれみたいな姿で抱えられて母の部屋に運ばれた。

私はぶたれると思ったが、そうはならなかった　父は母の儀式用コートにくるまった私をその格好のまま、蓋の閉まった衣装箱の上に座らせた　彼も私と向き合うように、床に座った。

その服を着るのはやめてもらいたいんだがね、と父は言った。

いや、と私は言った。

（私は服の前当てを盾にしてそう言った。）

耐えられないんだ、と彼は言った。まるで母さんが小人になって、家の中や庭をうろちょろしているみたいで、気になってしょうがない。

私は肩をすくめた。

（でも、服の肩は私の肩よりもずっと上にあったので、私が肩をすくめたことは誰にも分からなかっただろう。）

じゃあ一つ提案したい、と彼は言った。ただし、その服を片付けることに同意するのが条件だ。

つまり、母さんの服はもう着ないということ。

私はゆっくりと首を横に振った。

そして代わりに例えば、ズボンを穿いて、あるいはタイツを穿くのなら——と彼は言った。

父はスモックのポケットに手を入れて、軽くて薄い男の子用の服を取り出した　動こうとしないラバの目の前においしそうな草をちらつかせるように、彼はそれを私に見せた。

——そうすれば、おまえにも仕事をさせられるし、修業を受けさせることもできる。わしと一緒に大聖堂で仕事をしてくれ。わしも助かる。人手が欲しいんだ。おまえくらいの年頃の弟子が欲しい。おまえが手伝ってくれるとありがたい。

私は服の中で小さくなり、耳のところまで肩に埋まった。

私が行かなくても、お兄ちゃんたちがいるでしょ、と私は言った。

おまえもお兄ちゃんたちと同じようになれるぞ、と父は言った。

私は首と胸元の編み上げ部分から彼を覗いた　そして服の穴を通してしゃべった。

私がお兄ちゃんたちと違うことは知ってるくせに、と私は言った。

うん、でも、よく聞くんだ、と彼は言った。ひょっとしたら。ひょっとしたらだ。もしもおまえがそういう大きすぎる服を着るのをやめて、代わりに例えば男の子の服を着ることにしたら。そしてわしらがちょっとばかり、想像力を働かせたら。加えて、ちょっとばかり分別を持てば。分別って何か分かるか?

　胸の紐の背後で私の目は点になった　というのも、子供ながらに私は分別が何かを知っていた、あるいは父が思う以上に知っていると思っていたからだ　それだけではない　父が私を提案で釣ろうとしていることが私には分かっていた　父らしくない、どちらかというと母がやりそうな手口だ　父ならもっと簡単に、私を叩いてやめろと言うのが普通だった　私はおもねるような父の態度と、大げさな言葉を使えば私が言うことを聞くという思い込みを少し軽蔑した。しかし、父が次に発したのはいつになく大きな言葉だった　誰にも口にできないくらい大きな言葉。

もしもおまえがそうするなら、と父は言った。誰かの下で修業をして、絵の具の作り方や木や壁に色を塗るやり方を学ぶこともできるかもしれん。おまえは絵がうまいからな。

絵の具。

絵。

私は首の穴から急に頭を出したので、ドレスの重みのバランスが変わって、危うく衣装ケースから転げ落ちそうになった　真剣な雰囲気を壊さないよう、父が笑いをこらえたのが私には分かった　それは母が逝ってから初めて見る父の笑顔だった。

しかし、おまえはお兄ちゃんたちと同じ服を着なければならん、と彼は言った。修業がうまくいけば、同じようになれる。いや、きっとなる。お兄ちゃんたちと同じように。

父は私の反応を見た。

私はうなずいた　そして話に耳を傾けていた。

そうしなくてもおそらくラテン語なら習うことができるだろう、そして数学も、と彼は言った。でも、絵を習うなら服装を変えた方がいい。うちは、食うには困らんが裕福なわけではない。それに絵を習うこと自体は問題ではない。しかし、尼僧院に入るのは厄介だ。毎日、絵の具を混ぜて、聖人の書いた神聖な本に絵を描き加えて、絵の具と絵の修業ができることは間違いない——でも、この俗世、こうしてわしらが生きているこの世界と、壁の向こうの世界は全然違うものだ。そうは思わんか？

父は私の目を見た。

わしらの世界は間違いない、と彼は言った。いつだって仕事はある。しかし、女の格好をしていては、修業はさせてもらえない。女の格好では、わしがおまえを弟子にすることさえできない。早速来週にでも、鐘塔の仕事に取り掛かってもらいたい。だからといって、鐘や塔を作る作業ではないぞ。壁画を描く仕事をさせてやる。道具はわしが用意する。そうして、わしやお兄ちゃんたちと仕事をしている姿を周りのみんなに見せて、おまえの存在が認められて、おまえがそういう存在になったんだってことが誰の目にも明らかになったら――

彼は眉を上げた。

――おまえを絵描きの工房に紹介するか、パネル画とかフレスコ画とかの先生を探してやる。おまえの描いた絵を見せて、弟子にしてもらえないかと訊いてみるんだ。

私は母のドレスの胸部を見詰め、それからまた視線を上げて父を見た。

そういう先生なら卵とか鶏とかで授業料を払うことを認めてくれるかもしれない、と彼は言った。あるいは庭の木になった果物とか、うまくすれば煉瓦とか。期待は持てると思う。しかし、わしが何より期待しているのは、先生がおまえの今の腕前を見て、その才能に免じて授業料を負けてくれるかもしれないということだ。そしておまえが犯しがちな間違いを直してもらう。絵描きの連中が4角とか幾何学とかを使って人間の頭を形作る、あるいは体を形作る、あのやり方を教わる。必要な位置取りと位置の測り方。顔の中で目や鼻をどこに置くかを決める方法、床のタイルの上や風景の中に物を置いて遠近感を出す方法。

じゃあ、遠くの物と近くの物を、両方とも同じ絵に描けるの？

じゃあ、そんな方法を習うことができるの？

私は顎のところにあったレースの結び目に手を伸ばし、それを手で握った。

おまえはそういうことをすべて学ばなければならん、と父は言った。適当な先生が見つからなかったら、できる限りのことはわしが教えてやる。建物や壁のことならわしもよく知っているし、建築の基本や決まり事も分かるからな。絵の構成か、うむ。きっと共通するものがあるだろう。

私は結び目を引っ張り、ドレスの前を緩めた　私が立ち上がると、百合の花びらがめくれるみたいにドレスが衣装箱から滑り落ち、私がめしべのようにその中心に現れた　私は折り重なったドレスの上に裸で踏み出し、タイツに手を伸ばした。

父は兄たちの服を探って、きれいなシャツを持って戻ってきた。

名前が要るな、父は私の頭からシャツを着せながらそう言った。

母の名前はFで始まるものだった　フフ（Ff）　私はとりあえずその音を口に出してみた　父はそれを聞き間違えた　ヴヴ（Vv）。

ヴィンチェンツォ？と彼は言った。

その顔は興奮気味に赤らんでいた。

父の頭にあったのは、ずいぶん前、20年ほど前に死んだスペインの司祭で、列聖すべきだと誰もが口をそろえるヴィンチェンツォ・フェレーリ（スペイン語名は聖ビセンテ・フェレール（一三五〇―一四一九、列聖は一四五五年））だ　ヴィンチェンツォの絵と行いはまるで聖人のように尼僧の手で小冊子にまとめられ、行商人がそれを売り歩いている　彼は数々の奇跡を起こしたことで名を知られている　8000人のイスラム教徒と2万5000人のユダヤ教徒を改宗させ、28人の死者をよみがえらせ、4000人の病人をいやし（彼自身が病のときに使った寝台に病人を一瞬寝かせるだけで）、70人を悪魔から解き放った　彼の帽子だけでもいくつもの奇跡を成し遂げている。

しかし、父がいちばん気に入っていたのは、宿屋と荒野の奇跡だ。

ロバに乗ったヴィンチェンツォは必死に祈りながら荒野を進んでいた　すると祈りで疲労困憊(こんぱい)していた彼とロバの目の前に、突然、たいそう立派な宿の門が現れた　ヴィンチェンツォが門をくぐると、中も門構えに劣らぬ立派さだった　彼はそこで1夜を過ごした　接客、食事、ベッドはどれも非の打ち所がなく、異教徒や不信心者のあふれる荒野をまた1日旅するのに必要なだけの休養を1晩で得ることができた　翌朝、彼がロバに乗ると、同じロバがまるで10歳は若返ったようで、蚤(のみ)の食い跡も消え、引きずっていた足も治っていた　6マイルか7マイル進んだところで、剃った頭に朝日が当たり、ヴィンチェンツォは帽子を忘れたことに気付いた。

彼はロバを方向転換させて元来た道をたどり、帽子を取りに帰った　ところが宿のあった場所に戻ってみるとそこに宿はなく、彼の帽子は枯れた木の枝からぶら下がっていた。

大工や壁職人がヴィンチェンツォ・フェレーリを聖人にしたがる理由の1つがこの奇跡だ　彼らはヴィンチェンツォを自分たちの守護聖人にしたいと考えている。

父は毎朝、彼に祈った。

私は母の腕に抱かれ、母の膝の上で、ヴィンチェンツォの奇跡の話を聞かされたことを思い出した。

私のヴィンチェンツォに対する祈りは、母の生死に何の影響も与えなかった
(きっと祈り方が間違っていたのだろう)。

私はフランス人みたいな母の名前のことを考えた　母の名前が意味する花を表すフランス語の形を頭に思い浮かべた。

フランチェスコ(Francescho)、と私は言った(フランチェスコ(語源的には「フランス人」の意)という名の綴りは普通、Francescoなのでhが余分)。

ヴィンチェンツォじゃないのか？と父が言った。

そして顔をしかめた。

フランチェスコ、と私は繰り返した。

父はまだ顔をしかめていたが、少し経つと、髭の奥で重々しくほほ笑みながら私を見て、うなずいた。

そうして新たな名前と祝福を得た私はその日、死んで、生まれ変わった。

しかし——ヴィンチェンツォ——

ああ、神様——

頭上に年老いたキリストをいただき、小さな台の上で目をよそに向けている陰気な聖人こそその人だ。

聖ヴィンチェンツォ・フェレーリ。

おい。坊や。聞こえるか？　**耳の聞こえない人を聞こえるようにした**ことで世界中に知られている**聖ヴィンチェンツォ**だぞ。

だって、いいか、ヴィンチェンツォが口を開くとき、しゃべるのはラテン語だったのに、ラテン語を知っていてもいなくても、彼が何を言っているかはすべての人に分かったというのだから——3マイル先にいる人でも、その人の知っている言葉ですぐ耳元で話し掛けられたかのように声が聞こえたらしい。

少年には聞こえていない　私の声は彼に届かない。

私は聖人からはほど遠い？　その通り。

まあ、聖人でなくてよかった　だって、ほら、とてもきれいな女が現れたから　少なくとも後ろ

姿は美人　そして聖ヴィンチェンツォの前で立ち止まった。

（4枚対1枚、でも彼女が選んだのはコズメでなく私）

（なんてね）

（うぬぼれているわけではない）

（女が私の絵を選んだのもまたありがたい奇跡だ、聖ヴィンチェンツォに感謝）

そして私は聖人からほど遠い人間だから、背後から女をじろじろ見ても構わない　白金色の長い髪の間から覗くうなじ、そして背骨に沿って腰まで、さらに下の少しやせぎすな尻まで――

しかし、じろじろ見ているのは男の子も同じだ　神経を研ぎ澄まして座っている少年を見よ　彼は女が部屋に入ってきたのを肌で感じたに違いない　だって、まるで自分がいなければ部屋は完璧でないとでも言うかのように女がしずしずと部屋に入ってくるのを見たとき、彼のうなじの毛が逆立つのを私は感じたからだ　彼は稲妻に打たれたかのように、私より先に女を見ていた　そしてヴィンチェンツォの前で羽毛を整える女の姿を今も見ている　彼の目が何をしているかは私から見えないが、きっと目は見開かれて、山羊（やぎ）のように眉間にしわを寄せ、耳をそばだてているだろう　それに加えて、彼の後ろ姿から、彼女が知り合いであることが分かる　恋する少年？　昔からよくある話だ　しかしこの女に恋を？　2人は年が近くない、それどころか後ろ姿からだけでも、20か30歳違うことが分かる　母子（おやこ）と言ってもいいくらいの年の差だ　とはいえ女が母親でないことははっきりしているし、女は少年がいることに気付いていない、あるいは彼の情熱には気付いていないしかし、2人の間にある何かは憎しみのように強烈で、彼から彼女に向けられた感情は熱を帯びた光線のようだ。

こんにちは。私は目を持たない画家で、誰にも私の声が聞こえていないようなのですが、こちらの少年があなたに何か――私には分かりませんけれども――用事があるようですよ。

彼女には私の声が聞こえない　当然だ　しかし、彼女はヴィンチェンツォをじっと見ている　そして、聖人であるヴィンチェンツォは目を逸らしている（鞭と矢を手にした天使たちは今にもなにかをやらかしそうだが）。

彼女は片足の爪先を上げ、休めの格好で立っている　そして頭部の重みを体で受け止めるため優雅な姿勢を取っている　彼女は聖ヴィンチェンツォを上から下まで見て、また視線を上げる――

そしてかかとを支点にしてくるりと身を翻し、去った
（ちなみにコズメの絵には一瞥もくれていない　なんてね）

すると少年が子兎（こうさぎ）のように勢いよく立ち上がり、女を追った　私も仕方なく、私を知らない、あるいは私を嫌っているよその馬の鞍に片足が引っ掛かってしまったみたいにその後に引きずられていった　その途中、見えない目の隅っこで、エルコレの絵を見る　掏摸（すり）師エルコレ、私が愛し、私を愛した男！　そして、待った――ストップ――あれって、本当に？――やれやれ、母父なる神よ、ピサーノだ、ピサネッロだ、闇の描き方で分かる、光の見え方で分かる。

好きなだけ絵を見るがいい、私には見えないから　だって、少年から伸びる縄に私の体が縛り付けられているみたいで、ほどくことができないからだ　私は望もうと望むまいと、少年の行く場所に付いていくしかない　扉をくぐり、また別の部屋へ――あ！　ウッチェロ！　馬だ！――

異議あり
だって、こんなふうに追い立てられるのは本意ではないから　私の望んだことではないから。

文句を言うべき相手が見つかり次第、私は手紙を書くことにしよう。

N年N月N日、恐れ多くも畏くも、閣下にお取り次ぎをお願い申し上げます。
いと恐れ多くも畏くも閣下におかれましては、わが申し立てを父母なる、母父なる、真に唯一なる神にお届けくださいませ　私めはフランチェスコ・デル・コッサと申す画家にございまして、神の栄誉をたたえ、神の恩寵のみによって良き素材を得て（なんてね）、研ぎ澄まされた腕前で数々の作品をこしらえておりますが、作品の一つが神の間に飾られているのを拝見いたしました　同じ間にはともに作業した、同等の腕前の画家の絵もございました　このたびは私めのささやかな願いをお聞き届けいただきたく筆を執った次第でございます　私めは――

　私めは、何だ？

　私めは、神がいずこに狙いを定められたのかを知らぬままあたかも矢のごとく世界に呼び戻されたため、今おりますのはこの中間的な場所で、立派な家が周囲に建ち並んでいるものの、煉瓦の細工はどれも非常にレベルの低いもので（ちなみに申しますと、おそらく冬を4度越えることはありますまい）、一緒におりますのは口もきかず、目も見えず、耳も聞こえない少年でありまして、主のお姿を眺めていた部屋で見掛けた美女を追って慌てて駆けだした少年に引きずられるように、私めは意に反して、美しき神の宮殿を出て、塀の低いこの地域に連れてこられました　私めがもっと長居をしたかったあの場所とは異なり、今いる所は空が灰色で、寒く、馬のいない世界です　このように馬のいない世界、生き物のいない世界に生きる人々は不幸だと思っておりましたところに、いつもと同じ鳩の群れを見掛けました　色がやや灰色がかり、汚らしく、ずんぐりしてはいるものの、翼を持つ鳩であることに変わりはなく、その鳴き声は既に失われた心にも慰めとなりました。

　いと恐れ多くも畏くも閣下、ここはきっと煉獄であろうと私めは愚考いたしました　おそらく絵の掛かっていた宮殿も、煉獄内の1部屋でありましょう　私の描いた聖ヴィンチェンツォ・フェレーリの絵も、キリストを33歳以上に描いた不敬の罪で、思い上がった想像力を思い起こさせるために、画家とともに煉獄に置かれることとなったのでしょう（しかし、恐れ多くも閣下、もしもそうだとするなら、私の絵で煉獄に置かれたものが1枚だけであるのに対して、コズメの絵が4枚もここにあるのは、コズメの絵の方が私めのものよりも4倍も冒瀆的だということを示しているのではありますまいか、なんてね）。

　単なる推測ではありますが、忘却の世界で再び生を受けるまでの私は、かつて犯した許しがたき罪のために冷たく謎めいた土地に生き返ったのでしょう　画家の仕事を行うすべもなく、割れた花瓶のような前生の名残以外に自らの名をとどめるものもございません　手に取ってみれば1つ1つの破片はそれぞれに美しいものの、全体は壊れ、かつてそれがあった場所にあるのは空気だけ、そしてそこに閉じ込められていた空気は何ものにも包まれることなく宙に放たれ、破片の縁は、もしも今の私に皮膚があれば血が出るほど鋭いのです。

　しかし、神もその手下も既にこうしたことを承知しているに違いない　だから申し立て書にそんな愚痴や泣き言を細々と書く必要はない　私はただ受け入れるしかないのだろう。

　だって、ここが地獄でないことははっきりしているし、私は絶望しているわけではなく、好奇心をそそられているのだし、私がここに遣わされたのはきっと、よくは分からないが何かちゃんとした理由があってのことなのだから　地獄には謎がない　謎には常に希望が潜んでいるからだ　私たちが後を追った美しい女はある家にたどり着き、少年に気付かないまま玄関をくぐり、少年を外に残して扉を閉めた　すると彼（と私）はその閉じた玄関から目を離すことなく、通りを挟んだ小さな塀の前まで下がった　私たちが今いるのはその場所だ　しかし私は、美しさと優雅さを備えたその女性が残念ながら、無理に地面を歩かされている鳥か狂った白鳥みたいな歩き方をしていることに必然的に気付いた　美しさに似つかわしくないよちよちした足取り（おそらくハイヒールを履いているということ）は、美しさを損ない、むしろ愛しさを感じさせた　もしも手元に紙とペン、あるいは柳炭があれば（そして両手両腕とは言わないまでも、片手片腕が使えれば）、意外な角度からそのぎこちなさ、少し間の抜けた歩き方を描いて見せられるのに　そうすれば、彼女の魅力と好感度が増すだろう　私にはそんなことを考え、計画するだけの時間的余裕がたっぷりあった　だって、私たちが彼女を追ってきた距離はかなりのものだったし、もしも私がまだ体を持っていたら疲れ切っていただろうが、ありがたいことに脚はなかったからだ　それにしても少年の体力は大したものだ　きっと幸運と正義の下では長生きをするだろう、と追跡の最中に私は考えた　しかし、女が家の前にたどり着き、階段を上がり、玄関に入り、扉を閉めたとき、少年の心が沈むのを私は感じた。

（ふうぅ）

夢中になっている少年の目の前で扉を閉じるとは、酷な話だ。

画家をやっているといろいろなものの感触が分かるようになる　だって、想像上のものであれ、昔のものであれ、動物であれ、人であれ、あらゆるものには本質が備わっているからだ　薔薇（ばら）や硬貨、家鴨や煉瓦を絵に描くときには、まるで硬貨に確かに口があって自分の気持を語ってくれているかのように感じるし、薔薇は画家に直接、花びらの正体を打ち明け、まぶたよりも薄くて敏感なその皮膜に潜むしっとりとした柔らかさについてささやき、家鴨は水に触れながら根元の乾いている羽毛について語り、煉瓦はごつごつした肌触りの口づけについて教えてくれる。

私が尾行するために遣わされたこの少年は、自分がくぐらせてもらえない扉のこと、扉が私に語ることを理解している　彼のそばにいる私の気持ちは、蜘蛛の巣にかかって食われてしまったテントウムシの殻に似ている　最初に目に留まったときにはきれいな生き物がそこで遊んでいると思ったのに、実際には、中身が空（から）になって残された、世界の残酷さの証拠だったという感じ。

　かわいそうな少年。

　なんてね　私たちの周囲には立派な家が建ち並んでいる　設備は行き届き、何階建てにもなっている　少年が腰掛けている背の低い小さな塀は愛を求めて叫んでいる　私にはそれが分かる　生来気の短い父が墓の中で悶絶し、私が閉じた棺の蓋を叩き、塀の作り直しをするために地上に出ようとしているのを感じる　だって、すべての死者に同じような機会が与えられたなら、彼らの経験と知恵によって、きっとこの世界はもっと素晴らしいものに変えられるだろうから。

　それはどこにあるのだろう、つまり父の墓は、そして私自身の墓も、などと考えていると、急に少年が体を起こし、女の家に顔を向け、天に捧げるかのように聖なる奉納石盤（タブレット）を両手に持ち、聖餐式用のパンを掲げる司祭のように頭の高さまで上げた　だってこの場所は、目を持っているのに何も見ない人であふれているからだ　誰もが逍遥しながら手のひらに向かって語り掛け、誰もが同様の石盤を持っている　手のひらほどのものもあれば、顔か頭ほどの大きさのものもあり、おそらく聖人か神聖なる人々に捧げられている　人々がそんな石盤（タブレット）や聖像（アイコン）を覗いたり、そこに語り掛けたり、頭の横に当てて祈ったり、指でなでたり、ただじっと見詰めたりしているのはきっと、彼らの絶望の深さを示しているに違いない　だからこそ、彼らは自分たちの世界から常に目を逸らし、熱心に聖像を眺めているのだ。

　少年はそれを宙に構える　ひょっとすると祈りを唱えているのかもしれない。

　ああ！　分かった　だって家と扉の形をした小さな模様が石盤に現れたから　ということは、この奉納石盤は偉大なるアルベルティが持っていた箱と同じようなものなのではないか　アルベルティがフィレンツェで公開したその箱（私も一度見た）は、小さな穴から覗くと、中に遠くの風景が小さく収まっているのが見えるというものだった（いわゆるカメラ・オブスキュラのこと。）。

では、ここにいる人々は全員が画家で、誰もがはやりの絵画道具を持ち歩いているということなのか？

ひょっとして私は、画家ばかりの煉獄に遣わされたのか――

しかし、私の隣にいる少年はまた元気をなくし、肩を落とした。

いいや　だってここにいる人々には、生涯絵を描き続けるのに必要な気概がまったく備わっていないから。

見ろ、少年　あれを見れば元気が出るぞ　道路脇の金属棒のてっぺんからぶら下がっているバケツに咲いている春の花。

煉獄に春があるのか？　煉獄に歳月というものがあるのか？　うむ、きっとあるのだろう　煉獄には当然、収容者の汚れが清められたと最終的に判断される時期が約束されているのだから、それまでの時間を計る方法があるはずだ　しかし、煉獄にはうめき声と泣き声があふれているだろうと私は予想していた　ところが、ここはさほどひどい場所ではない　だって、ほら、少なくとも黒歌鳥(くろうたどり)がいるから　一羽が今、生垣から現れ、塀の上に止まっている　くちばしはネープルスイエロー、黒い目の縁も同じ黄色の輪　鳥は少年を見詰め、尾をぴくぴくと動かし、再び飛んで生垣に戻るそして生垣の中で歌を歌いだす　鳥の歌がこれほど地上と似ているのに、それでもここが昔ながらの地上世界でないなどということがありえるだろうか？　変わることなく、永遠に美しい鳥の声こんにちは、鳥さん　私は死んだ画家（死んだ記憶はないけれども、たぶん死んでいるのだと思う）、数多くの傲慢なる罪によって、馬のいないこの寒々しい場所に送られ、姿を見られることも、声を聞かれることも、存在を知られることもなく、絶望以外の何も意味しない愛情を持って少年を眺めている。

それにしても、馬がいないとは一体どんな世界だ？

仲のよい馬を連れずに旅をするなんて一体どんなものだろう？　どこに行くときも、旅は常に信頼と忠誠の問題なのだと気付かせてくれるのは馬のおかげだというのに。

そう、私が自分の馬、マットーネを買ったとき、最初は変な名前が付けられていた　ベデヴェリオ？　エットーレ？　当時は昔の王様の物語が大流行で、誰もが自分の子供、果ては馬にまでランスロット、アーサー、ゼルビーノなどという名前を付けていた　私が馬を買ったのは、ボローニャ郊外に土地を持つ女からだった　済んだ仕事でたっぷりとお金を持っていた私は、彼女の土地までキャベツ用の荷車に乗せてもらった　私は馬を見てすぐに指さし、いい石の色をしたあれにしますと言って、試しに乗らせてもらえませんか？と尋ねた　ああ、あの馬には乗れません、と彼女は言った　役立たずの馬より厄介な暴れ馬で、誰も乗せたことがないんです、屠畜人やジプシーが来たときにはまずあの馬を持って行ってくれと言うのですが　それならぜひ、私に売ってください、と私は言って、ポケットから巾着を出した　荷車に乗っていたときにポケットに入った緑色の葉が巾着と一緒にポケットから出て私の足元に落ちたが、それは何かいい知らせのように感じられた　女は野原に入って馬を捕まえたが、かかった時間はわずか1時間半ほどだった　連れてこられた馬を見ると、脚はしっかりしており、尻はきれいで、何より、心臓を動かすための背中から腹にかけての曲線が美しかった（だって、心臓自体が曲線から成る臓器だから）　私が歯を見ようとしたときにも、馬は口に手を入れさせてくれた　あら、この馬は今まで誰にもそんなことはさせなかったわ、いつも嚙みついていたんですよ、と女は言った　その後、女が馬に鞍を付けるときには、馬は脚をばたつかせ、いななき大騒ぎした（必ずしも馬ばかりのせいではないが）　しかし、私が鞍にまたがり、1度庭で振り落とされた後に乗り直した途端、私の手とかかとからのメッセージが馬に伝わったのが分かった　私は何もひどいことをしないと馬は理解し、その瞬間から、彼にとって私が荒野の宿であるばかりでなく、私にとっても彼がそうであることを悟ったのだった。

そうして私は馬と、馬がそのときその場で身に着けていた馬具を購入することに決め、馬の首にしがみついたまま、下に降りることなく身を乗り出して（また乗るのが大変かもしれないので）、女に硬貨の入った巾着を渡した　ボローニャに戻る道中で馬が私を振り落としたのはわずかに3度か4度で、いつも大した抵抗はせずにまた背中に乗らせてくれたが、それは、人を乗せ慣れていない馬にしては親切な態度だった　私は両手を、馬が歩くたびに皮膚が伸び縮みしてできる温かい首のひだに入れていた（馬自身が走りたがっていない限り、走らせることはできなかったし、馬がその気になったときには好きなだけ走らせたから、馬も私のそんな態度が気に入ったらしい）ので、旅が終わる頃には2つのことが起きていた　1つには馬の名前を、毛の色に似つかわしい職人的な名前に変えようと思い付き、もう1つは、馬と私は親友になれるということがはっきりしていたあの女、あるいはそれ以前の所有者から受けた数々のひどい仕打ちにも関わらずいまだに澄んだ目を持つ馬（売買証書に以前の所有者の名前はなかったし、女は署名ができないからと言って保証書を渡してくれなかった）以来、私はその馬を売ろうと思ったことは1度もないので、そう思わせるような出来事はきっと1度もなかったのだろう。

死んだ、去った、骨、馬の灰。

この煉獄において私は今、ふるさとのあの匂い、私がともに大地を旅した馬、私とともに旅した馬の匂いが恋しい　額から黒く柔らかな鼻にかけて白っぽい毛がたてがみを2つに分けていた馬左右対称なその姿は、自然そのものがまさに意志を持った光と闇の芸術家であることを示していた。

だって、ある朝、私がある農家の納屋にその家の娘と一緒にいたとき、というか、私たちが寒さをしのぐために1晩中互いに抱き合っていたとき、着たまま寝ていたシャツを歯でくわえてめくり、冷たい空気を入れて背中をごしごしとなめて起こしてくれたのはマットーネだったからだ　既に朝日が差しているばかりか、主人は目を覚まして朝食をとり、労働者たちも庭に出ていた　私は少女にキスをして、マットーネの背中に乗り、朝日がさらに霜を溶かす前に畑の中を早足で進んでいた　そのときの冒険は確かにしばらく傷として残ったが、その原因は慌ただしく別れのキスをしたことと馬に噛まれたことによるもので、父親や労働者の怒りや暴力によるものではなかったので、私は威厳を保ったまま、鳥の声に包まれることができた。

　黒歌鳥が歌をやめる　少年が動くと、鳥はチュンチュンと騒いで生垣から飛び出す　彼が私の方を向く　そして私を見る!

　いや　彼の視線は私を突き抜けている　彼の目に何も見えていないのは明らかだ。

　私には、彼の顔が初めて見える。

　まず目に入るのは、目の周りを囲う悲しみの黒だ（鼻梁上端の両脇に、曲線に沿って塗られた、焦げたピーチストーン色）。

　少年はまるで、影に浸した白い毛皮のようだ。

　それから私は、彼がとても少女っぽいことに気付く。

　この年頃にはよくあることだ。

　偉大なるアルベルティ、母が私を産んだ年にすべての絵描きのための本を出版し、そこに**（少年や若い女の動きに対して）男の動きには力強さが足りない**と記し、両方になるのに必要な柔軟性と簡素さを理解していた人物。

しかし、偉大なるチェンニーニは『絵画術の書』の中で、年齢にかかわらず女性というもののプロポーションに何の価値も美しさも見いださなかった――ただし、手については話が別だ　少女や若い女性の繊細な手は、屋内で過ごす時間が長いために最高の青色を作るのに向いていて、男の手よりも辛抱強い、と彼は言っている。

だから私自身は、懸命な努力で手を描く名人となり、青色をすり潰し、かつ青色を使う腕を磨いた　その両方ができる人というか画家は他にもいた　そういう人は会うと互いにそれと分かるので、私たちは視線と沈黙で知識を交換し、互いにまた自分の道を歩んだ　ある人々が〝ごまかし〟と呼び、別の人々が〝必要性〟と呼んだ私たちの技を見抜いた人の多くは、私たちを受け入れ、絵の道を進む私たちに備わっているはずの技術に対して無言の信頼を寄せてくれた。

かくして父は私のために、教育と年季奉公を世話してくれたのだが、父の作業場でいつも奴隷同然にこき使われている兄たちはかんかんだった　異教徒の労働者みたいに石や煉瓦を運び、細工している彼らとは違い、私は腰を下ろして絵を描き、石や煉瓦の数を計算し、窓の設計を監督し、その後は屋内で手を保護しながら窓から外を覗き、あるいはそこから入る光を使って数学の本や顔料に関する手引きを読んだ。

私は塀作りもうまい　だって石や煉瓦の扱いも見て学んでいるし、少年が今座っているものよりずっと丈夫な塀を作る方法も知っている。

しかし私は、後に市庁舎の壁ともなる、町を囲む城壁を作った男たちの子孫でもある――ピエロ大先生（ピエロ・デラ・フランチェスカ（一四一二―九二）のこと）がフェラーラに滞在した折にエステ家の依頼で戦闘場面を描いたあの壁だ

（私はピエロ大先生の作品を見て学んだ

馬の開いた口を
風景の中の光の使い方を
軽さの厳粛な性質を
そして物語の語り方、1度に複数のやり方で語る方法、1つの物語の下から別の物語を立ち上がらせる方法を）

私は自分の手で壁画を描くのだ。

だから父は、私が充分に訓練を積んだと判断した段階で（それまでに私は19歳になっていた）、そして礼拝堂の高いところにある祭壇の脇に添える3つのピエタ半身像とたくさんの柱絵を描く人物を募集しているという話を聞きつけた時点で、雨の降る晩にわざわざ、防水革に包んだ私の作品を小脇に抱えて司祭に会いに出掛け、ただの石を絵の具で大理石の柱に変える私の腕前を見せたのだった　私が幼い頃に父や兄たちと一緒にいるところを何度か見たことのあった司祭は、私に仕事を与え、報酬もたっぷりくれた　幸運と正義のおかげで私たちは皆、得をし、私は正式には老いた父、壁職人である父が亡くなる3年前までその下で修業をした　その頃には私はすっかり大きくなって成人し、胸にリネンを巻くようになってから既に10年が経っていた　当時はやせぎすで少年っぽい体型だったので難しいことはなかった　そしてバルトと一緒に快楽の館に通いだしてからもほぼ10年経っていた　館では女の子たちが巻き方とほどき方、そしていろいろと役に立つ振る舞い方を教えてくれた。

バルト。

だって、もしもこの少年の耳が聞こえるなら、教えておいてやりたいからだ　私たちには必ず、兄弟か友達が必要だ、そしてある時点では馬も必要になるのだ、と　私には2人の兄がいたし、馬とは結局友達以上の仲になった　しかし兄弟よりも、馬よりもありがたかったのは友達のバルトだ　私が彼に会ったのは、12歳の誕生日に裸足で川に入り、釣りをした後のことだった　普段はあまりたくさん釣れなかったが、その日はまるで私の誕生日を祝うかのように魚が水面で口を開け、全部で7匹捕まえていた　3匹は髭の長い太った鯉、残りは金色の体に黒い縞の入った中くらいか小さめのパーチ　私が釣り糸をまとめて肩に掛け、機嫌の悪い（私より釣果が少なかった）兄たちを川に残したまま、野良人参（のらにんじん）の草むらを抜け、高い塀に沿って家に向かって歩いていると、上の方から誰かが私を呼ぶ声が聞こえた。

　俺はナマズを釣ったことがある、でも、でかすぎて陸に揚げられなかった、と声は言った。ていうか、危うく川ずり込まれそうになった。

　私は〝川ずり込まれる〟という表現が気に入った　声の主は塀の上から身を乗り出した少年だった。

　口のでかさと引きの強さで分かるんだ、おまえの背丈よりもずっとでかかった、と彼は言った。おまえはあまり背が高くはないけど、魚にしたらずいぶんでかいだろ?

　彼の帽子は新品だった　塀は大人2人分の高さがあったけれども、彼が着ている上着にきれいな刺繍が施されているのが見え、生地も上質なものであることが分かった。

　だから陸には揚げられなかった、と彼は言った。だって、俺よりもずっとでかかったからな、しかも、俺とナマズ以外には誰もいなかったから、自分の手で抱え上げることもできなかった。だから、仕方なく糸を切って、逃がしてやった。でも、今までに釣った中ではあれがいちばんだ、捕まえられなかったけど、だって、あの魚はいつまでも俺の心の中で生きていて食われることがないからな、決して陸に揚げられない魚は死ぬこともないんだ。今日はずいぶんたくさん釣れたみたいじゃないか。１００匹いる中から1匹くれないかな？

自分で釣ったら、と私は言った。

ああ、そうしてもいいけど、もうおまえがそんなにいっぱい釣ってるから、これ以上捕ったら川に申し訳ないだろ、と彼は言った。

どうやってそこに上がったんだい？と私は訊いた。

よじ登ったのさ、と彼は言った。俺は人間よりも猿に近いからな。おまえも来るか？　手を伸ばせ。

彼は上から身を乗り出し、片手を伸ばしたが、それがあまりに上すぎたのと彼のしぐさがあまりにかわいかったのとで私は思わず噴き出した　私はいちばん小さなパーチを糸から外し、兄弟から引き離して、草の上に置いた。

笑わせてくれたお礼をここに置いておくよ、と私は上に向かって叫んだ。

私は他の魚と竿をまた肩に掛け、手を振った　しかし、少し歩きだしたところで、少年に呼び止められた。

俺にくれたその魚をこっちに投げてくれないかな？と彼は言った。ここからじゃ手が届かないからさ。

横着するんじゃないよ、と私は言った。そこから降りて、取りに来ればいいだろ。

魚を釣るのは得意だけど、投げるのには自信がないってわけか？と彼は言った。

投げてあげてもいいんだけど、僕は手を大事にしなけりゃならないんだよ、と私は言った。将来は手を使って生計を立てるつもりだから。いろいろな巨匠があらゆる本に書いていることだけど、物を投げるのはけがや疲れの元になるから手によくないんだって。

投げ損なうのが怖いんだな、と彼は言った。

分かってないみたいだな、と私は言った。僕の名人級の肩を馬鹿にするんじゃない。

へえ、名人級ねえ、と彼は言った。

私は持ち物を下に置いて、小さなパーチを手に取った。

じっとしてろよ、と私は言った。

了解、と彼は言った。

私は狙いを定めた。少年はゆっくりと後ろを振り返り、帽子と魚が塀の反対側に落ちていくのを見た。

困ったことになったな、と彼は言った。帽子を汚したら駄目だと言われてたんだけど。帽子を道連れにしたあの魚は何ていう種類？

パーチ、と私は言った。

彼は顔をしかめた。

どぶ魚、と彼は言った。泥魚。もっとおいしいやつはないのかい？

降りてくれれば、川まで一緒に行ってやるよ、と私は言った。竿も貸そう。自分で好きな魚を釣ったらいいさ。前みたいに大きな魚が掛かったら僕が手伝ってやる。

私がそう言うと彼はうれしそうな顔をした　その後、悲しそうな顔に変わった。

ああ、それが無理なんだ、と彼は言った。

どうして？と私は訊いた。

俺は川に近づくことが許されていないんだ、と彼は言った。この服装のときは。

脱いだらいいだろ、と私は言った。どこかに隠しておけよ。戻ってくるまで大丈夫さ。

しかしそのとき、私は一瞬、少年が降りてきて服を脱いだら、私も裸にならなければならないのではないかと心配になった　だってそのときの私は、既に新しい自分に生まれ変わっていたので、自分の外見を厳格に維持しなければならなかったからだ　とはいえ、心のどこかでは、川に行くという可能性を面白がってもいたのだが　しかしいずれにせよ結局、少なくともその日は、服を脱ぐような事態には至らなかった　だって、少年がこう呼び掛けたからだ――

それは無理だ。俺はこの服を着なきゃならないことになってる。しかも、今すぐに戻らなきゃならない。お祝いに出席しないといけないんだ。今日は俺の誕生日だから。

僕も今日が誕生日！と私は言った。

本当に？と彼は言った。

誕生日おめでとう、と私は言った。

おまえもな、と彼は言った。

何年も後になって知ったことだが、彼がいちばん惹かれていたのは私が裸足で歩いていたことだったらしい　そして私たちが親しくなってしばらく、いやかなりの時間が経ってから聞かされた話によると、その日、彼が川に行こうとしなかったのは新しい晴れ着を着ていたというだけの理由ではなくて、彼が生まれる前に溺死していた兄のことがあったからだそうだ　彼のきょうだいは他は女ばかりで、彼は亡くなった兄と同じ名前を付けられていた。

彼の一家が町を訪れるたびに私たちは会ったが、彼と私は家柄がずいぶんと違うので、徐々にこっそりと会うようになった　私たちはよく川に行ったが、それは2重の意味で彼の母親に背く行為だった　1つには、川に行くという行為そのもので、2つには母親に黙って行くという点で　しかし彼は、川が突然、兄同様に自分の命も奪いにかかることを恐れて、1人で行くことはなかったとはいえ、実を言うと、私はずっと後になるまで、こうしたことを知らなかった。

私たちが初めて出会った共通の誕生日に、彼はとても高い塀の上でバランスを取りながらどんな芸当ができるかを見せてくれた　両手だけでそこからぶら下がること、そして次には、片手だけでぶら下がること　塀の上を猫みたいに、あるいはジプシーの曲芸師みたいに歩くこと　踊ること　栗鼠(りす)のように塀の上を走ったり、鷺(さぎ)のように1本脚で立ってぴょんぴょんと跳んだり　バランスを取ったまま反対の脚を後ろに畳んだり、大きく前後に振ったり　最後には、飛び立つ鷺のように、両腕を左右に広げて飛び降りたり。

彼は最後の1つを除いて、これらの技を全部実演して見せた　最後の技は、飛び降りるかのように両腕を左右に広げるところまでで終わった。

やめろ、と私は叫んだ。

彼は踊ったときと同じ大胆さで笑った　そして最後に1度だけジャンプし、両腕を広げたまま塀の上に腰を下ろした　彼は額縁に脚を掛けて半分絵の中、半分その外にいる人物のように、私に向かって脚を振った。

おまえは男の子なのに塀が怖いんだな、と彼は上から呼び掛けた。

君は男の子なのに、それが間違いだってことが分からないんだな、と私は返事をした。僕のことをもっと知れば、僕が何も恐れていないことが分かるはずさ。それに、僕のお父さんは塀を作る職人でもあるんだけど、そんなふうに足で蹴られても塀が少しも欠けないってことは君にとってはラッキーだ、塀がとてもよくできてるってことだから。でも、飛び降りるには高すぎる。どんな馬鹿でもそのくらいの計算はできる。

その通り、俺は馬鹿じゃない、と彼は言って、まるで飛ぼうとするかのようにまた立ち上がって私を笑わせた。そしてジャンプをする代わりに、落ちないで済むぎりぎりのところまで深くお辞儀をした。

そなたにとっても吉日である本日、バルトロメオ・ガルガネッリは新たな知る辺どもを得て大変愉快である、と彼は言った。

大げさな言葉遣いをするのは自由だけど、と私は言った。ただのどぶ魚漁師でも、今の言葉がおかしなことくらいは分かるよ。

1人なら知る辺。2人なら知る辺ども、と彼は言った。俺が出会った知る辺は2人以上、正確には3人だ。釣りの名人。魚投げ名人。そして壁名人。

もしもそこから降りてきてくれたら、それ以外の僕を紹介してあげてもいいよ、と私は言った。


ここで再び現在　私と少年と塀だ。

(塀があるのはたぶん吉兆だ。)

しかし、少年は今、まるで体が透明になる魔法の指輪を私がのみ込んだかのように、私の体を透かしてその後ろにあるものを見ている。

(これもたぶん吉兆だ。)

少年は最初、聖人だった　今は失恋の身　画家が何の役に立てるだろう?

私はできることをするだけ。

彼のために、開いた玄関を描いてやろう。

そして彼の手に、明るい松明を持たせてやろう。

絵の制作には、植物と石、石粉と水、魚の骨、羊と山羊の骨、高温で白化させてから細かく碾いた鶏や他の鳥の骨など、いろいろなものが必要だ　兎の足や栗鼠の尾も使える　パン屑、柳の若芽、無花果の若芽、無花果の汁も必要　豚の毛、犬、猫、狼、豹など肉食獣の牙も必要　石膏も要る　斑岩製の石臼も　旅行鞄と質のいい顔料の素、絵の具の素となる鉱物も必要だ　何より必要なのは卵、新鮮であればあるほどいい、そして町で取れたのではなく田舎で取れたものの方が乾いたときに発色がいい。

もしも色が鮮やかすぎるときには、ただで手に入る耳垢で曇らせることができる。

羊と山羊の皮も要る　鼻の皮、足と腱、長く切った皮、そぎ落とした皮、そしてそれらを煮るためのきれいな水。

私はパネルやリネンやひびだらけの壁に描くあらゆるスケッチやデッサンや絵画について考える　すべての絵の具、柳、兎、山羊、羊、蹄、すべての割られた卵　灰、骨、土埃　すべては過去のもの　何百という材料　いや、何千だ。

だって、画家の生涯なんてしょせんはそれだけのものだから　目に見え、去り、どこかに消えたもの　雨、季節、歳月、飽くことを知らない鳥のくちばし　私たちの目が求めているのは壊れていないもの、あるいは壊れた破片が組み合わさる縁の部分。

私は代わりに、聖母の姿を見たがった幼い少年の話を聞かせてやろう。

少年は繰り返し祈った　お願いです、聖母様に会わせてください、と　聖母様が私の前に肉体を持った姿で現れますように　しかし、代わりに天使が現れ、こう言った　いいだろう、聖母に会わせてやる、しかし、軽く考えてもらっては困る、というのも、その姿を見られる代わりに目を1つ失うことになるからだ。

聖母様を見るためなら、目を1つ失うことなど何ともありません、と少年は答えた。するると天使が消え、代わりに聖母が現れた　聖母のあまりの美しさに少年は泣きだした　やがて聖母が消えると、天使が言った通り、少年は片目が見えなくなった　実際、手で顔を触ると、そこにあった目がなくなり、小さな洞窟のような穴が残されていた。

しかし、片目を失っても、彼は聖母を見られたことがうれしくてたまらず、もう1度、彼女をその目（片目を失った後なので、残った方の目）で見たいということ以外に何も考えられなかった。もう1度、聖母様が私の前に現れますように、と彼が繰り返し祈ったので、あまりのしつこさにうんざりした天使が紫と金と白の翼を羽ばたかせて彼の前に現れ、厳かにその翼を畳み、こう言った。よろしい、もう1度、聖母をおまえに見せてやることは可能だ、しかし軽く考えてもらっては困る、それと引き替えに残る片目を失うことになるのを承知の上だろうな。

私はあまりに露骨なその不当さに母の膝の上で跳び上がった　それは尼僧たちが挿絵を添えたヴィンチェンツォの小冊子に掲載されていたお話で、彼と同じ言語を話す人であれ、違った言語を話す人であれ、数マイル四方で彼の言葉を聞いた無数の人に向かってヴィンチェンツォが好んで語った物語の1つだった　そして、母が亡くなってしばらく経ち、私が自分で読み書きできるようになって、〝謙虚なる僕（しもべ）、ヴィンチェンツォ・フェレーリの生涯と無数の奇跡〟と題されたその小冊子がベッドの枕元にねじ込まれているのを見つけ、それを広げて、初めてゆっくりと自分で読んだときになってようやく、母が1度も、物語の結末を語らなかったことが分かった　実際の結末では、

1　聖母がまた現れる
2　天使が残る目を奪う
3　最後に、聖母が優しさから、少年に2つの目を返す

私を膝の上に抱きかかえた母はいつもその代わりに、私をじらした。

少年は両目を差し出すのでしょうか？と母は言った。どう思う？　どうしたらいいのかな？

私は自分の目に手を当てて、まだそこに目があるかどうかを確かめ、なくなったらどうなるかと恐ろしい想像をしながら、母がページをめくるのを待っていた　目があった場所に2つの黒い穴が開いている少年の絵の次にあったのは、ヴィンチェンツォが口のきけない女を治療しているそれほど怖くない絵が描かれているページだ　ある日、ヴィンチェンツォは口のきけない女に会った　女は今まで1度も言葉を話したことがなかった　彼が女を癒やすと、女は他の人と同様にしゃべることができるようになった。

しかし、女が口を開く前に、彼は聖書と手を掲げ、こう言った——さあ、本当です、あなたは今、話すことができます。しかし、口をきかないに越したことはありません。そして、私はできれば、あなたにしゃべってもらいたくありません。

すると、女は〝ありがとうございます〟と言った。

そしてその後は、2度と口をきかなかった。

母はこの奇跡について話をするたびに、いつも大笑いをした　あるときは笑いすぎて椅子から転げ落ち、倒れた椅子の横に寝転がったまま、両腕で胸を抱え、目からは涙を流し、壁の厚い部屋にいたおかげで外の通行人に聞こえなくてよかったと思うほどの笑い声を上げた　その様子はまるで、魔法を使うからということで人から避けられ、森に暮らしている狂女のようだった。

別のときの母は風呂に入った後の私を膝に抱え、恐ろしい話を聞かせてくれた　例えば、毎日、日の昇る場所から沈む場所まで太陽を引いて空を駆けている馬たちは、子供が扱うにはあまりに気性が荒く、力も強いので、太陽神アポロンは息子に馬を御することを禁じたという話を母は物語りながら、馬と太陽がゆっくりと空を横切るさまを腕でなぞった　しかし、その息子が禁じられた馬たちを連れ出したときには、彼女は手を震わせ（馬の力が少し強くなりすぎ）、腕を大きく左右に振り（馬がますます力を増して）、もう自分の体の一部ではなくなったかのように腕をむちゃくちゃに振り回し（馬に制御がきかなくなり、手綱が宙に躍っている）、そして鳥が空を横切ったみたいにあっという間に1日が終わって夜になったかと思うと、馬と戦車と少年が言葉では追いつけない速度で地面にぶつかった——と、ここで母は私を膝から落とすみたいな、まるで私が彼らと同じように地面に叩きつけられるような演技をした　しかし、違った　というのも、落ち始めたと思った途端に、気が付いたら下ではなく上に向かって放り出されていたからだ　母は私を落とすと同時に立ち上がり、まるで心臓と喉が体から飛び出して天井にぶつかりそうなほどの勢いで危なっかしい高さにまで私を抱き上げた——しかし母は、落とすときも上げるときも、一瞬たりとも私を抱えた手を放すことはしなかった。

　母に聞かされたもう1つの話は半人半獣の音楽名人、マルシュアスの物語　彼はどの神にも劣らず笛の演奏が巧みだった　しかし、やがてその噂を聞きつけた太陽神アポロンが光の矢のごとくまっしぐらに地上に舞い降り、技比べを挑んで勝利し、マルシュアスの生皮をはいで戦利品としたという。

　これは不当な仕打ちに聞こえるかもしれないけれど、必ずしもそうではないの、と私の母は言った。だって、考えてもごらんなさい。トマトをお湯に浸けると皮がつるんとむけて、果実の中から赤くて生々しい甘い部分が出て来るでしょう？　あれみたいに、マルシュアスの皮ははがれたのよ。その光景は、目にした人皆を感動させ、どんな音楽家や神が演奏した音楽よりも心を強く動かしたわけ。

だから常に自分の皮を懸けて生きなさい、と母は言った。皮をはがれることを恐れては駄目。だって、恐れ多くも神々が私たちから皮を奪うとき、その行為は何らかの意味で私たちに利益をもたらすものだから。

少年は少女だ。

私には分かっていた。

私は彼と一緒に貧相な塀（長持ちしそうもない）の上に座っていたから分かる　やがて、年のせいで腰の曲がったかなり年配の女が後ろの家から出てきて、大騒ぎを始めた　女は少年の背中を長い棒の先に付いた毛の硬いブラシでつついて、何かを叫んだので私たちはその場を離れたのだが、そのとき少年が女の子でしかありえない地声で丁寧かつなめらかに謝罪の言葉（たぶん）を口にした。

少女は踊りもうまい　私はこの煉獄を眺めるのが少し楽しくなってきた　最も奇妙なのは、誰もいない、音楽も鳴っていない部屋で人々が踊りを踊る様子だ　彼らは耳に小さな栓を入れ、静寂の中で体を揺らす　あるいは告解室に響く蚊の羽音よりもかすかな音量で耳栓から出る音に合わせて踊る　少女は腰を柔軟かつ俊敏に動かし、体を上下させた　時にはとても低い体勢からびっくりするような勢いで急に立ち上がり、時には片足を軸にして回転したかと思うと今度は逆の足を軸に変え、次には両足を軸にして、曲げていた膝をしなやかに伸ばした　その様子はまるで幼虫がさなぎから出て羽を伸ばし、大きな回り道を終えた成虫が姿を現しているかのようだった。

少女には弟がいることも分かった　弟は少し年下で、表情は少女と同じく開けっぴろげな感じだが、全体にぽっちゃりして健康的で、目の周りには影が少なかった 私ばかりでなく、誰でも人が踊っているのを見ると自分も踊りたくなるもので、姉の部屋に入ってきたこの少年も、長く茶色い巻き毛を振り乱し、かなり下手くそながらも同じダンスを踊った（天使のように腹から下が裸だったので、〝少年〟だということは解剖学的に分かった） 彼は笑いながら下手な踊りを踊り、半裸で少女の周りを回った 少女は目を閉じていて、彼の声も聞こえていなかったので、目を開けて彼に気付いた途端、アフリカの猫みたいな悲鳴を上げ、弟の頭を叩き、部屋中を追いかけ回した その様子から、2人がきっと姉弟であろうと察せられた。

少女はまた踊りだした 彼女が奇妙なダンスを丁寧かつ器用に踊るのを見ていると、体で真剣にリズムを取るその気迫に私は圧倒された。

私は1人で厳かに踊る彼女が好きになった。

今、彼女と私は姉弟の家の外にいる 私たちが座っている庭では、花が震えている。

彼女は手に持った小さな窓を通して、実物そっくりな売春宿で愛の行為が繰り広げられている場面を次々に眺めている 愛の行為は変わっていない 私にとって目新しい技はここにはない。

ここは寒く、彼女も震えている 彼女はおそらく体を温めるために、愛の営みを繰り返し見ているのだろう。

弟も外に出る 彼女はそちらをちらりと見るだけで、それ以上の反応はしない 少女の視線はとても強力だ 弟はあまり姉に近づくことなく、彼の背丈と同じくらいの小さな籐の柵の背後に回り込む そこには、扉に近いところに大きな黒い樽が隠されていて、少年は何かのいたずらを企んでいるらしい 彼は柵の前の草むらに飛び出し、石か木切れを拾ってまた柵の後ろに戻るという行動を何度か繰り返したが、姉には1度も気付かれなかった。

恋愛のゲームに夢中になっていると周りの世界がすっかり目に入らなくなってしまうということを、私は今思い出した。

とはいえ、あんな小さな窓から覗くのはやめた方がいいと思う。

いや、そもそもそれを見るのもやめた方がいい　愛は感じるのがいちばんだ　愛の行為をこんなふうに眺めるのは、興ざめだし耐えがたい　それが巨匠の手になる作品でもない限り、人が楽しむのを見ていても、私たちはその中に入り込むことができないからだ（自慰とか別次元の喜びから来るのはあなた1人の快感で、人と共有されたものではない）。

私が今考えているのは当然、ジネヴラのことだ　とても愛しいイソッタのこと　お馬鹿でかわいいメリアドゥーサちゃん、そしてアグノーラと他の仲間たちのこと　私が彼女たちと初めて出会ったのは、17歳の夜、私とバルトがレッジョに行列を見物しに行った後、街に戻ったときのことだそこでバルトは私を〝夜を過ごすには格好の場所〟に連れて行ったのだ。

なあ、フランチェスコ、侯爵が公爵に昇格されるお祝いを見物に行かないか？とバルトが私を誘った。

私は人混みを見てみたかったので父に許しを請うた　父は駄目だと言った　にべもない返事だった。

仕事に役立つんだと言ったらいい、とバルトが言った。俺たちは歴史的場面を見るために旅をするんだってな。

私はそんな意味のことを父に向かって繰り返した。

向こうには画家が見ておくべきものがいっぱいある、と私は言った。だから、もしも僕が宮廷とその御用職人に近づくことをお父さんが望むなら、僕が知るべきこと、見逃しちゃならないものがたくさんある。

父は首を横に振った　駄目だ。

もしもそれで駄目なら、俺と一緒に行くんだと話せばいい、とバルトは言った。これは画家としての一種の視察旅行なんだ。俺の家族におまえの腕を見せる機会が多ければ多いほど、それだけ、一人前になったときにおまえに仕事をさせる可能性が高まるんだから。それに旅行はたった1泊だし、宿は俺の両親が、レッジョにある屋敷に泊まらせるから大丈夫だと伝えろ。

だけど、君の一族の屋敷はレッジョの近くにはないじゃないか、と私は言った。

フランチェスコ、おまえは若芽のように青いなあ、とバルトは言った。

若芽の緑（あお）にもいろいろあるんだぞ、と私は言った。

何種類ある？とバルトが言った。

主なところで7種類、と私は言った。ひょっとすると20か30、微妙な変種を加えるとそれ以上かもしれない。

じゃあ、おまえはその全部を足したみたいに青い、と彼は言った。だって、おまえ以外のやつなら誰だって、俺たちの本当の計画がレッジョへの1泊旅行じゃないってことくらい、わざわざ口で言われなくたって分かるはずだからだ。ほら見ろ、おまえはまだ計算中、いくつの緑をどう混ぜたらどんな色になるだろうって考えてるだろ？

その通りだった　それから彼は笑い声を上げ、私の肩に腕を回し、頭の横にキスをした。

控えめでかわいいわが友よ、おまえは物でも人でも、鳥でも空でも建物の姿でもありのままに受け取るんだよな。俺はおまえの青さが好きだ、1つにはその青さに敬意を表するために、ぜひともお父さんを説得して俺に同行してくれ。だから説得するんだ。俺を信じろ。決して後悔はさせない。

バルトはこうしたことに関してはいつも要領がよかった　だって、ガルガネッリ家の子息との親しい交際を匂わせた結果、父は目をぱちぱちさせて、1つ間を置き、イエスという待望の答えをくれたからだ　行動についてはたっぷりと条件が付けられたものの、上着まで新調してくれた　私は荷造りをし、朝早くに出発し、バルトに会った　私たちはレッジョに着き、街を一通り見物した。

　私はそれまでに想像もしたことのないほどたくさんの人が公園に集まっているのを目にした　旗も見たし、人物像を描いた白いのぼりも見た　私たちはそれを、ガルガネッリ家と親しい人の家のバルコニーから眺めた（バルトの話によると、その一家はヴェネツィアから聖地を目指して船旅に出掛けていて、家のバルコニーに誰が立とうが気にしていないとのことだった）馬に乗った廷臣がいた　旗を宙に投げ、それをまたキャッチしている少年たちもいた　それから、鉛白が塗られているに違いない真っ白な移動舞台を馬が引いてきた　その高いところに、空の席があった　椅子は背が高く、玉座のようなクッションが張られていた　椅子の4隅には、古代ローマの賢人を模してトーガをまとい、年かさに見せるために顔に炭を塗った若者が1人ずつ立っていた　近くにいた私たちには、目と口の周りや額に引かれた線がはっきり見えた　その下の段には、別の4人の少年がいて、舞台の4隅に立ち、街のマークを記した垂れ幕と新公爵の旗を持っていた　その8人に加え、もう1人が前に座っていた　全体を指揮する男が馬を立ち止まらせ、私たちが見物しているすぐ下で舞台が急に停止したとき、正装をした9人は、手でつかんで支えにするところがないのでバランスを取るのに必死だった。

　9人目の少年は正義の女神に扮していた　玉座の足元に座り、重そうな剣を掲げていた彼は、舞台が止まったとき、思わずよろめいて、前に置かれていた大きな秤のセットにぶつかり、転げ落ちそうになった　しかし、何とか踏みとどまり、山車の床に剣の先をついて体勢を立て直した　そして前に垂れてしまったマントを再び肩の後ろに回し、足先を使って器用に秤のバランスを直してから息を整え、再び剣を宙に構えた　たまたまそれを見ていた人は誰もが声を上げ、喝采を送ったが、正義の女神本人はしまったという表情を見せた　というのも、空の玉座の方を見ながら舞台の脇に今、現れた恰幅のいい男は険しい顔をしていたからだ。

男は輝く宝石に覆われていた　私たちがここに来たのは彼のためだ　情け深く寛大なるカリスマ、エステ公ボルソ　レッジョとモデナの新公爵、フェラーラの新侯爵（そして尊大で利己的な愚か者、とバルトは言って、彼がエステ公一族以外の裕福な家々に挨拶回りをした話、情け深く寛大なるカリスマのボルソが何か月にもわたって皇帝に贈り物を続けて〝情け深く寛大なるカリスマ〟との評判を作り上げ、中でも前侯爵だった兄よりも気前がいいことを世間に見せた話、ただし前侯爵はラテン語を知っていて、静かな生涯を送り、亡くなったのだという話を私に聞かせた　ようやくモデナとレッジョの公爵（しかし、畜生、フェラーラの方はまだ公爵でなく侯爵だ）に任じられるという知らせを初めて聞いたときには、立派な宮殿の庭で一人、ぴょんぴょんと跳び上がり、公爵になったぞ！　公爵になったぞ！と子供のように叫んでいるのを従者が見ていたらしい）。

その体の前面は宝石で覆われていた　宝石に太陽の光が当たると、まるで彼が無数の小さな鏡か星をまとっているみたいに、あるいは火花に包まれているみたいに見えた　中でもいちばん大きかったのは、朱色のコートの前面にあしらわれた青緑色のもので、彼の手と同じくらいの大きさがあった　とても小さな少年＝天使がその手を取り、舞台の前、正義の女神のところまで彼を導いた（天使の背中には白鳥の羽で作った翼が付いていたが、白い服に接している芯からはまだ赤い汁が染み出し、軟骨が光っていたことからすると、むしられたばかりの新鮮な羽だったのだろう）。

偉大なる閣下、と高く澄んだ声で天使が言った。

広場に集まった群衆が静まりかえった。

太った男が天使に頭を下げた。

おまえの前に座っているのは神の僕（しもべ）、正義の女神だ、と天使が言った。その声はハンドベルの音のように甲高く、人々の頭上に響いた。

天使を見ていた男は、正義の女神の方へ向き直り、仰々しく頭を下げた　正義の女神はあえて頭を下げ返さなかった　重すぎる剣が二人の上で揺れていた。

天使がまた甲高い声を上げた。

長らく忘れ去られていた正義の女神！　あまりにも長い間、軽んじられ、ないがしろにされてきた正義の女神！　世界中の支配者たちは皆、正義の女神を無視してきた！　彼女を守る人々、よりよき時代の賢き君主たちがこの世を去ってから、忘れられ、さげすまれてきた！　正義の女神はかくも孤独だった！

正義の女神に扮した少年は他方の手も剣に添え、両手で揺れを抑えた。

しかし、喜べ、なぜなら、偉大なる主（しゅ）よ、今日、正義の女神は死んだ！と天使は言った。

そこで、呆気（あっけ）にとられたような間があった。

天使は驚いたような表情を浮かべた。

偉大なる主よ、と天使が繰り返した。今日。正義の女神は。死んだ。

太った男は頭を下げたまま動かなかった　混乱した天使は目をつぶった　山車の上にいた少年たちはじっと前を見据えていた　舞台後方で他の者たちと馬を並べていた世話人が前に出ようとした　太った男が顔を上げることなく少しだけ手を上げると、世話人は馬を引き留めた。

太った男は頭を下げたまま、天使に向かって何かをつぶやいた。

神座（しんざ）を、と天使が言った。汝に。譲る！　正義の女神は今日、他の誰よりも汝を寵愛することを世界に告げる！　正義の女神は汝の前に頭を下げる！　純潔なる正義の女神は汝に心を奪われた！　もう一度喜べ、正義の女神は古（いにしえ）の偉大なる賢人、最後の正しき支配者たちの死によって空いていた座に汝が就くことを請うているのだから！　偉大なる主よ、正義の女神は今初めてその席を埋める者が現れたと言っているのだ！　この座は空いていた、ずっと空いたままだった――汝が現れるまでは！

　太った男、新たな公爵が立ち上がった　体の前面が光る　そして天使の前まで進み、少年の肩に手を置いて体の向きを変えさせて、二人で舞台の方を向いた。

　正義の女神に扮した少年はまだ2つの手で剣を掲げていたが、一瞬、片方の手を放して、空（から）の玉座を指し示し、すぐにまた柄（つか）に手を戻した。

　新たな公爵が口を開いた。

　正義の女神にお礼を申し上げます。私は正義の女神を敬っております。しかし、この名誉を受けることはできません。かかる玉座をたまわることはできません。私はただの人にすぎませんから。しかし、正義の女神の名誉と承認にもとることのないよう、公爵としての務めを果たして参りたいと存じます。

　一瞬の沈黙　それから下の群衆が喝采を送った。

　もったいぶった愚か者、とバルトが言った。もったいぶったボルソ。愚かな群衆。

　大きな広場に響く喝采には説得力があったので、私もそこに加わりたい気分になっていた　ボルソは自分がかわいがっている画家や音楽家に贈り物をよくする人物だという噂を私は聞いていたので、あまり彼のことを悪く思いたくなかったし、実際、群衆も彼を愛している様子だった　これほどたくさんの人が大きな勘違いをしているなどということがありえるだろうか？　彼をたたえる人々の拍手喝采は大変なものだったし、新たな公爵は腰が低いように見えた　山車の上にいる盛装した少年たちは、まるで滝の中をくぐったかのように喝采の飛沫（しぶき）でびしょ濡れになっているようだった。

ほっとした表情を浮かべていないのは、白鳥の翼を付けた天使だけだった　新たな公爵が再び群衆に頭を下げ、喝采を浴びるのを上から眺めていた私たちには、天使の肩と首が赤くなるのが見えた　やがて黒に変わりそうな最小限の赤の色素　跡が残りそうなほどに強く新たな公爵の手がその肩と首を握っていたからだ　ともかく、この世で腰を低くして振る舞うのは難しい　だからその結果としてのあざは、どこかで誰かが引き受けなければならないのだろう。

さてと、とバルトが言った。狩りに出掛けよう。

私たちはボローニャへ移動した。

バルトは街の売春宿では既にかなりの有名人で、私たちが外門をくぐる前から3人の若い女が彼の名を呼びながら駆け寄ってきて、順番に彼にキスをした。

こいつはフランチェスコ、今日が筆下ろしだ。俺の大、大親友。前にも話したよな。ただしちょっと内気なんだ、とバルトは1人の女に向かって言ったが、私にはその顔がよく見えなかった。だって、彼女は光り輝き、部屋は暗く、服の乱れた魔女のような女たちがたくさんそこに入り乱れ、正体不明の豊かな匂いが辺りに充満し、足元から壁、さらにはおそらく柔らかなもので覆われている天井に至るまで、あらゆる場所に豊かな色が施され、絨緞（じゅうたん）が敷かれているように見えたからだ　しかし、確信は持てなかった　というのも、甘く汚れた匂いと空気、色彩と雰囲気が私の感覚を狂わせ、奥の部屋に入った途端に天井が回っているみたいな気がしたからだ。

私の手を握っていた女が、コートを脱がせようとした　ついでに私の小型鞄も受け取ろうとしたが、中には絵を描くための道具が入っていたので、私はコートが脱げていない方の腕で鞄にしがみついた。

女は私の耳元に口を近づけた。

怖がらないで、坊ちゃん。それから、あたしたちのことを見くびらないで。あなたのポケットも鞄も中身がいつの間にか減ったりはしない。減るとしたら、私たちのサービスに見合う分だけ、そしてあなたが余分に払いたいと思う分だけよ、約束してもいいわ、ここに泥棒はいない、私たちはみんな正直者だし、サービスも満点。

いや、いや、と私は言った。そういうことじゃないんだ、僕——そういうつもりじゃ——

しかし、耳元でそう語り掛けている間に、女は私を両腕で抱えるようにして別室に連れ込んだ女は力が強くて、まるで私には意志が存在しなくなったかのようだった　私は葉っぱのように軽々と運ばれて、部屋の扉が閉じられた　そこに扉があるのは感じられたが、レースかカーテンか、薄い絨緞のようなものが手前に張られていた。

私は必死に鞄を握り締め、反対の手で扉の把手を探したが、どうしても見つからなかった　女は次に鞄の紐で私をベッドの方へ引っ張り、私は扉の方へ戻ろうと逆向きに引っ張った。

肌が柔らかかね、と女が言った。髭もちっとも生えてない（彼女は私の頬に手の甲を当てた）、さあ、心配しなくていいわ、お金の心配も要らない、だって一緒に来たお友達が払ってくれる手はずになっているもの。

彼女は私の鞄の紐を握ったまま、ベッドに腰を下ろし、笑顔で私を見上げた　そして2度か3度、優しく戯れるように紐を引っ張った　私は紐の長さだけ離れた場所で、丁重に踏ん張った。

女はため息をついた　そして紐から手を放し、扉の方へ目をやった　私がすぐに扉に向かって駆けださないのを見ると、彼女はまたほほ笑みを浮かべたが、それは先ほどとは違う種類のものだった。

初めて？と彼女は前ボタンを外しながら言った。私がちゃんとしてあげる。約束よ。怖がらないで。任せて。私に。

女は今、むき出しになった乳房を持ち上げて見せた。

私のことが嫌？と彼女は言った。

私は肩をすくめた。

女は胸をしまい、またため息をついた。

イエス様、マリア様、ヨセフ様、私は疲れたわ、と彼女は言った。オーケー。落ち着いて考えましょう。いい解決法を。あなたには別の女の子を連れてきてあげる。2人でこの部屋を使ってもらって構わないわ。見ての通り、いちばんいい部屋なんだから。それでいい？　じゃあ、教えてちょうだい。黄色い髪の子がいい？　私より若い子？

別の女の子を望んでいるわけじゃないよ、と私は言った。

女がうれしそうな顔をした。

私がいい？と女は言った。

そういう意味じゃないけど、と私は言った。

女は顔をしかめた。それからほほ笑んだ。

男がいいのね？と彼女は言った。

私は首を振った。

誰が望みなの、誰とファックしたいの？と彼女は言った。

したくない、と私は言った。

ファックしたくないの?と彼女は言った。別の何かがいい? 特別なサービス? お友達と女の子をここに連れてきて3人でする? それとも見るのが好き? 女の子を2人連れてきてほしいとか? 痛いのがいい? おしっこ? 尼さん? 司祭? 鞭? 縛る? 司教? 何でも言って、ここでは大体何でもオーケーだから。

私はベッドの端にあったベンチに腰を下ろした　そして鞄を開け、紙を広げ、パレットを取り出した。

ああ、と女は言った。そういうこと。なるほどね。

部屋ではろうそくの明かりが波打っていた　場所としては、女が今いるベッドの上が、光の状態がいちばんよかった　シーツに埋もれた顔は浅黒く、かわいらしいハート形、ツンと上を向いた鼻に、華奢な顎　私よりも10歳ほど年上、いや、ひょっとすると20歳上か　目には愛の歳月が刻まれ、その奥には絶望が見えた　化粧はしていたが、暗い絶望の深刻な影は隠せなかった。

私はろうそくを1本動かした　そしてもう1本。

そんなにじろじろ見ないで、と彼女は言った。

〝きれい〟という言葉がぴったりだ、と私は言った。

ふうん、私もあなたには同じ言葉がぴったりだと思うわ、と彼女は言った。正直に言うけど、私は普段、あまりそんなふうには思わない。仕事上、そう思っている振りをすることはよくあるけど。

それと〝美しい〟という言葉も、と私は言った。ただし、〝めちゃくちゃ〟という言葉も付け加えて。

彼女は少し顔を伏せるように小さく笑った。

へえ、あなたって完璧、と彼女は言った。ねえ、ほら、したくない？　私はしたい。あなたのことが好きだから。きっと私のことも気に入るわ。うまいのよ。上手に、優しくしてあげる。力もあるわ。試してみてよ。ここではいちばんなんだから。私は他の子に比べて2倍の値が付いているの。それだけの値打ちがあるってこと。だからお友達は私を選んだんだもの。贈り物。私は贈り物なの。今、この館では私がいちばん高いのよ、他の子よりも腕が格段にいいし、今日は1晩中あなたの相手をすることになってるわ。

横になって、と私は言った。

いいわよ、と彼女は言った。これでいい？　こう？　これは外す？

袖を留めていた紐が外れ、腹の上に垂れ下がった。

じっとしてて、と私は言った。だって、服からこぼれそうになっている乳房が完璧な曲線を描いていたから。

こう？と彼女は言った。

力を抜いて、と私は言った。動かないで。その両方を同時にできる？

さっきも言った通りよ、私は何でもできる、と彼女は言った。目は開けておく、それとも閉じる？

どちらでも、と私は言った。

彼女は驚いたような顔をした　それからほほ笑んだ。

ありがとう、と彼女は言った。

そして目を閉じた。

私が絵を仕上げる頃には、彼女は眠っていた　だから私もベッドに入り、彼女の足元で寝た　そして目を覚ましたときには、鎧戸とカーテンの隙間から朝日が差し始めていた。

私は彼女の肩を軽く揺すった。

彼女は目を開け、慌てた　そして枕の下、ベッドの裏に手を伸ばした。何であれ、彼女が探していたものはまだそこにあった　彼女は安心して、再び横になった　そしてぼんやりした顔で私を見て、昨夜のことを思い出した。

私、眠っちゃったの？と彼女は言った。

疲れていたみたい、と私は言った。

ああ、ここにいる私たちはみんな、週末はいつもへとへと、と彼女は言った。

よく眠れた？と私は言った。

彼女は私の言葉を聞いてうれしそうだった。それから笑って言った

うん！

まるで、よく眠れたという事実が驚くべきことであるかのように。

私はベッドの縁に座り、彼女に名前を訊いた。

ジネヴラ、と彼女は言った。知ってるかしら、おとぎ話に出てくる女王様と同じ名前。王様と結婚するの。あなたってきれいな手をしてるのね、名前は――。

フランチェスコ、私は言った。

私は彼女に紙を渡した　彼女はあくびをし、ほとんど目もくれなかった。

あなたが初めてってわけじゃないの、と彼女は言った。前にもモデルになったことがある。でも、画家の人って何だか。あなたはちょっと変わってるわ。画家の人って大体、何人かを1度に描きたがるでしょ？　行為の最中とか――。わあ。

彼女は真っ直ぐに起き上がった　そして部屋に差しているわずかな朝日に絵を近づけた。

わあ、と彼女は再び言った。絵の中の私ってずいぶん――。でも、やっぱり――。うん、――。とても――。

それから彼女が言った。これ、もらっていい？　大事にするから？

条件が1つ、と私は言った。

やっとさせてくれるわけ？と彼女は言った。

そしてシーツをめくり、私をベッドに招いた。

君から彼に言ってほしいんだ、と私は言った。僕の友達のことだけど。君と僕とはとても素敵な時間を過ごしたって。

お友達に嘘をついてほしいっていうこと？と彼女は言った。

いいや、と私は言った。だって実際にそうだったんだから。素敵な時間を過ごしたってこと。少なくとも僕は。それに君もついさっき、よく眠れたって言ってたし。

彼女は怪訝な顔で私を見た　そしてまた視線を下げて、スケッチを見た。

それだけでいいの？と彼女は言った。

私はうなずいた。

ロビーに行くと、そこにはバルトがいた　鎧戸の隙間から差す朝日の中で見るロビーは、前の晩とはまったく違うものだった　今の部屋は気が抜けて、まだらな汚れや、1つの壁に残った失火の跡が見える　バルトは屋敷の女主人と一緒に待合室に座っていた　女主人は、私が今までに白のフリルとリボンを身に着けているのを見た女の中で最年長だった　1人の使用人が小さなカップに何かを入れ、もう1人の使用人がそれを彼女の口元まで持っていき、飲ませていた　バルトは私たちが去る前に、女主人の老いた白い手にキスをした。

私たちが売春宿から外に出ると、バルトも気が抜けて、まだらに汚れ、石工のようにむさ苦しく、服はしわだらけなのが分かった。

毎回、おまえの分も俺が払うというわけにはいかないぞ、と、朝食に向かう途中でバルトが言った。特にジネヴラは。俺が稼ぐようになったら、それか、財産を相続したら、またおごってやるよ。でも、楽しめたか？　上手に時間を使えた？

ほとんど寝てない、と私は言った。

彼は私の肩を叩いた。

次に私たちが訪れたとき（というのも、私はガルガネッリ家とねんごろになるためという口実を父に信じさせて、月に2晩ほど売春宿に泊まるようになっていたから）、ジネヴラが私たちを玄関で出迎えてくれた　彼女はバルトに目配せをし、私の肩に腕を回して部屋の隅へ連れて行った。

フランチェスコ、と彼女は言った。特別にあなたに紹介したい子がいるの。アグノーラよ。あなたの好みは教えてあるし、夜の過ごし方も分かってる。

アグノーラの髪は金色で長く、波打っていた　若いけれども太ももは、乗馬好きな人のようにしっかりしていた　壁にカーテンが掛かり、窓が鎧戸で覆われた部屋に入ると、彼女は私の手を取り、感情をまったく見せることなく小さなテーブルの前に私を座らせて、そこに立ったまま内気な口調で言った。

フランチェスコさん、あなた、ジネヴラの絵を描いたでしょう？　お願いだからもう1枚描いてほしいの、今回は私の絵を。報酬は払うから。

私はその通りにした　今回はシーツの上に裸で横たわってもらい、対称性（シンメトリー）を前面に出した　というのも、偶然にも私が生まれた年に画家のための手引きを出版した偉大なるアルベルティが、人体の重みと支え、バランスとカウンターバランスの仕組みを研究することの重要性を述べているからだ　スケッチが完成して完全に乾くと、彼女はそれを受け取り、ろうそくの明かりで照らし、じっと熟視した後、信頼できるかどうかを確かめるような目で私を見てから、また紙に目をやった　彼女はベッドに絵を置き、壁にあった秘密の穴の扉を開け、そこから小さな財布を取り出し、いくつかの硬貨を私に渡した。

それから私たちはベッドで横になり、目を閉じ、彼女はジネヴラと同じように、ゆっくり休んでから目を覚まし（私もぐっすり眠り、目を覚ましたときには彼女の腕に抱かれていたが、体は温かく、心もとても満ち足りて、この上なく快適だった）、彼女は寝不足が解消できたことと絵のことについて私に礼を言った。

フランチェスコさんはありがたいお客様だわ、ぜひまた私を選んでね、と彼女は言った。

私はポケットに硬貨を持って館を出て、バルトにもその日の朝食をごちそうした。

そして、また一週間、私は父と兄たちの下で見習を務める一方、売春宿で自由契約で働いていることを内心自慢に思っていた。

その次の女はイソッタという名だった　黒髪で、肌も浅黒く、年は私とそれほど離れていなかった　絵と代金について相談する間、彼女は遠慮がちにベッドに座っていたが、私が鞄から紙と道具を取り出そうと背中を向けた途端、猫のようにそっと背後に忍び寄り、私を振り向かせたかと思うといきなり唇を奪った　私はそんな展開を予想もしていなかったし、この私が、舌でそんなことをされるとも思っていなかった　彼女は次にズボンの前から手を滑り込ませて私を驚かせた（唇の全体でキスをしながら、激しく、しかも優しく、その両方で）　そのとき私の全身を駆け巡った恐怖、正体を知られてしまうという恐怖は、キスによって解き放たれた感情よりも１００倍強烈で、そのどちらも私が生まれてこのかた感じたことがないほどの強烈さだった。

　しかし彼女が次に手を使ってしたのは、どんな恐怖よりも１０００倍強烈なことだった　私は彼女が本当に楽しんでいるのを理解した　そして彼女が手から得た感触に歓喜するのを感じ、改めて目を開けて、彼女の美しい顔にその喜びがあふれているのを確かめたとき、１つのことを理解した　つまり、この世界において恐怖なんて何ものでもないということを　これに比べれば、恐怖などまったく取るに足りない、と。

　思った通り、と彼女は言った。私はあなたを見た途端に気付いたわ。あなたがここに初めて来た夜、私はあなたを見たのよ、あなたは知らなかっただろうけれど。そしてその次のときにも見た、私には2回とも分かってたし、2回とも私が相手をしたかった。

　彼女はまた私にキスをし、あっという間に服を脱がせた　そしてあっという間に愛の技法の基本を私に教え、寛大にその実践練習もさせてくれた　その後、私は彼女を枕と枕の間に残したまま、ベッドの端まで移動し、紙の上にその姿をとらえた　満ち足りていると同時に、用意の調った姿矢を放つ前のぴんと張った弓弦のようでありながら、ジョットが描いたと伝説的実話で語られる円のように美しくて完璧。

　私は最後に、教習の代金として作品を贈った　彼女はそれを見て喜んだ　そして私に服を着せながらキスをして、ボタンを留め、紐を結び、すっかり新しくなった私を世界に送り出した　光り輝き、勇気にあふれる私を。

　おまえの頭に何があったんだ？と父は言った。というのもその週はずっと、息に交じる花、目の前の花、口いっぱいの花、腋に挟まった花、膝の裏、膝の上、股からあふれ出す花のことしか私の頭にはなくて、葉と花、薔薇の渦、暗い葉叢（はむら）しか描けなかったからだ。

私が次に売春宿を訪れたときには、入り口のところで3人の新しい女たちが私の耳元にささやきかけ、愛のレッスンと引き替えに絵を描いてほしいと頼み込んできた（しかし私は毎回、最後はイソッタと過ごすことに決めて、彼女がフェラーラにいる間はその習慣が続いたし、その後も私は、彼女が働いている宿を訪れた）。

しかし、その次にバルトと私が行ったときには、門を入った途端に8人か9人、あるいは数え切れなかったので分からないがもっとたくさんの、若いのから年配までさまざまな年齢の女が私の周りに集まった。

フランチェスコ、とバルトは私の耳元で言った。おまえはずいぶん人気があるみたいだな。

それを聞いて私はもっと気を付けなければならないと思った（彼のそばに駆け寄る女よりも私に近づいてくる女の方がはるかに多かったからだ）　たとえ本当の友達であっても、あまりに近づきすぎるとその魅力があせて見えるものだ　私はバルトのことを心の底から愛していたので、彼の気持ちを逆なでするようなことは決してしたくなかった。

しかし、芸術と愛は辰砂（しんしゃ）で描いた口のように微妙な問題だ　絶え間なくすり潰すことで黒と赤がビロードの肌理（きめ）に変わること、指先で優しくこするだけで色が変化することを心得ていなければならない　練習を積めばたしかに腕は磨ける　しかし、あるところから先は独創性の問題だ　練習を積む本当の目的は結局、そこにある　そして独創性に関して私は既に定評があった　私にはその評判にかけて、どんな友達の要求にも応える責任があった。

こうしたことはすべて、私たちは常に仕事から喜びを得なければならないという厳格な教えとともに、チェンニーニの『絵画術の書』に書かれている　だって、愛と絵画はともに技術と目標を持った作業だから　矢は標的の円に出会う　直線が曲線あるいは円と出会う　2つのものが出会い、次元と遠近が生まれる　そして絵画と愛――その両方――が生まれる場所では、時間そのものも形が変わる　時間は時間であることをやめ、別のものに変わる　時間は正反対のもの、永遠に変わり、無時間になる。

偉大なる師チェンニーニは女性と一緒にいる時間をできるだけ少なくするようにという助言も残している　女は画家の活動力を消耗するからだ。

だから私が次のように言っても嘘にはならないだろう　すなわち、私が若かった頃、そして私の修業時代、売春宿で過ごした時間はまったく存在しなかったと。

しかし売春宿の女主人はある朝、私の肘をつかんで引き留めた　彼女の年齢は75を越えていて、2本の杖をつき、お手伝いを従えていたが、白い服の上には一面に宝石がきらきらと輝き、まるでたった今、宝石の夕立に遭ったかのようだった　彼女は袖に縫い付けられていた小さな宝石の1つを器用な指先で外し、私の手にそれを押し付けて言った。

あんた。あんたの絵のおかげで5人の女がここを出て行ったよ。名前は何だったかな？　そうそう。フランチェスコ。いいかい、聞きな、フランチェスコ坊や、この宿のあちこちでみんながあんたの名前をささやいておるのをあたしは聞いた、そしてあんたの描いた絵が回されて、うちの娘たちが騒いでおるのも見た。あんたはあたしに、女5人分の借りがあるというわけさ。

私が代金代わりに絵を描いて女たちに与えたことで何らかの借りが生まれるなんておかしい、と私は抗議した。

老女はさらに強く手に宝石を押し付けたので、角で手が切れそうなほどだった。

あんたもお馬鹿さんだねえ、と彼女は言った。分からないのかい？　娘たちがあんたの絵を見るだろ。すると自分の魅力に自信を持つんだよ。そしてあたしのところに来て、もっとお金をよこせって言う。あるいは絵を見ることで勇気を得る。そして違った人生を選ぶ決断をする。しかも、その全員が表玄関から出て行ったんだよ、前代未聞さ、今までの子たちはみんな裏から出て行ったんだから。分からないかい？　これじゃあ困るんだよ。あんたのせいであたしは損をしてるんだ。結論はこうさ。うちにはもう出入りしないでおくれ。それが駄目なら、少なくとも娘たちの絵を描くのはやめてもらおう。

彼女は私の反論を聞くためにそこで間を取った　私は肩をすくめた　彼女は深刻な顔でうなずいた。よろしい。でも、帰る前に1つ、と彼女が言った。この宝石。あんたの手の中にある宝石。あんたにやるよ。あたしの絵を描いてくれたら。

だから私は彼女の絵を描いた。

その後、彼女は約束通り、私に宝石をくれた　次に宿を訪れたときには、彼女は私を部屋の隅に連れて行き、鍵屋に作らせた正面扉の合い鍵をくれた。

こうして私は、画家にとって最も重要な本を著した偉大なるアルベルティが身体の機能と寸法と呼ぶものをより深く理解するようになった　そして、完璧な美しさは1つの体の中に見いだされるのではなく、2つ以上の体に共有されたものの中にあるのだという偉大なるアルベルティの見解の正しさを悟った。

しかし私は、巨匠たちと違う意見を持つことも学んだ。

だって、偉大なるアルベルティでさえ、次のような間違ったことを書いているからだ　すなわち、**兵士が身に着けるような粗い羊毛の外套をヴィーナスやミネルヴァに着せるのは適当ではない、それはまるでマルスやジュピターに女の服を着せるようなものだ、と。**

だって、私は宿でたくさんの女のマルスやジュピターに出会い、あらゆる種類の服を着たヴィーナスやミネルヴァを見たからだ。

その誰一人として、真に持っている値打ち通りのお金を稼いではいなかった　皆、その価値を間違った形で使われていた　少なくとも毎晩、そういう建物の壁越しに、誤用されている様子が聞こえた　そこにいる女たちは、私が会った中で最も神や女神に近い人々だったが、そこでやらされている仕事は真っ先に病気のように肌に表れ、乾いた枝のように簡単に彼女たちを折り砕き、焚き付けよりも容易に燃やし尽くした。

ジネヴラは青い病（ペスト）にかかって死んだと聞いた。

愛しのイソッタの消息は分からない。

彼女は自分で選んだ道に進んだのだと私は信じたい。

彼女がいなくなったと聞いた後、私は彼女がどこかの小さな町か村で元気に楽しく過ごしている姿を想像した　蔓（つる）や無花果（いちじく）やレモンの木の陰に建つ丈夫な家で、自分の生んだたくさんの子供たちのにぎやかな声に囲まれている姿を　中でも特に、恋人か友達、あるいは等しくお金を分け合っている誰かに目と口の両方でほほ笑みかける（それはつまり愛しているということだ）彼女の姿を思い浮かべるのが私は好きだった。

アグノーラは両手両足を縛られた格好で川で見つかったと何年も後になって私は聞いた。

だから私は多くの憂鬱なことも理解した　売春宿では、喜びの正反対にあるさまざまなことも学んだ。

それから、その時代の終わりがついに訪れた　私たちが18歳の年にバルトは、宿に入りたてでこの仕事も初めてという若いメリアドゥーサと夜をともにすることがあった　彼女はその2週間前に、初めての客として私と同衾（どうきん）していたのだが、その後に相手をした数人の客に対して、思っていたのと違うと口にしていたのだ　客の都合にかかわらず、絶頂を味わわせてもらって、少し眠ることも許されて、最後は1晩の奉仕と引き替えに、自分を描いたきれいな絵をもらえるのが当たり前だと思っていたというのだ。

売春宿で2週間働いた後、大きな勘違いに気付いた彼女は、笑いながらそうバルトに話した　売春宿での実際の生活は、最初の夜に経験したのとは全然違っていた、と。

話はそれで終わらないのよ、と彼女は笑いながらバルトに言った。バルトは草の上で私と向き合って座っていた　早朝だった　荷車が彼の背後で町の市場に向かっていた　彼は顎を指でこすり、ひどく深刻な表情をしていた　ひょっとすると夢見が悪かったのかもしれない、あるいは昨夜の夕食が悪かったのかも、それか、2日酔い。

何?と私は言った。

黙れ、と彼は言った。

彼は前に身を乗り出し、私のブーツの片方を抱えて、紐をほどき、脱がせた　次に反対のブーツも紐をほどき、脱がせた　そして2つのブーツをそろえて横に置いた　彼は鞄からナイフを出し、鞘から抜いた　私の肌を傷つけないように注意しながら、その冷たい刃先でタイツの足首側に切り込みを入れ、そのままナイフを足の周りで一周させた後、反対の足のタイツも切った。

彼は切ったタイツの先をめくるようにして両足から取り、横に置いた　そして裸足になった私の足を手に取り、口を開いた。

本当なのか?と彼は言った。おまえがにせものだったっていうのは?　何年も前からずっと?

僕は今まで、にせものだったことはない、と私は言った。

俺は本当のことを知らなかった、と彼は言った。おまえはおまえじゃなかった。

君は僕のことをずっと前から知ってる、と私は言った。僕が僕じゃなかったことは1度もない。

おまえは嘘をついた、と彼は言った。

それは違う、と私は言った。それに僕は、君から何かを隠したことは1度もない。

だって、裸の私、あるいは裸に近い私をバルトは何度も見たことがあったからだ　2人で、あるいは他の男の子たちと一緒に泳いだときも　そして私が画家として世間に受け入れられていたことは、まさに私が男として認められていることを意味していた　たとえ1点において男とは違っていたとしても　それはシンプルな合意だった　私たちは誰もが同じ空気を吸っているという事実と同様に、誰もが了解し、受け入れ、わざわざ口に出すのが無意味なことだった　しかし、いったん口に出すと、強い直射日光のように、絵の色合いを変えてしまうものは実際に存在する　それは当然で避けがたく、私たちにはどうしようもないことだ　バルトは第三者に私のことで異議を申し立てられ、その結果、恥をかかされたのだ。

おまえは俺が思っていた人物とは違う、と彼は言った。

私はうなずいた。

じゃあ、悪いのは君の考えだ、それか、君に考えを変えさせた人物だ、僕が悪いわけじゃない、と私は言った。

これでどうして友達でいられるっていうんだ?と彼は言った。

今までだってこれからだって、どうして友達でいられないっていうんだ?と私は言った。

俺が夏には結婚するのをおまえも知っているだろう、と彼は言った。

君が結婚したって僕にとっては何も変わらない、と言ったのが、その日、私が彼に向かってしゃべった最後の言葉になった　というのも、小さな切り傷のような目で私をじっと見詰める彼を見て、私は理解したからだ　彼は私を愛している　私たちの友情が成り立っていたのは、彼が私を自分のものにすることができないという条件があったからだった　ところが誰かが、誰か別の人間が画家以外の私の正体を彼に教えたことで、その条件が破られてしまった　だって、そうなると話が変わるから、自分のものにできるから。

　彼の手は冷たく、私の足はその手に握られていた　彼は私の足を草の上に下ろし、立ち上がり、胸に手を当てて（彼はいつもしぐさが芝居がかっていた）、私に背を向けた。

　私は視線を落として、自分の足を見た　脱いだ後のブーツは不思議と足の形を保っていた　バルトが去った後、私はタイツの先を探したが、見つからなかった　そして裸足のままブーツを履き、紐を結んだ。

　私は少しだけボローニャを散歩し、教会の建築を見学した　早朝の明かりの中で、仕上がった部分と作業中の部分を見た　というのも、私は何よりもまず、友達であるよりも先に画家だったからだ。

　その後、フェラーラの家に戻り、ガルガネッリ家とお近づきになる機会は失われたと父に話した。どんなへまをしでかしたんだ？と彼は怒鳴った。

　父はまず腹を立てた　その次にはうぬぼれに酔って、**わしの子供には、金のために身を売るようなことはさせん**と息巻いた　怒っているときの父は、初めて年老いて見えたので、私は目を逸らしてブーツを脱ぎ、1日中裸足で直（じか）に履いていたせいでまめのできた足を見た　まめはまるで不透明なガラスでできた小さな玉が肌の表面に現れたかのようだった　こんな微妙な透け方をどう描いたらいいのだろう？　どういう種類の白、あるいはどうやって作った白ならこれを表現できるだろう？

そう考えている間も、友人を失ったことに伴う全面的な白さを私は感じ、2度と他の色を知ることはないだろうと思った。

今、あのときのことを思い出したのは不思議だ　あの殺伐とした夜　だって、私の短い生涯で最大の後見人（パトロン）は結局、ガルガネッリ家だったからだ　タイツの先がそのとき見つからなかったのは、バルトが手の中で丸めてポケットに突っ込み、記念の品にしたからだった　何年も後になって、礼拝堂にある彼の父の墓に私が装飾を施していたときに、彼はそばにあった石の階段に腰を下ろし、そのことを話してくれた。

そこの女の子よ　聞こえるか？

そのときはそれが世界の終わりだと私は思ったが――

そうではなかった。

世界は思っているよりずっと広い　だって全然違う方向へ向かうように見えていた2本の道が、どちらもずっと真っ直ぐに続いていたはずなのにいつの間にかまた1つに交わっていることがあるからだ　だから、バルトと私もすぐにまた友達に戻った　あっという間に　人生の中では多くのことが許される　死を除けば何も終わりではないし、変えられないものは何もない　死そのものでさえ、語り方によっては、多少の融通が利く　私たちの友情は私が死ぬまで続いたし（もしも私が死んだのならの話だ、だって私には自分が死んだ記憶がないから）、きっと彼の方も、死ぬまで私のことをいとおしく思い続けてくれただろうと思う（これもまた、もしも彼が死んだのならの話だ、というのも、私にはそんな記憶がないから）。

私は少女があまりにも小さな窓越しに愛の営みという古い古い物語を見詰める姿を見ている　昨日まで聖人の劇場だった場所が、今日では愛の舞台となっている　ただしそれは観客のために演じ

られる愛だ　にもかかわらず、それが誰によって描かれたものであれ、観客が本当に興味を抱くのは、自分自身の欲望でしかない　コズメ、ロレンツォ、エルコレ、フェラーラの工房に集まった無名画家の誰であれ　**私は許す**

だって誰も私たちのことを知らないから　私たちの母親を除いて　いや、母親たちでさえろくに知らないのだ（しかも残念なことに、母親が死ぬのが早すぎるという事例が多い）。

あるいは父親たちだってそうだ　生きている間は彼らの短所が（死んだ後は、彼らの不在が）私たちをいら立たせる。

あるいは私たちのきょうだいも、私たちがいなくなればいいと思っている　というのも、彼らは石や煉瓦を運ばなければならないのに、私たちだけがなぜかそれを免除されているみたいに、彼らの目には見えているからだ。

私たちが何ものなのか、何ものだったのか、誰も、私たち自身でさえ知らないからだ。

――ただし例外がある　すなわち、見知らぬ者同士として公正な取引をした瞬間のきらめき、あるいは、友人同士として認め合い、同意するときだ。

それを除けば、私たちが生きているのは昆虫と同じ匿名の世界で、私たちは色の粉にすぎない刃のような葉、鬱蒼とした夏の葉に落ちたかすかな光に向かって短い間、翼を羽ばたかせるだけの存在だ。

私が人生の中で10分間だけ知り合った相手に見られ、入られ、理解された話を聞いてほしい。

私が道を歩いていると、畑一面に異教徒の労働者が働いているのが目に入る　皆、白い服を着ているので、肌の黒さがさらに際立つ　彼らは畑を耕し、作物を植えている　私は何事もなく、その脇を通り過ぎる。

さらに先に進んだところで、誰かが木立から飛び出してくる　それは労働者の1人だが、畑からはかなり離れているので、ひょっとすると逃亡者かもしれない。私は男のすぐそばを通る　白い服は傷んでいるが、よく見ると、貧しいからというより、まるで体からあふれる力のせいで服が破れずにいられないという風情だ　袖は手と前腕の力でほつれている　膝は力によって穴が開いている　股間から上に伸びる黒い体毛の線が見える　男の目は仕事に疲れて充血している。

私が少し先へ進むと、男が後ろから声を掛ける　私の知らない言葉だ。

私が立ち止まらずに歩いていると、男がまた同じことを言う。

それは切迫していると同時に優しい言葉だ　そこにある何かが私を引き留め、後ろを振り向かせる。

男は木立の影に立っている　それは人目に立たないためなのかもしれないが、おそらくは日陰で体を休ませるためだろう　というのも、少し離れたその位置からでも、男が監督や親方を恐れている気配は感じられないからだ　男は何も恐れてはいない。

僕を呼んだのか?と私は訊く。

そうだ、と男は言う。

(それはそうだ、道には他に誰もいないのだから)。

もう1度言ってくれ、と私は言う。さっきの言葉を。さっき私を呼ぶときに使った言葉だ。

俺は自分の国の言葉であなたを呼んだ、と彼は言う。

異教徒の言葉?と私は言う。

男はにやりと笑う。男の歯はとても丈夫そうだ。

異教徒の言葉、と男が言う。あなたたちの言葉でそれを何と言うのか、俺は知らない。

私は笑みを返す。そして少し距離を縮める。

その言葉の意味は？と私は言う。

〝同時に2つ以上のものである人〟という意味だ、と男は言う。〝期待を越える人〟に対する呼び掛けだよ。

男は助けが必要だと言う。ねじれ（ツイスト）が欲しいらしい。

え？と私は言う。

その、何と言うのか、言葉を知らないんだ、と男は言う。服を腰のところで縛るものが要る、ここを縛るやつだ。

男は腰のところを指し示す。

ベルトか？と私は言う。そこをくくりたい？

（というのも、彼のシャツは首元が1か所留められているのを除けば前が全開で、今は3月初めの寒い時期だからだ）。

私の背嚢（はいのう）には縄が1束入っている　それはフィレンツェの市場で買ったもので、店の者の話によると、絞首刑と八つ裂きに使われた幸運の品だということだった（絞首刑の縄を持っていれば、その人は縛り首にならないという理屈らしい）　それはいい縄で、太さも充分にあり、うまく役に立ちそうだ　私が男に向かって歩きだすと、男も近づいてくる　私は縄を差し出す　男はそれを見て、受け取り、手で重みを確かめて、まるで笑みで支払いをするかのように私にほほ笑みかける。

もしも持ち物がゼロになったら、少なくともゼロは存分に味わえる。

私は今までにこれほど美しい男を見たことがない。

私が見とれているのを見ると、男の本能が立ち上がる。

道端の木立の中で、私は男に口づけをする　そして詩神(ミューズ)の1人、エウテルペが木の笛を吹くように男の性器を楽器に変える　次は互いに　男は草ときれいな土、パンと汗の臭いと味がする　男の目の充血が別の意味を帯びる　まめだらけの手が服の下に潜るとき、それはもっと大きな感覚を探る手段となる。

その後、私たちは立ち上がった　私は草と土まみれで、男も同じだった　彼は私の体から埃を払ってくれた　そして私の肩についた草を取り、さよならの笑みを浮かべ、1本の草を歯の間にくわえ、私の縄を肩に掛け、堂々とした足取りで、やりかけの仕事の待つ畑へと戻っていった。

これで終わり　それはゼロだった　それは満足という以上のものだった。

いい感じ。

まるで私の話が途切れたのを知っているかのように、少女は愛の窓を閉じる　下手な役者が演じる愛の舞台が消え、窓が暗くなる　どうやら少女はそれを見ても元気が出なかったらしく、とても悲しげな顔をしている。

彼女は閉じた窓を膝の上に置いたまま、そこに座っている。

私たちが見ている前で、1羽の黒歌鳥が雌雄の混じる他の4羽とともに、赤い実のなる灌木で食餌をしている黒歌鳥でない鳥を追い払う　その実はチェンニーニが手引きの中で〝龍の血〟と呼んでいる赤色　羊皮紙にはいいが、長持ちはしない色だ。

少女は立ち上がり、芝生の上を歩きだす　その途中で、籐の仕切りの陰に隠れていた弟が彼らの言葉で彼女に向かって何かを叫ぶ　彼女は何かを言い返す　名前とか、〝やめて〟とかいうのよりももっと長く、どちらかというと冗談かおまじないのような言葉だ　そして少女はしかめ面のまま、冷淡な態度で仕切りの脇を通り過ぎる　すると彼女の上に小枝と小石とゴミ屑が降り注ぐ　棚か樽の上に立った少年が小さなスコップでそれをすくい、次から次に宙に投げていたのだ　土砂降りならぬ、枝石降り　少女は立ち止まる　そして怒るのではなく、大声で笑いだす。

彼女は両腕を大きく広げて立つ　先ほどまでふさいでいた気分はどこかへ霧散したようで、彼女は子供のように笑っている　そして芝生の上に窓を置き、籐の柵の背後に回り、弟の手を引っ張って芝生の上に倒し、2人で笑いながら転げ回る　そして横腹をくすぐってさらに笑わせる。

あんなふうに、急に元気が出る人を見るのはいいものだ。

あんな弟がいて、そしてあんなふうに愛されている彼女は幸せだ　私と兄たちの間には空気以外に何もないはずなのに、少女の部屋の壁ほど分厚い、目には見えない仕切りがあった。

少女がベッドのある部屋に戻ると、悲しみもまた戻ってくる　彼女はしばらく悲しみのベールに包まれたままじっと座っているが、やがてそれを振り払うように立ち上がり、汚れたシャツを脱ぎ、窓の外でゴミと埃を払う　そしてまた前のボタンを留めないままでシャツを羽織り、ベッドの上に座る。

部屋の4面の壁には、たくさんの絵が飾られている　どれも実物にそっくりだ。

幅の狭いベッドが置かれている南の壁には、友達同士のように並んで歩く2人の若くて美しい女の絵がある　1人は金髪、もう1人は黒髪だが、太陽の光が当たって明るい色に見える――　2人とも髪が光っている　2人は日除けの並ぶ通りを歩いている　暖かい場所だ　服は金色のモザイク柄と藍青色　2人は会話を交わしている最中で、今、次の話を始めようとしているように見える　金髪の方は何かを考えている　黒髪の少女は相手の顔がよく見えるように、自然なしぐさでそちらへ

顔を向けている　その表情には、丁重さとつつましい敬意、そして穏やかな熱意のようなものが見て取れる。

明暗のパッチワーク、硬軟の対照という技巧からして、この絵はきっと偉大な芸術家の手になるものだろう。

西の壁には格別きれいな女の大きな絵がある　その目は真っ直ぐ前を見ている　**あなたのすぐ後ろに何かがある、私にはそれが見える、悲しく、謎めいたその神秘が**とその目は言う　目と態度でそう語るのはかなり巧みな技だ　女の腕の一方は自分の首にしっかりと回されている　少なくとも私にはそれが彼女自身の腕に見える　そのために、周りを囲む髪（色は金髪と黒の中間）の曲線によって顔が丸く見え、古代ギリシアにおいて悲しみを表していた仮面に似ていると感じられる　おそらく女は何かを悔いているのだろう　たぶん、犠牲となった人を思って　というのも、それはおそらく聖モニカ（アウグスティヌスの母で、キリスト教の聖人（三三一―八七））を描いた肖像だからだ　その証拠に、偶然にも絵の下にわがイタリア語で〝モニカ犠牲者（ヴィッティ）〟と記されている（モニカ・ヴィッティはイタリアの女優（一九三一―　）で、ミケランジェロ・アントニオーニ監督作品の常連）。

ベッドの頭側にある東の壁は、全面に絵が張られている　たくさんの絵　モニカとは別の女だ　どの絵にも、同じにこやかな目をした同じ女　その並べ方には愛が感じられる　圧倒的な配置　ほとんどすべてが敷き詰めるように重なり合っている　しかし絵の中の女は、絵の宮殿にいたのとは違う人物だ　こちらの女は髪が黒、別の淑女（レディー）だ　身のこなしと服装には、思わず私も感心するような、温かみのある態度と洗練が感じられる　たくさんある肖像画はさまざまな年齢の彼女で、まるでその人生が直接、染みとなって壁に張り付いたかのようだ　中には灰色の子供の姿もあるが、それもきっと同じ女だろうと私は思う。

そして4つ目、最近、漆喰を塗った様子がある北の壁には、絵が1枚だけ掛かっている　毛の硬いブラシを持った女に追い払われるまで私たちが眺めていたあの貧相な壁の家を、魔法の石盤（タブレット）で写し取ったスケッチだ。

彼女はベッド横の壁に飾られたその家のスケッチ——窓、扉、門、少し背の高い灌木、家の正面——が少し斜めになっているのを、入念に直した　どうやら几帳面なのが少女の性分らしい。

それから彼女はベッドに腰を下ろし、絵をじっと見詰めた　それはまるで、物理的にそこに入れる体の大きさだったらいいのに、と思っているかのようだった。

それほど熱心に眺めるのなら、もっと大きくて詳細な、実物大の絵を飾ればよさそうなものだ。絵描きなら、小さなスケッチからより大きな絵を作るくらいは朝飯前だ。もしも私に画材と、せめて片方の腕さえあれば

あのときと同じようにそれができるのに　レッジョとモデナの公爵、フェラーラの侯爵たるボルソ（白鳥の血が付いた正義の女神によってたたえられる姿を私が10数年前に目撃したあの人）が、無倦宮の壁に自分と周囲の世界を実物大で描かせるために画家を集めたときのように。

ボルソがそんなことを思い立ったのは、1つにはそれ以前に彼の父が特注の聖書を作らせたことがあると思う　彼はそれに対抗するために、さらに大きな、さらに良い聖書を作らせていた　無数の細密画、聖なる事物や人物を描いた数千の小さな挿絵、それに加えて、地元の風景もいくつか椅子に座ったボルソがある日、その聖書を手に取り、手のひらよりも小さく美しい傑作を一つ、また一つと眺めている様子が私の目に浮かぶ　そして彼は思い付いたのだ、このような絵をもっと大きくしたらどうか、自分の体と同じくらい大きく描いたらどうなるだろう、と　そうすれば、町の人々、近隣の貴族たちに、巨大な聖書の中を歩くボルソ様の姿を見せられるのではないか　そして、

どうせそんなことをするなら、長年待ち望んできたフェラーラ初の公爵という爵位に、しかも教皇自らによってついに選ばれた今ほどいい機会はないのではないか、と。

というわけで、彼は父祖アルベルトが大昔に建てた古い宮殿に新しく2階を建て増しすることにした　宮殿は町の中心部からかなり離れた場所にあったが、そこに舞踏会と饗宴のための新たな大広間を作り、周りを囲む壁に1年間にわたる自分の生活をひと月刻みで描かせて、自分がいかに優れた為政者であったかを未来の人々に見せるというのが彼の望みだった。

かくして、ヴェネツィアとフィレンツェを経て、ボローニャで仕事を学んでかなりの金を稼ぎ、美花宮での仕事によってフェラーラで名を挙げていた私が33歳の年に、ハヤブサのデ・プリシャーノ氏が私と私の馬と松明(たいまつ)持ちの絵をしげしげと見詰め、私の腕を見込んでボルソの3か月分の絵を担当させることを決めたのだった　つまり私1人で1つの季節、3月、4月、5月という東の壁全体だ　他の壁は、宮廷の工房から来た小物の画家たちに任されていた　それは冬から春にかけての仕事だった　新しい建物は石でなく、煉瓦造りだったので、工事にあまり時間がかからなかったからだ　しかしいずれにせよ、できるだけ手早く作業をするというのは、フレスコ画にとってもいちばんいい。

青と金色はヴェネツィアで仕入れた　だって、いい材料がなければ腕があっても無駄だから　いい材料と腕がそろったとき初めて、ある種の恩寵が生まれる（ひいては、報酬も最後にたっぷりともらえる）。

私たちは新しい広間に立った。

（コズメはそこにいなかった。）

工房から来た職人に知り合いはいなかった　私に比べれば、単なる若造どもにすぎなかったが彼らが私に向ける視線から、私の評判を彼らが知っていることが分かった。

（コズメは別の日に、一人で部屋を視察した。コズメの役割は補助的だったし、それも図案においてのみだった。）

フランチェスコ、こいつがおまえの助手だ、とハヤブサは言った。

彼の横に立っている少年は16歳くらいに見え、立ち居振る舞いが掏摸のようだった。

（コズメは家族よりもたくさんの助手を抱えていた　その広間にいる人の大半は、いつかの時点でコズメの下で働いた経験を持っていた。）

私はハヤブサが別の場所に移動するのを待ってから口を開いた。

君はコズメの助手をしたことがあるか？と私は訊いた。

掏摸の少年は首を横に振った。

よかった、と私は言った。だって、私が席を外している間に、コズメがこの壁に指一本でも触れようとしたら、君にはそれを遮ってもらいたいからだ。そんなことがあったら、彼が私の壁に触れることは侯爵の命令によって禁じられている、と言ってやりなさい。

それって嘘ですか？　掏摸は横目で私を見ながら言った。

そうだ、と私は言った。

俺は嘘がとても下手なんです、と掏摸は言った。嘘をつくには特別手当をもらわないと。

君には働きに応じただけの報酬を払う、と私は言った。

でも、俺が自分担当の壁を描いているときはどうするんです？と掏摸は言った。だって、俺の腕が少しでも認められたら、8月とか9月とかも任されるかもしれないですよね。もしも彼がここに入ってきて、たまたま俺が気付かなかったら？

コズメが入ってきたのに気付かなかったらだって?と私は言った。じゃあ、君はコズメをちゃんと見たことがないんだな。

ああ、あの男のことか、と揶揄は言った。誰の話かやっと分かりました。あいつに嘘をつくのならただで構いませんよ。

ハヤブサは法服を着た1人の少年を椅子に上がらせて、部屋の中央にある調合台の上に立たせ、それから自分はその下に立った　少年は頭を下げて、膝を曲げ、ハヤブサの口元に耳を寄せてから素早く再び真っ直ぐに立った。

こうすれば、いちいち、とハヤブサが言った。

こうすれば、いちいちと少年が拡声ラッパを使っているかのような大声で言った。少年から出るとは思えないような、驚くほど低い声だった。

大声を出さなくて済む、とハヤブサは言った。

大声を出さなくて済むと少年が言った。

こうしてハヤブサは、私たちに望まれている作業の内容を説明した。

壁は壁は。左から右に分割される左から右に分割される。ただしここことここは除くただしここと ここは除く。ここにはここには。優雅な町の光景が描かれる優雅な町の光景が描かれる。素晴らしい建築物の並ぶ素晴らしい建築物の並ぶ。公爵領の光景だ公爵領の光景だ。野外劇や馬上槍試合の風景野外劇や馬上槍試合の風景。そしてここに大きく描かれるのはそしてここに大きく描かれるのは。教皇の訪問である教皇の訪問である。それによって我らがそれによって我らが。侯爵が最初の侯爵が最初の。フェラーラ公爵に任じられるのであるフェラーラ公爵に任じられるのである。我らが町における我らが町における。この歴史的出来事についてこの歴史的出来事について。この部屋の4つの壁がこの部屋の4つの壁が。順に物語るのだ順に物語るのだ。

ハヤブサは片方の手を挙げ、調合台の反対側に移動した　台の上にいた少年もまた、その背後に立つために場所を移動し、話を聞くために身をかがめた　ハヤブサは私が担当する壁を指さした　下から上、下から上。

ここが一年の始まりだ。最初は3月。次の4月がここ。そしてここが5月。

少年は水飲み鳥そっくりだった　ハヤブサは台を回り、北の壁を向いて立った　少年は頭を下げた
(後に私はこの少年を3月の絵の中に描いた　そして足元に、いやらしい猿を描き加えた)

少年は立ち上がった。

6月から9月と少年は言った。ここ、ここ、ここ。10月から12月。ここところ。(彼はハヤブサとともに西の壁に向き、それからくるりと南を向いた。) 1月はここ。2月はここ。壁のつなぎ目と。月と月との間は。柱の絵で。区切る。しかしそれぞれの区画の中にも。また別の区切りがある。というのも。どの月も。上から下に。3つに。区切るからだ。上段には。神秘的な神々が。それぞれの季節に合わせて。馬車で現れる。ミネルヴァ、ヴィーナス、アポロン。マーキュリー、ジュピター、ケレス。

ウルカヌスなどなど、とハヤブサは手を振りながら言った(というのも、メモは持っておらず、神々の順番を忘れてしまっていたからだ)。

ウルカヌスなどなどと少年は言った。

新しい壁の上部に、私たちはその月々にやって来る神々を等身大で描くことになっていた　下部にはボルソが過ごす1年の風景を実物大で描く　いつもの年の季節ごとの日常を描くのだが、常に

中心に置かれるのは輝かしきボルソ。

しかし、壁の中段には幅広の、青空のようなスペースが計画されていた。

(それを聞いたとき私は歓喜した、というのも、ヴェネツィアから取り寄せた上質の藍青色が手元にあったからだ。)

その青に浮かぶ雲のように、占星術の図案を装飾帯(フリーズ)にすることをハヤブサは求めた　各月に3つの図案、それぞれの図案が10日を表す形だ。

私たちがよく知るようにと少年は言った。神はしばしば。3個の組み合わせで。私たちにものを与え給う。したがってそれに呼応して。1つ1つの月が。3つに区切られる。神が上段。空が中段。地上世界が下段。中央にある。それぞれの月の。空のブロックは。これもまた。3つに区切られる。

神々、星々、地上世界、とハヤブサは言った。

神々、星々、地上世界と調合台の上に立つ少年が叫んだ。神々、星々、宮廷。神々、星々、君主。世界の仕組み。彼が作った世界。平和で豊かな世界。彼の寛大さ。彼の偉容。彼の白手袋。実り豊かな四季。幸福に暮らす労働者たち。喜びに浸る人々。その上にあるのは空。さらにその上には神々。馬車に乗り。意気揚々とやって来る。その周囲には。神々と結び付いた象徴。そしてその属性。基本的な図案は。控えの間に。用意してある。東の壁の裏にある部屋だ。それをよく見ること。そこに描かれた例と。具体的な指示から。決して。逸脱しないこと。

しかもそれに対して、と私の隣にいる掏摸が言った。俺たちが受け取る報酬は。1平方フィートあたり。たったの10ペニー。

私はハヤブサに、自分の賃金について尋ねてみようと心に留めた　ハヤブサは演説が終わると、私の肩に腕を回し、私が担当する壁の前に案内した。

狩りに出掛けるボルソの姿をここに、と彼は言った。年老いた忠義な異教徒に対して正義の裁きを下すボルソがここ。宮廷の道化に贈り物をするボルソがあの上。聖ゲオルギオスの日（カタルーニャ語でサン・ジョルディの日とも。四月二十三日）の騎馬競技会がこのあたり。詩人の集まりがあの上。大学の学者、教授、賢人の集まりがあそこの上。運命の女神たちがここ。春のイメージ、肥沃とかそういう感じのもの、自分の想像力を使ってくれ、それがあそこ。あそこにアポロン。そこにヴィーナス。あそこにミネルヴァ。皆、馬車に乗った姿だ。ミネルヴァの馬車を引くのは一角獣。ヴィーナスは白鳥。アポロンは曙(アウロラ)の女神と一緒、弓と矢も描いてくれ。リュートとデルフォイの聖三脚鼎(かなえ)と蛇の皮も必要だな。

私はうなずいた。

神々の姿は詩歌に詠まれた通りに描くこと、と彼は言った。

分かりました、と私は何も分からないままに返事をした。

次に、と彼は言った。各月内の3つの10分角（十二宮の一つを十度ずつに三分割したうちの一つのこと）については控えの間の図案を確認してくれ。例えば、図案にも記されているが、ここは大事だぞ、フランチェスコ。牡羊座の最初の10分角に描く人物は白い服を着ていなければならない。長身で肌は黒く、力も強くて、この世で大きな権力を持った主人顔の男だ。彼は、その1時期の守護者にとどまらず、1年全体の守護者でもある。そして星座を象徴する牡羊の横に立っている。その隣には、若さと実りを表す人物を描いてくれ。例えば、腕前と狙いの確かさを示す矢などを持たせなさい。ひょっとすると自画像でもいいかもしれないぞ、フランチェスコ、そのきれいな顔を描いてみたらどうかな?

彼は私に向かってウィンクをした。

そしてこちらの4月の区画では、10分角の1人に鍵を持たせてくれ。鍵は大きく描くこと。そしてここは……そしてここに……と延々と彼は説明を続け、**そしてこの男の足はラクダの足、この男**

は手に槍と棍棒を持っている、この男が持っているのはトカゲで……

必要なことの説明が長すぎて、賃金について尋ねる余地は残されていなかった。

しかし私は、自分が何も言わなくても、作品自体が出来の良さを見せ、最終的にはしかるべき報酬が得られるはずだと考えた。

私はまず、5月のアポロンから取り掛かった　馬は特に入念に描いた　そして即興で、横木に止まる4羽のハヤブサを加えた　弓と矢も描き加えたが、リュートは女の楽士に持たせなければならなかった（というのも、アポロンの手は既に弓と矢と、太陽の黒い穴とでふさがっていたからだ
私はその穴を、黒い種か焦げた胡桃、あるいは猫の肛門みたいな感じに描いた　あまりにも長い間、太陽を見詰めているとそんな風に見えてくるからだ）。

デルフォイの聖三脚鼎って何だろう？

私は3本脚のスツールの上に蛇の皮を引っ掛けておいた。

それを見たとき、ハヤブサはうなずいた。

（やれやれ。）

私はフェラーラ宮殿に集う人々を描いた　ただし、現在の彼らの姿そのままではなく、地面の穴から無数に這い出てくる赤ん坊の群れとして　まるで無から湧き出るように、1秒ごとに数を増す赤ん坊たちは生まれたときの姿のまま素っ裸で、紐で首にくくりつけた円環状のおしゃぶりが唯一の宝石であり、装飾品だ　彼らは遊歩しながら、互いに腕を絡めている。

ハヤブサが足場を上ってきてこれを見たとき、彼は声を出して笑った　機嫌をよくした彼は挙句に、私のズボンの股ぐらに手を伸ばし、そこにあるはずがないものをつかんだ。

ああ！と彼は言った。

彼は驚いていた。

そして真顔になった。

なるほど、と彼は言った。

しかし彼は、男同士がよくやるように私の肩に腕を回した　おかげで私は彼のことがさらに好きになった　やせた学者のハヤブサが。

これは1本取られたな。あの日、おまえが私の家に訪ねてきたとき、うちのお手伝いがすっかりのぼせ上がっていたが、あの様子からはとても想像が付かないことだ、と彼は言った
(というのも、私が彼の家に行き、松明持ちの少年の絵を描き、最終的に、私を雇うことにしたという知らせを玄関口にいた少女が届けてくれたとき、私は彼女に帽子を取ってほしいと頼み、その後、帽子を脱いだ彼女を人目に付かない家の奥へと優しく追い詰め、さらに他の物も見せてほしいと言って他の服も少しずつ脱がせ、ほほ笑みながらそれに応じた彼女の、あらわになった肌に口づけをしたからだ　彼女はそれを喜び、口づけを返した　私がそこを去る前に、彼女はふざけて帽子を私の頭にかぶせ、**とてもきれいな娘になれそうですよ、先生**と言ったのだった)。

ということは、フランチェスコ、おまえは私が思っていたより少し足りない人間のようだ、と今、ハヤブサが言った。

ほんの少し、小さな物が欠けているだけです、デ・プリシャーノ様、と私は言った。それに絵を描くことに関しては誰にも引けを取りません。

そうだな、確かにおまえには才能がある、と彼は言った。

その通りです、と私は言った。何も足りないものはありません。

私は熱を込めてそう言ったが、彼は聞いていなかった　彼はその代わりに、自分の太ももの横を

叩き、笑った。

今やっと分かったぞ、と彼は言った。だからコズメはおまえのことをあんなふうに呼んでいるんだな。

（コズメが？　私のことを？）

コズメは私を何と呼んでいるんです？と私は訊いた。

知らないのか？とハヤブサは言った。

私は首を横に振った。

コズメはおまえの話をするとき、フランチェスカと呼んでいるのを知らない？とハヤブサは言った。

何ですって？と私は言った。

フランチェスカ・デル・コッソ、（フランチェスコが男性名であるのに対して、フランチェスカは女性名）だとさ、とハヤブサは言った。

（コズメのやつ。

私は許す。）

あれはただの宮廷画家です、と私は言った。私なら絶対にやりません。誰かの言い付け通りに絵を描くなんてまっぴらごめんです。

ほお、しかし、おまえさんが今やっている仕事はどうなんだ、とハヤブサは言った。これも宮廷画家ではないのか？

（その通りだった。）

しかし、私は少なくとも、鞭打苦行派（べんだ）（世の罪を悔いるために人前で自分をむち打つことをした中世ヨーロッパの狂信者一派）から金をもらって仕事をするなんてことはしません、と私は言った

（コズメは彼らの依頼を受けて絵を描くことでかなりの金を得ているのを私は知っていたからだ）。

ハヤブサは肩をすくめた。

鞭打苦行派だって、他の誰にも劣らない報酬を払っているぞ、と彼は言った。それに、おまえは大聖堂のオルガンに彼が描いた聖ゲオルギオスを見たことがあるか？　フランチェスコ。荘厳な出来映えだぞ。それに――コズメはおまえの師匠じゃないのか？　てっきり私は、おまえがコズメの弟子だと思っていたのだが。

コズメが？　私の師匠？と私は言った。

では、おまえの師匠は誰だ？とハヤブサが訊いた。

私は自分の目で学びました、と私は言った。そして師は巨匠たちです。

どの巨匠だ？とハヤブサは言った。

偉大なるアルベルティ、と私は言った。偉大なるチェンニーニ。

ああ、とハヤブサは言った。自己流か。

と彼は首を横に振った。

そしてクリストフォーロ、と私は言った。

クリストフォーロ・ダ・フェラーラ？とハヤブサは言った。

いえ、クリストフォーロ・デル・コッサ、と私は言った。

煉瓦職人の？とハヤブサは言った。彼がおまえにこれを教えた？

私は新しい助手、掏摸を指さした　彼は漆喰作りと顔料作りの合間の時間で、私が課したスケッチの練習に取り組んでいた　対象は、私が庭から持ってこさせた煉瓦の山だ　私は再び、石の地面から湧き出す豊かな赤ん坊たちのことを思い出す　彼らは皆、世界は単なる芝居に過ぎず、自分たちはそれを批評する資格を神に与えられていると思っている。

私は幼い頃から煉瓦と石と一緒に生活し、息をし、眠ってきました、しかし、煉瓦を食べることはできません、石もそうです、デ・プリシャーノ様、ですから私は——、

(ここで私は賃金の話を切り出そうとした)。

——しかし逆に、とハヤブサは言った。鳥に狩りをさせるにはそれがいちばんじゃないかね?石を食わせるというのが
(というのも、実際に鷹匠は鷹の腹を空かせて鋭敏にさせるためにそういうことをするからだ　小石を食わせて、たくさんの餌を与えられていると思い込ませる　すると鷹は目隠しを外されたとき急に空腹を感じて、獲物を探す目がいつにも増して鋭くなるというわけだ)。

しかしそれは私の質問に対する答えにはなっていなかったし、ハヤブサにもそれが分かっていた　彼は恥じ入るように視線を逸らし、私が描いた赤ん坊の群れに目をやった。

洗練された幼児、と彼は言った。何も持たない者たちの、ありのままの姿。よろしい。おまえの描いたアポロンもいいぞ。リュートはどこだ?　ああ。うん。おまえの描く楽士も気に入った。それから——これは——ああ。これは何だ?

ご指示のあった、詩人の集まりです、と私は言った。ご所望通り、上の隅に。

しかし——あれは——ひょっとして——私か?と彼は言った。

(私は確かに、詩人たちの中に彼そのままの姿を描き込んでいた　彼はきっと、学者の中に加えられるより、詩人と見なされるのを好むだろうと私は感じていた。)

私が手に持っているのは何だ?と彼は言った。

心臓です、と私は言った。

おお！と彼は言った。

そして、ほら、ここ、ここに熱を描く予定です、と私は言った。このあなたは心臓を詳しく調べているのですが、その心臓からは、寒い日に息から湯気が上るように、熱が出ているのです。

彼は赤面した　そして私に向かって顔をしかめた。

おまえはなかなかの策略家だな、フランチェスコ、と彼は言った。

いいえ、デ・プリシャーノ様、と私は言った。画家です、腕と手そして目の力と、作品の価値で生活をするただの絵描きに過ぎません。

しかし彼は、私が再び報酬の話を持ち出す前に素早くこちらへ背を向けた。

そして梯子（はしご）を下りる途中で一度、顔を上げた。

その調子で頼む、と彼は言った。

そしてウィンクをした。

言っている意味は分かるな、と彼は言った。

（ある夜、私はカーテンをくぐって、〝月々の部屋〟に入った　まだ夜半だったが、空気はじめっとしていて、残業している者はほとんどいなかった　私は静かな方が好きなので好都合だった　ところが、部屋の奥に進むと、足場の上で松明を振り回している影が見えた　私は足場近くの暗がりで立ち止まった　すると、上の方でハヤブサが誰かに語り掛けているのが聞こえた――

ヴェネツィア派の影響がありますね、はい。ピエロも、もちろん。カスターニョ、ひょっとするとフランドル派も、マンテーニャ、ドナテロあたりが少し混じっているのは間違いありません。しかしそれにしても、閣下（グレース）、この作品はいったんそうした巨匠の技巧にたっぷり浸った上で、今まで私が見たこともないような新鮮な画風を新たに生んでいるかのようです。

閣下。

うむ、ともう1人が言った。私の顔の描き方は微妙だな。

魅力があります、とハヤブサは言った。非常に、他には呼びようがないのですが、好感が持てる絵です。

魅力というものをあなどってはならない、と他方が言った。

魂の軽妙さ、とハヤブサは言った。これは誰から受け継いだものでもありません。ピエロではない。フランドル派でもない。

女の服はとても見事だ、と他方が言った。しかし、私の描かれ方はこれでいいかな？　何か神聖さが宿っているのでは？　それに神々に似すぎてはいまいか？　つまり、含意において？

おっしゃる通りです、閣下、しかし同時に人間的でもあります、とハヤブサが言った。神々と人間、その両方をうまく描くという才能は希有なものではありませんか？

ふむ、と他方が言った。

ここの女と子供を見てください、ただ立っているだけなのに、振り付けが完璧だ、とハヤブサが言った。ここには母の愛がある。でも、それだけではありません。まるで2人は話をしているみたいではありませんか、まるで立ち方で会話をしているかのようだ。

で、他にもこの画家が私を描いた絵はあるのか？と他方が言った。

はい、閣下、とハヤブサが言った

すると2人が足場の上を移動するのが聞こえ、私は壁の陰にしゃがんだ。

で、その若造は何者だ？と他方が言った後、その足元の梯子がきしんだ。

若造ではありません、閣下、とハヤブサが言った。

私は息を潜めた。

――一人前の画家で、30歳は過ぎています、とハヤブサは言った。

どんな男だ？と他方は言った。

物腰の柔らかい人物です、とハヤブサは言った。女っぽいと言ってもよいかもしれません。作品も若々しい。常に一貫して新鮮です。新鮮さと成熟の両方を合わせ持っています。

名前は？と他方が言った。

私はハヤブサがその名を告げるのを聞いた――

それから間もなくして、ハヤブサがコズメの聖ゲオルギオスをたいそう気に入っていたので、私は再びハヤブサをフレスコ画に描き加えた　今回は3月の絵に（私が担当した壁の中で最も出来のいい月だ）、今回は鷹匠として　その服は、手に止まった鷹のように、そして彼が気に入っていた松明持ちのスケッチのように、肩から翼が生えているような格好にした　そしてコズメの聖ゲオルギオスに少し似た格好で馬の上に座らせた　若く、活気にあふれる姿で　そして紐革（タッセル）の付いた狩猟用手袋を着けさせた　それに加え、馬の節々を太く描き、力強く見せた。）

月々を描く作業は何か月もかかった。

私は対象を近く見せると同時に、遠く見せた。

上段の一角獣には、透明な角を与えた。

下段の馬には、私たちが部屋のどこにいても追いかけていく目を与えた　それは神の目であり、絵画やフレスコ画にその目を描き込む画家は常に、作品を鑑賞する者の目をとらえることができる　これは神に対する冒瀆ではない　単に、私たちの外から常に注がれているまなざしの力を再確認させるだけの技法だ。

私は5月と4月、そして最後に3月の空をそれぞれ違う形で描いた（というのも5月、4月、3月の順に作業を進めるにつれ、徐々に漆喰を扱うのにも慣れ、作品がこなれていったからだ）ヴィーナスの描かれた上段のスペースには、恋人たちを3人組で立たせ、公然と男にキスされ、愛撫される女たちを描いた（そのような行為を見ることを嫌うフィレンツェ人訪問客の神経を逆なでするために）。

私は作業の間ずっと、偉大なるアルベルティが著書の中で最上の画家に勧めていることを実行し、いろいろな年齢層の多様な人々を描くと同時に、鶏、家鴨、馬、犬、穴兎、野兎、ありとあらゆる鳥を描き込んだ　人々や生き物がさまざまな風景や建物の中で生き生きと活動する姿を　そして、**この本を書く労をとった私への褒美として、本を読んだ画家たちには、各自の絵画の中に私の顔を紛れ込ませていただけるとありがたい**とアルベルティは書いているので、私はその指示に従い、女神ミネルヴァのスペースに集う賢人の中に彼の姿を描いた　いい仕事をする人は常にたたえられるべきだからだ　その点では、偉大なるアルベルティもチェンニーニも意見を同じくしている　運命の女神たちを描くようにとハヤブサが指示をしていた部分、つまりミネルヴァの馬車の反対側には、賢い教授たちとの対比を考えて、働く女の集団を置き、町や工房、そして売春宿で出会った女たちを思い出せる限り描き入れた　そしてその真ん中には立派な機織り機を配置して、背景には、石できれいに組まれた洞窟を置いた。

私は兄たちも描いた。

そして華やかな母の姿も描いた。

牡羊の顔は父に似せた。

そうして私は侯爵の月々を、私の地上での月々を賑わせた人々で埋めた。

しかし実際にそうすると、誰かを絵に描いたら時々起こることなのだが、フレスコの表面に描いた途端、それは知っている人々ではなくなったのだった　特にその印象が強かったのは、神々と地上の間にある場所、空を意味する青色のスペースにおいてだった。

　普段は大体、絵は単なる絵にすぎない　しかし時々、絵がそれ以上のものになることがある　私が松明の光でそれらの人々を照らすと、皆、逃亡者の顔をしていることが分かった　彼らは私の手から、そして彼らを作り、そこに留めていた壁から、さらには自分自身から自由になっていた。

　絵の端から足や手が伸びて、額縁の外の世界にはみ出ているような技法が私は大好きだ　だって、絵はリアルな存在であって、この技法がそのリアルさを浮き彫りにしているからだ　そして、絵と世界との間にある空間に入る人の姿が好きなのと同様に、絵に描いた服の下に実在する身体も好きだ　服の下にある乳房や胸、肘や膝が布地に張りと生命を与えているからだ　特に好きなのは天使の膝　だって、神聖なるものは同時に世俗的でもあるから　そんなふうに考えるのは冒瀆ではない　神聖なるもののリアルさをより深く理解しているというだけのことだ。

　しかし、そんな喜びはしょせん、世俗的なものにすぎない——私は小さな男の子を雇って台の上に立たせ、大きな声で言葉を復唱させたい　しょせん、世俗的なものにすぎないと　絵そのものの生命が額縁からあふれ出すときに起こることに比べれば。

　というのも、そのときには2つの正反対のことが起こるからだ。

　1つには、その瞬間、世界が見られ、理解される。

　もう1つは、そのとき、絵を見る人の目と生命が解き放たれ、絵の世界と現世の両方が一瞬だけ自由になる。

　そして私自身も、その後間もなく、この作品から自由になった　というのも、3月の仕上げが近づいた頃、実際に、新年の区切りとなる春分のある3月になっていたからだ　ある日のこと、工房の画家や助手が皆、部屋の中央に固まって立ち話をしていた　私は、白熱する議論を足場の上から眺めながら、きっと異教徒たちの反乱について話しているのだろうと考えていた（というのも農場労働者の間で、さらなる食料と金銭を求める反乱が起きていたからだ　1人の男が起こした行動のために10人の男がむち打たれたという話だ　噂によると、10人のうち数人は瀕死の状態にあって、謀反を組織した男は既にばらばらにされたらしい）。

しかし違った　話は異教徒とは無関係だった　皆で熱く議論していたのは、賃金の引き上げを求めて最近、ボルソに対してなされた請願をめぐる問題だった。

フランチェスコ先生！と足場の下から掏摸が大声で呼び掛けた。

エルコレ！　私は振り向きもせず、返事をした。

請願書に先生のお名前も加えさせてください、と掏摸が叫んだ。私たちの名前と一緒に！

（私はちょうど美の3女神（グレーシーズ）の仕上げをしているところだった。）

駄目だ！と私は答えた

だって、賃上げの要求は既に2回やっていて、2度目のときボルソは、賃金を上げる代わりに全員に（私にも）メダルを贈っていたからだ　片方の面には自分の顔、反対の面には正義の女神が刻まれ、そこにラテン語が添えられていた　ハエク・テー・ウーヌム　汝と彼女は1つなり。

メダルは美しく、価値がありそうに見えたものの、ボルソは大量にそれを町中に配った（フェラーラのみならず、彼が支配する他の町でも）ため、市場的な価値はほとんどなかった。

しかし、ボルソは気前がよいことで知られていた　彼はお気に入りの音楽家に対して金払いがよくなかっただろうか？　彼以外の誰がコズメにたくさんの宝石を与えているというのか？

確かに今までは、私の報酬は他の者たちと同じだった　しかしそれは単なる手違いだ、と私は知っていた。

私は侯爵に直接手紙を書いて、手違いを指摘するつもりだった。

だって、私は自分が例外的な存在だと分かっていたからだ（ここで、コズメの下絵と違うものを描いているのは私1人であり、また、宮廷の工房出身ではないのも私だけだった）　そして、間違った額の金を初めて受け取ったとき、私はハヤブサに仲介を頼んでいた　しかしハヤブサは私に悲しげなまなざしを向けた。

では、君はメダルを受け取らなかったのか？と彼は言ったが、
その一言で、彼がこの問題に関しては何の力も持っていないことが分かった。

ハヤブサは、聖ゲオルギオスに似せて描かれた自身の姿をたいそう気に入っていた　彼は明らかに、詩人として見られるのと同じくらい、活動的な人物と思われることを好んでいた　その証拠に、彼は絵を見たとき、耳の後ろまで真っ赤になって照れたのだった。

しかし彼は、馬やロバの背後に私が描いた狂人たちを見たときには首を横に振った　精神病院から逃げ出してきた人々はまるでパーリオ（イタリアで行われる伝統的な競馬）に参加しているようで、拘束衣のタブが外れ、ひらひらと風になびいていた　ハヤブサは侯爵の狩りの遠景を見たときもやはり首を横に振った——騎乗した侯爵とその一行が向かっている崖の縁では、1頭の犬が静かに深淵を見下ろしている（それは、手前の建物に亀裂を入れることで作った崖で、われながら見事に遠近法を活用したものだと自負している）。

そして私が描いた中でも特に1枚の絵がハヤブサの顔色を真っ青にした。

これ、と彼は言っていた。駄目だ。これはこのままにはしておけない。描き直してくれ。

彼が指さしていたのは3月最初の10分角だった　強力な守護者を描くように彼が指示をし、私がそれを異教徒の姿で表現していた箇所だ。

こういう部分は現状でも充分にまずい、とハヤブサは言っていた。ここだけでもだ。それなのにおまえは私に、賃上げをするよう話を通してほしいというのか？　フランチェスコ。分からないか？　このままではおまえはむち打ちの刑だ。そのうえ私から賃上げの話など持ち出したら、私までむちで打たれる。駄目、駄目、駄目。これは消すんだ。削除。一からやり直し。描き直せ。

私は内心、はっとした　馬鹿なことをしたものだ、賃上げどころか、仕事まで失って、1年間ほど食いっぱぐれるところだった　宮廷では2度と仕事をもらえなかっただろう　金色と青色の元になる鉱石に半年分の稼ぎをつぎ込んでいたからひどく金に困っていたというのに　だから私は気を取り直してハヤブサに尋ねることにした　では、代わりに何を描いたらいいでしょうか、と。

しかしいざ口を開くと、出てきたのはそれと違う言葉だった。

嫌です。

隣に立っていたハヤブサは少したじろいだ。

フランチェスコ。やり直しなさい、と彼は再び言った。

私は首を横に振った。

嫌です。

あれも駄目だ、と彼はヴィーナスのスペースに描かれた美の女神たちを指さして言った。あの女神。肌の色をもっと明るくしなさい。あれは黒すぎる。

私は美の女神たちの髪型をはやりのものにしていた　そして身体的な特徴はあの女たちに似せていた　顔が見えるのがジネヴラとアグノーラ、こちらに背を向けているのがイソッタだ　手にはリンゴを持たせ、横に立つ2本の細い木は、女神たちのいる場所の地形を反復する意味でV字型にした　そこがすべての人間の命と喜びの起源だから　か細い木には、2羽ずつ鳥を止まらせた　あらゆるものにリズムが宿るように　リンゴと乳房も似ていた　ハヤブサの目に留まったのは、私がイソッタに似せた女神だった　しかし彼女でさえ、その美しさにもかかわらず、ハヤブサの目を引き続けることはできなかった　というのも明らかに彼は、最高級の青色の中に描かれた、白い作業着姿の異教徒に何度も目をやらずにはいられなかったからだ。

そのとき——奇跡だ——ハヤブサの中で何かが起こり、姿勢が微妙に変わった。

彼はまた首を振ったが、今回は意味が違っていることが私には分かった。

彼はもっと光をよこせと言った。

さらに多くの光がそこに当てられた。

彼は両手で顔を覆った。

そして再び顔が見えたとき、ハヤブサは笑っていた。

何て大胆なことを。ふむ。なるほど、おまえはまさに私が指示したことを正確に実行したわけだ、と彼は言った。ただし、ここまで美しく描くように言った覚えはないけれども。さて、よく見せてもらおうか。これは、そうだな、これは少し修正することにしよう。この人物は老人にして、閣下の前にひざまずく格好に変えてくれ。〝年老いた異教徒に正義の裁きを与えるボルソ〟ということでいこう。

ありがとうございます、デ・プリシャーノ様、と私は言った。

しかし、それと引き替えに、私の頼みを2つほど聞いてくれ、フランチェスコ、とハヤブサは言った。ひざまずいた男の肌をもう1段階黒っぽくして、新公爵のなす正義をさらに大きなものに見せ、いい意味で世の期待を裏切るのだ。だが、一言警告しておくぞ。これ以上、馬鹿なことをするんじゃない。フランチェスコ。聞いてるか？　あの女神、こちらに背中を向けている女神の肌は明るい色に変えろ。そうすれば、せめてそうすれば、どうにか切り抜けられるだろう。

〝切り抜ける〟だって？　まるで私が皮肉な当てつけをこっそり忍ばせるか、暴動でも企んでいたかのように　しかし正直なところ、改めて自分の絵を眺めてみると、われながら驚いた　というのも、私は侯爵に異議を申し立てるような絵を描くのと同時に、閣下は公正なお方だ、当然、私の価値を理解し、敬意を表し、正当に報いてくださると自分に言い聞かせていたからだ　まるで目の前が見えていないかのように、彼の率いる狩りの一団が勢いよく崖に向かっているのを描いた私に対してでも、きっとそうしてくれるだろうと　だって、この世の中で心の目、意識的な目にはしばしば見えていないものを手が暴き出すという2重性こそが絵画と創作の生命だからだ。

　ハヤブサは異教徒を見ながら首を振っていた　もはや笑ってはいなかった　口はあんぐりと開いていた　彼は口に手を当てた。

　そしてもしもボルソ様に何かを尋ねられたら、と彼は口に手を当てたまま言った。私からはこう説明しよう、さて何と言おうか、そうだな、例えば、例えば――

　フランスの恋愛物語（ロマンス）から取ってきた人物です、と私は言った。

　あまり有名ではないフランスの恋愛物語から取ってきた人物、とハヤブサは言った。きっと閣下は聞いたことがないなどとはおっしゃらないだろう。彼が知らないものは何もないことは、私たち皆が知っているからな。

　そう言って、彼は私の目を見た。

　しかし、おまえに今以上の報酬を出すことはできないぞ、フランチェスコ、と彼は言った。2度と私にその話はするな。

よろしい、それなら自分で直接手紙を書くことにしよう、と私はハヤブサが足場から下りるのを見ながら考えた　仲介役など私には必要ない。

フランチェスコ先生！と今度は掏摸が下から呼び掛けた。

エルコレ！と私は返事をした。

私はちょうど女神の肌の色を明るく変えて、修正を加えている最中だった　**与え、受け取り、再び与える**　しかし本質は変わることなく、女神はふさわしい姿のままであった　私は表面を削り、また漆喰を塗って描き直したが、人間的な部分は減らすことなく、全員をあまり似ていない3つ子のアグノーラのように描いた。

お許しください！と掏摸が言った。

何の謝罪だ？と私は返事をした。

請願書に勝手に署名してしまいました！と掏摸が言った
(というのも、賃上げの要求が何度も拒まれているのは私が署名に参加していないのが原因ではないかという噂が、工房の画家や助手たちの間で流れていたからだ　彼らが以前、賃上げ要求を出したとき、私はそれに加わっていなかった　だから侯爵は1平方フィートあたり10ペニーという賃金で充分だと私が考えていると思ったのではないか、と皆は疑っていた)。

まさか私の名前を書いたわけじゃないだろうな、エルコレ？と私は言い返した。

ええ、そうです、先生の名前をお借りしました、と掏摸が叫んだ。フランチェスコ先生もご存じの通り、俺は先生の筆跡を真似するのが得意なので。みんな、金が要るんです。請願書の署名は、数が多ければ多いほどいい。

私は右端にいる女神が持つリンゴの色を明るく変えた。

エルコレ！と私は呼び掛けた。

何ですか、フランチェスコ先生？と彼は返事した。

私は足場から身を乗り出して、抑え気味の声で直接語り掛けた。

私にはもう、助手は必要ない。荷物をまとめろ。別の師匠を探すがいい、
というのも、私の報酬が安いのは単なる間違いで、ボルソは何より正義を重んじる人だと私は知っていたからだ　ボルソが自分で作らせた両面メダル同様に、立派な花綱模様を刻んだ石のアーチの下、まさに正義という言葉の下に私が描いたのは他でもない彼の横顔ではなかったか？　そしてその下には、彼が下した正義に対して感謝する街の人々を描いたのではないか？　彼は何よりも正義を重んじる人ではないのか（それはひょっとすると、誰もが知るように父親であるニッコロに対する反動のせいなのかもしれない　ニッコロは非嫡出の息子たちを寵愛したばかりでなく、口に出せない不正義に対する裁きとして激情に身を委ね、互いに恋に落ちた美人の後妻と美形であった長男を地下牢で斬首し、2人の遺体を誰も知らない場所に埋葬したからだ　それはまさに、聖人にまつわる伝説や聖なる物語に出てきそうな話だけれども）　ボルソはとても正義を重んじる人なので、私が女神たちの持つリンゴの色を明るく変えているこの壁の反対側には、町の人々の些細なもめ事を裁く部屋が作られる予定となっていて、その壁には信仰、希望、堅忍、慈悲、分別、節制を表す漆喰細工（スタッコ）が施されることになっていたが、仕事を依頼されたフランス人の漆喰細工名人は、7人いる美徳の女神のうち6人だけを作り、正義の女神だけは作らないよう、厳に命じられていた　というのも、ボルソ自身が正義（ジャスティス）、正義はボルソだからだ　彼が美徳の間にいるときには、正義の女神もそこにいる　なぜなら、女神はボルソと同じ顎、同じ頭、同じ顔、同じ胸、そして何より、同じ

腹を持っているからだ。

チェンニーニが画家のための手引き書で言っているように、いい仕事にはいい報酬をだ　いい画材を使い、しっかりとした技術を身に付けている者が最低でもそれなりのお金がもらえることを期待するのは、一種の正義だ　そしてそうならなかった場合には、神ご自身が報いてくださるはずだ　チェンニーニはそう請け合っている　だから私は侯爵に手紙を書く　大晦日の今日か、元日の明日に　というのもこの2日は、誰もが気前の良さを見せる日だからだ（それに、私が請願書に署名をしなかったのは10ペニーで充分だと本当に思っているからだとボルソが考えたというのは、ひょっとすると本当かもしれない）。

フロアにいる掏摸の背中に悲哀が感じられた　背中を見るだけでいろいろなことが分かるものだ　彼は道具や荷物を鞄に詰めていた　ひょっとしてボルソが私の手紙を読めば、私に対する過ちをただすのみならず、もっと格下の労働者たちに対しても気前よく振る舞う気になるかもしれないではないか　ただしそれにはいささかの幸運と正義が必要だ　私ほどの値打ちを持たない連中には特に幸運が欠かせないだろうけれども。

（私は子供に戻り、翼付きの縮んだ頭を手に、馬の小便の臭いに包まれながら石の上に座っている　手の中にあるのは、いささかの幸運と正義があれば木の始まりとなる物だ。

運とは偶然の成り行きみたいなものだと私は知っている。

でも正義って何？　私は母の背中に問い掛ける。

母は洗濯物でいっぱいの樽に向かっている。

公正（フェア）であること、と母は後ろを振り返って言う。正しいこと。正当な取り分を受け取ること。あなたがお兄ちゃんたちと同じだけ食べ、同じだけ学び、同じだけの機会を手に入れて、そのお兄ちゃんたちがこの町の、いや、この世界の誰にも劣らない食べ物と教育と機会を得ること。

じゃあ、正義っていうのは、食べ物の問題なんだ。それに教育と。

けど、そのことが木から落ちた種と一体どう関係があるの？と私は呼び掛ける。

母は立ち止まり、向き直る。

私たちが天に定められた人生を生きるには幸運と正義が必要なの、と彼女は言う。種の多くにはそれができない。考えてごらんなさい。種は石の上に落ちることもあれば、踏み潰されることもあるし、道端のごみの中で腐ったり、根を出しても土に届かなかったり、葉を出すどころか根を張る前に、水がないせいで死んだり、暑くて死んだり、寒さで死んだりする。でも木は賢い生き物だから、毎年たくさんの種を送り出す、だからうまく育たない種の代わりに育つものが何百、何千とあるのよ。

　私が煉瓦の山の方へ目をやると、そこには私の背丈ほどもない若木で小さな藪ができている　それはまったく何でもないように見える　屋根に目を上げると、種が樋で根を張っていることを証明するように、3本の細い腕が見える　あれが幸運だ　でも正義って？　それに私は種でもなければ木でもない　私は人間だ　殻が割れることはない　根なんてない　そんな私がどうすれば種に、あるいは木に、あるいはその両方になれるというのか？

正義と種との関係がまだ分からない、と私は問い掛ける。

いずれ分かるわ、と再び樽の中で洗濯物を踏みながら母が返事をする。

母は次の瞬間にはもう、作業に合わせて歌を口ずさんでいる。）

フランチェスコ先生？

掏摸の声だ。

まだそこにいたのか？　私は下に向かって叫ぶ。

最後に1つお話ししておきたいことがあります、と掏摸が叫んだ。そっちに上がっていってもいいですか？

掏摸はいい柱の描き方を私から学んでいた　いい岩と煉瓦の描き方も　長い曲線や直線の遠近、そして糸のように編まれた線で面を作る技法も知っていた　私は彼に5月セクション下段のいくつかの建物を任せ、そこで日常生活を送っている何人かの労働者も描かせた。

彼はまだ20歳にならない若者で、前髪は目にかかっていた　色作りが得意で、いつもほどよい加減に石灰と石膏を混ぜた　そしてフレスコと壁が切っても切れない関係にあることを理解していた　つまり、私たちが壁に与える皮膚が私たちの肌と同様に繊細で、私たちの肌が体の一部であるのと同じように、フレスコも壁の一部となることを。

私は美の女神の唇を優しくなでた　彼は足場を上ってきて背後に立ち、私の作業を見守った。

俺を首にするのは仕方ないと思います、と彼は言った。でも先生は、やっぱり請願書に署名をするべきでした。私たちが最初に書いた2通の請願書に署名するべきでした。そうしなかったのは間違いです。だから俺は今回、先生の代わりに署名をしました。みんなのためにそうしたんです。もう1つだけ言わせてください、フランチェスコ先生。先生にだけ、俺たちより高い報酬を払うように侯爵を説得しようとお思いなら、それは無理ですよ。先生も1平方フィートあたり10ペニーです。それ以上はもらえません。

いや、もらえる、と私は言った。これは間違いなんだ。何と言っても、ボルソは公正なお方だからな。間違いに気付けば必ずただすはずだ。

無理です、絶対に、と掏摸が言った。ご存じないんですね、フランチェスコ先生。侯爵は若い男が好きなんです。女は好みじゃない。

私の筆先で、女神の唇が半分に切れた。

私は切れ目を元に戻し、柱で体を支えた。

それからもう1つ、お知らせしておきます、と私の背後で掏摸が言っていた。先生が5月の作業を進めていたとき、侯爵がハヤブサに命じて、先生を自分のところに来させようとしたことがあったんです。新しく入った男の画家たちをいつも呼び出しているのと同じように。侯爵は才能のある人間と話をするのが好きで、そういう人間を自分の周りに集めるのが趣味ですからね。でも、ハヤブサがそれを断るのを私は聞きました。だから先生は、そういう形で侯爵に呼ばれることが1度もなかったんです。けど、侯爵に対してフランチェスコ先生の秘密を話したのはハヤブサではありません。ハヤブサは先生の値打ちを知っていますから。さて、この話をお聞きになって、まだ私に出て行けとおっしゃるなら、気は進みませんが、言われた通りにします。でも、先生が実り多き新年をお迎えになることを祈っています。

私の背後で彼が梯子に足を掛ける音が聞こえた　私が振り返ると、彼は目と頭の上半分だけを足場の上に覗かせる格好で待っていた　滑稽さともの悲しさと、その両方を感じさせる姿だった　しかし、彼の目に潜む恐怖を見ていると、何か私にできることがあるのではないかという気がしてきた。

1つ賭けをしようじゃないか、エルコレ、と私は言った。

賭けですか?と彼は言った。

その目は安堵しているようだった。

私は彼の頭のそばでしゃがんだ。

このフレスコ画、5平方フィート分の報酬を賭けよう、私が直接手紙を書いて侯爵が私の頼みを聞いてくれたら私の勝ちだ、と私は言った。

いいですよ、でも、もし俺が負けたら、と掏摸は言って足場の上に戻り、座った。負けないことは間違いありませんけど、念のためです。もしも俺が負けたら。俺は助手ですから、払う金額は少なくしてもらえますか？　そして俺が勝ったら、フランチェスコ先生は師匠に見合った額を払う。

下に降りて黒の絵の具を作ってくれ、と私は言った。必要になるかもしれないから。

（黒には強い力があり、その主張には大きな意味がある。）

黒ですか？と掏摸が言った。嫌ですね。新年なんですよ。祝日です。休みます。第一、俺は首になってますから。

黒（セーブル）よりも黒くしてくれ、と私は言った。明かりがまったくない夜みたいな色だ。

私は金曜に手紙を書いた　そして自ら、宮殿の門番に手渡した。

新年2日目、最初の日曜の朝、宮殿は寒く、ほとんど人気（ひとけ）がなかった　私は1人で階段を上って月々の間に入り、3月の壁画にナイフを向けた。

そして花綱と〝年老いた異教徒に正義の裁きを与えるボルソ〟との間にあるアーチの下の壁を一部削った　ケーキから飾りのマジパンをはがすように、壁は完全にはがれた。

私は新たな下地を薄く塗ってから家に帰って寝た　徹夜で仕事をするつもりだったからだ。

その日の午後、絵を描くための道具と絵の具、そして特製の鏡以外の荷物を私は鞄に詰めた。

その夜、私はまたその細長い部屋を訪れ、明かりをともした　部屋を囲むいくつもの顔が光の中で私に挨拶をした　私は下の段まで足場を上り、花綱とキューピッドの前まで行った。

そして下の絵にできた穴を第2の皮膚で覆った。

私はボルソの絵を正義のメダルに刻まれたのと同じ横顔の肖像に変えた　汝と彼女は1つなり

しかし、メダルを見たことのある人なら気付くだろうが、顔の向きを反対にした。

私は、正義の裁きを待つ人混みの中心にいるボルソの横に、手を描き入れた——何も握っていない手を。

エステ家のシンボルカラーの石に刻まれた〝正義（JUSTICE）〟という文字の下を、私は黒く塗った。

次に、〝氷（ICE）〟だけを残して、黒の上の文字を消した。

私は自分の目の前に鏡をかざした。

そして足場から降り、無倦宮から通りに出て、マットーネの背に乗り、煙の漂うゲットーを早足で抜け、塔の下をくぐり、工事中の城を過ぎ、2度と戻らぬ決意で町の門を出た　町が小さいので、わずか数分走っただけで生まれ故郷と別れを告げることになったのだった。

（それからちょうど1年半後、ようやく教皇の命（めい）でフェラーラの公爵に任じられた6日後、ボルソは矢で射られた鳥のように後ろを振り返り、瞬きをして、ぱたりと倒れて亡くなった　しかし彼が過ごす12か月は、その死にもかかわらず無倦宮の壁を巡り続けた。）

私が壁に描いた塔と同じくらいに背後の町が遠ざかったとき
（塔が小さいのは、他の色はどうあれ、金と青を買う金に窮していたからだ）

朝日が昇り始め、町の平地をあとにして最初の坂を上り始めたところで、私は立ち止まった。

そして自分が失ったものを計算した。

ポケットはほぼ空（から）。

仕事の当てはなかった。

そう思ったとき、頭上で鳥が歌った。

大丈夫だ　手にも腕にも自信がある　友達や後見人（パトロン）のいるボローニャに行こう　あそこならくだらない宮廷なんてないから。

背後で鳥の歌以外の音が聞こえ、振り向くと、平地に続く一直線の道に土埃が舞い上がるのが見えた　はるか遠方に馬がいた　朝の風景の中にただ1頭の馬　いや、馬ではない、ポニーだ、灰色の　さらに近づいてくると、背中に人が乗り、長すぎる脚を左右に投げ出しているのが見えた　掏摸が私の横に並んだとき改めて見ると、彼が乗るポニーはあまりにも小さくて、まるでこちらが天の高みから見下ろしているかのようだった。

フランチェスコ先生、と掏摸は言った。ポニーはたくさんの荷物を背負わされた上に急がされたせいで息が乱れ、咳き込んでいた。

ポニーと同じくらいたくさんの埃をかぶり、息が切れている掏摸が少し落ち着くのを私は待った　彼は袖で顔をぬぐい、しゃべるために息を整えた。

5平方フィート分の報酬をちゃんと払ってくださいよ、と彼は言った。師匠にふさわしいレートという約束ですからね。

ここで再び現在　私と少女と塀だ。

私たちは少女が愛する人の家の前で、出来の悪い塀の脇に座っている　今回、少女は塀の上に座るのではなく、歩道に直接、腰を下ろしている。

私たちはこの場所に、もう何度も来ている。

しかし、愛情のために少女がここを訪れているという確信はもはやなくなった　というのも、彼女は1度、敵意に満ちた目を家に向けていたから　まるで、蛇のように噛み付きそうな表情だった　それは絵の宮殿で私たちが見掛けた女が家を出て、通りを渡って真っ直ぐ少女に近づいてきたときのことだった　女が話し掛けても、少女は歩道に座り込んだまま何も言わず、皮肉たっぷりの顔で、美しいその顔をじっと見詰め返していた　と突然、手品のような素早い手つきで石盤（タブレット）を取り出し、それを使ってあっという間に女のスケッチを仕上げた　女は手で顔を隠した　スケッチされるのを嫌ったのだ　彼女はそれきりきびすを返して、家に戻った　しかし1分後には、窓の中から、通りを挟んだところにいる少女を覗いていた　少女はそれに気付いて再び石盤を掲げ、窓の中にいる女をスケッチした　女はカーテンを下ろした　すると少女はその様子までスケッチし、その後、完全に目隠しされた窓をスケッチした　少女はそのままずっと地面にあぐらをかいて家を眺めていたが、夜のとばりが降りるとようやく立ち上がり、寒い中でじっとしていたためにきっとこわばっていたであろう手足を振り、去った。

そして翌日には、また戻った　少女と私と歩道。

私たちはもう何日もここを訪れていた　あまりに回数を重ねたせいで、彼女が寝ている部屋の北の壁は、石盤で描いた小さなスケッチでいっぱいになっていた　1枚1枚が手のひらほどの大きさのそのスケッチを、少女は星の形に並べ、明るい色合いのものは尖端の方へ、濃い色合いのものは中心近くに配置していた。

そこに描かれているのはすべて、あの家、あるいはそこに出入りするあの女性、または他の通行人　視点はどれも同じで、出来の悪い塀の前からの眺めだ　生垣や庭木の葉は1枚1枚が異なり、季節の移り変わりとともに日々、光と天気が変化するのを少女は見事にとらえていた。

出来の悪い塀のある家に暮らすずっと年配の、腰の曲がった女は、毎日外に出てきて、何より先に少女に向かって大声を上げた。

少女は何も言わなかったが、3日目には黙って塀から降り、その前の歩道に座るようになった。

ずっと年配の女はその日も大声を上げた　しかし、地面に座った少女はやせた胸の前で腕を組んで、決意を感じさせる冷めたまなざしを向けたので、年配の女は叫ぶのをやめて、少女をそこに座らせたまま放っておいた。

年老いた女はある日、叫ぶ代わりに、少女に優しい言葉を掛け、雨除けのために棒の先に布が張ってあるものを手渡した（煉獄にはずいぶん雨が多い）　同じ日、彼女は湯気の立つ飲み物とおやつのビスケットを少女に持ってきた　別のもっと寒い日には、羊毛の毛布とベッドカバーのように大きなコートを。

今日の少女は、花のスケッチを描くだろう　彼女がじっと見ている家を囲む通りでは、木々の一部が緑を吹き始め、1晩のうちに白やピンクの花を開かせた枝もあるからだ。

今日、年老いた女は、家を出てくるとき手ぶらだったが、黙ったまま、しかし和やかな表情で、少女の後ろにある出来の悪い塀の上に初めて腰を下ろした。

蜜蜂がいる　蝶も飛んでいた。

匂いを嗅ぐことができれば、きっとあの花はいい匂いがすることだろう。

花は風に踊っている。

私には、亡くなる少し前の父に関して、どうしても耐えられない思い出が1つあった 父の死後、10年が経ってもまだ、そのせいで夜中に目が覚めるほどで、年を取るにつれて記憶はさらに力を増した 時には記憶が私と目の間に割り込んで、対象がよく見えないせいで絵を描くこともできないという事態さえ起きた そこで、バルトが私をテーブルの前に座らせ、私の前に2つのカップを置いた 彼は水差しの水で一方を満たした そして同じ水差しの水で他方も満たした。

さて、と彼は言った。こっちのカップに入っているのが〝忘却の水〟だ。こっちに入っているのは〝想起の水〟。先にこっちを飲むんだ。そして時間を置いて、こっちを飲め。

けど、どっちの水も元は同じ水差しから注いだものじゃないか、と私は言った。同じ水だ。何がどうなったら、こっちが忘却の水、こっちが想起の水なんてことになるのさ?

まあ、カップが違うからな、と彼は言った。

じゃあ、ここにあるのは忘却と想起のカップで、水とは関係がないってこと?と私は言った。

いいや、大事なのは水だ、と彼は言った。水を飲まなくちゃならない。

同じ水がどうして両方になるわけ?と私は言った。

いい質問だ、と彼は言った。そういうことを訊くのはおまえらしいよ。さて。準備はいいか?

じゃあ、まずはこっちの――。

忘却と想起が実はどちらも同じことだっていう意味なのかな、と私は言った。

細かいことを俺に訊くな、と彼は言った。こっちが先だ。忘却の水。

いや、ついさっきはそっちが忘却の水だと言ったじゃないか、と私は言った。

いや、いや、そっちは――、と彼は言った。ああ。いや。待てよ。

彼は2つのカップを見た　そして両方を手に取り、部屋の反対側に行って裏口を開け、中の水を庭に捨てた　彼は空のカップをテーブルに置いて、また同じ水差しで両方を満たした　それから一方を指差し、次に他方を指差した。

こっちが忘却、と彼は言った。こっちが想起。

私はうなずいた。

私はその頃、バルトの友人のために聖母像を描いていた　聖母と聖人たちの隣に依頼人がひざまずいている姿を描き込むのが仕事で、報酬は悪くなかった　その日はバルトが様子を見に来ていたのだった　彼は絵をじっと見て、首を横に振った。

フランチェスコ、最近おまえが描く人間たちは何だか、と彼は言った。いや、相変わらず美しいんだよ。でも妙だ。元は血が流れていた血管の中に、今は石が詰まっているみたいな感じ。

キャンバスは壁とは違う、と私は言った。フレスコ画だと、決まって色調が明るくなる。素材によって色調が暗くなることもあるのさ。

けど、おまえがドメニコに見せた作品も同じだったぞ、と彼は言った(バルトはその頃、私と掏摸にたくさんの仕事を紹介してくれていた)。

ああ、あれは彼にもらった仕事だ、と私は言った。彼は気に入ってたようだよ。

あれは全体に苦々しさが感じられた、とバルトは言った。おまえらしくない。まるで別人のようだ。

私は別人になったんだ、と私は言った。

は！と私たちの背後にいた（仕事をしていた）エルコレが言った。だといいんですがね。もしもそうなら、俺はよそへ行って仕事をさせてもらいますから。

黙れ、と私は言った。

フランチェスコ先生は最近、睡眠不足なんです、と掏摸が言った。

何があった？とバルトが言った。

黙れ、エルコレ、と私は言った。

悪夢が原因です、とエルコレが言った。

悪夢のことなら俺に任せろ、とバルトが言った。

単なる夢なら話は簡単だ、と私は言った。単なる夢なら自分でどうにかできる。

苦痛に満ちた記憶と悪夢の両方を追い払ういい方法を知っているのだとバルトは言った　それには、記憶の女神の名において1つの儀式をしなければならない　最初、一方の水を飲むとすべてを忘れる　次に他方の水を飲むと記憶が強制的によみがえる　すべての記憶が大きな1つの塊になって一気に　1つの山ほどもある記憶の塊だ。

というわけで私は、テーブルの上に置かれたカップと向き合って、そこに座っていた。

記憶が雪崩みたいに頭の上から降ってくるなんてごめんだよ、と私は言った。

何も分かりはしないさ、とバルトは言った。その最中にだって、何が起きているか気付かないだろう。おまえは忘我の境に入る。保護されているから安心しろ。それから、俺たちがおまえを抱え上げ、部屋の反対側まで運んで、特別な椅子の上に座らせる。そうしたらおまえは、水のおかげで思い出したすべてのことを神官(オラクル)に話せ。その後、儀式で疲れ切ったおまえは眠る。次に目が覚めたときには記憶がすっかり書き換えられているはずだ。記憶から、恐怖や不快感が取り除かれている。覚えている必要があることだけが頭に残る。儀式が終われば、夜は落ち着いて、ぐっすりと深く眠れるだろう。それだけじゃない。ありがたいことに、再び笑えるようになる。

特別な椅子ってどれ？　神官(オラクル)なんてどこにいる?と私は言った。

そこは使用人用の厨房だった　バルトが使用人の女たちと料理人に、儀式に1時間ほどかかりそうだからと説明をして、人払いをしていたので他には誰もいなかった　使用人たちが仕事を邪魔されたと軽く文句を言いながら、庭で日光浴をする声が聞こえた　しかし、屋敷の者たちは私の訪問に慣れており、私に対しても優しかった　バルトが私を使用人の厨房に連れて行くのが慣例となっていたので、バルトが留守のときでもそこにはいつも何か食べるものが置かれていた（私がいつも厨房に案内されたのはおそらく、私が屋敷に出入りするのをよく思っていない奥方に私の姿を見せないためだろう　彼は私に、長男ばかりでなくすべての男児の名付け親になってもらいたいと言っていた　女の子はどうするんだ?と私は訊いた　私は女の子の後見人に向いていると思っていたからだ　ああ、でも、俺にとって女の子はそれほど重要ではないからな、と彼は言ったが、私はそのとき彼が目を逸らしたのを見て、奥方が口出しできない部分に限って、私がバルトの生活に関与することが許されているのだと理解した　私は2人の友情から充分な恩寵(グレース)を得ていたから、それはそれで構わなかった　とはいえ、できれば女の子たちの後見人にもなりたかった　というのも、色彩や絵の問題となると、女の子はあまりにもないがしろにされているからだ　それはつまり、ただの盲目的習慣のせいで、多くの才能ある画家が失われてしまうということ　しかし奥方は、娘たちが画家になるのを望んではいなかった）。

バルトは食料品室の前まで飛んでいき、中にある棚を開けて、布に包んで皿に載せられた蜂の巣を取り出した　するとその上に、小さな雲のように蝿が集まった　バルトは蜂の巣を私の前のテーブルに置いた。

神官だ、と彼は言った。

どうせなら、一緒にパンが欲しいな、と私は言った。

彼は食料品室に戻った。

神官は卵の方がいいか？と彼は言った。

神官は卵と蜂の巣の両方になるのか？と私は言った。ついでに、神官をいくつか持って帰っても構わない？

妻はいつも卵が足りないと文句を言うんだ、と彼は言った（というのも、私が頻繁に掏摸をこの厨房に遣わしていることを、奥方は使用人たちから聞き知っていたからだ　ただ、夫妻が知らなかったのは、実際には失った卵以上のものをこの厨房が得ていたという事実だ　ガルガネッリ家の料理人は、料理が得意な掏摸から絵と胃に関するいろいろな技を教わっていた　牛肉や豚肉を乾かすときに風味を増す方法を料理人に教えたのも掏摸だ）。

バルトはボウルにたくさんの卵を入れて、蜂蜜の皿の横に置いた。

それと、特別な椅子は？と私は言った（彼が適当な椅子を探す間に、私は卵を5つくすねた）。

彼は部屋の隅にあったリンゴ用の木箱を叩いていた　そして箱を2枚の布巾で覆い、皺を伸ばした。

よし、と彼は言った。準備ができた。

さてと。まずはこれを飲むんだね、と私は言った。

そうだ、と彼は言った。

すると私の頭から記憶が出ていく、と私は言った。もしも私が家だとしたら、誰かが壁に梯子を掛けて屋根に上がるような感じだね。そこには私のすべての記憶が屋根瓦みたいに整然と1層、その上にまた1層と積まれている。そこへ誰かさんが上がってきて、垂木がむき出しになるまで瓦を1枚1枚はがし、地面に投げる。そういうこと？

大体そうだ、とバルトが言った。

そうやって瓦を落としていったとき、それは地面にまた整然と積み上がるのかな、それとも壊れて破片の山になる？と私は訊いた。

確かなことは分からない、とバルトは言った。この儀式をやるのは初めてだから。

その後、屋根をなくした状態の私は、こっちの水を飲む、それで合ってる？と私は言った。

そうだ――、とバルトは言った。

――すると同じ瓦がまた一斉に地面から浮かんで、壊れていない分も粉々になった破片も両方とも、体が硬くて翼を持たない鳥みたいに空いっぱいに舞い上がり、裸になっていた屋根に戻って、元みたいに慣れ親しんだ隣近所の瓦と重なり合う？　まったく同じ場所に戻るということ？

だろうな、とバルトが言った。

じゃあ、何の意味があるんだ？と私は言った。

意味？とバルトは言った。意味は――明らかに、フランチェスコ、その瞬間にあるのさ、瓦が、というか記憶が取り払われた瞬間に。おまえが、生まれる前みたいな状態になる瞬間。生まれたての赤ん坊みたいな一瞬。あらゆるものに開かれた状態。雨風にさらされた状態。すべてがまっさら。

ああ、と私は言った。

新築で、中にまだ人が入ったことのない家みたいに開放的。絵を描く前の状態に復元された壁みたいにまっさらだ。

でもその後、屋根が、あるいは元と同じ絵が、上に戻ってくるんだろ?と私は言った。

うん、でもそうなる前に、屋根がない瞬間、まっさらな瞬間を経験できる、とバルトは言った。そしてその瞬間に、儀式が効果を発揮し始める。俺がおまえを記憶（ムネモシュネ）の椅子に座らせて、おまえはテーブル上の神官に向かって、声に出して――

卵と蜂蜜のことだね、と私は言った――

そうだ、とバルトは言った。神官に向かって、頭に浮かんだことをすべて語り聞かせる。それをやった後では、もう記憶がおまえを苦しめることはない。

ああ、と私は言った。

そういう仕組みだ、と彼は言った。これぞ、記憶（ムネモシュネ）の儀式なり。

バルトは私の友達だったので、儀式の成功を祈ってくれた　悪意のないゲームさ、愉快で健全、楽しいし、きっとうまくいく　しかしおそらく――私の勘だが――彼が本当に願っていたのは、私が彼にとって別の人間になれるよう、私が自分を忘れ去ることだった。

それだけではない　私は記憶（ムネモシュネ）の女神の絵を見たことがあった　女神は人の後頭部に手をやってそこの毛をつかむばかりでなく、髪の束をごっそり握ったまま足が浮くまで引っ張り上げ、罪人みたいに宙に吊すのだ　おとなしい類（たぐ）いの女神ではない　女神は筋骨たくましく屈強で、肌の色は浅黒い　学者や詩人は記憶の女神をすべてのミューズの母、果ては言葉そのものの考案者だと考えた　そんな女神の機嫌を損ねるのは絶対にごめんだった。

――それから、俺がおまえを家まで送り届けてやる、とバルトは言っていた。頭の下には枕を敷いてやる。1晩寝て、目が覚めたときにはすっかり気分がよくなっているだろう、とバルトは言った。

私が水を飲むだけでそうなるわけ、と私は言った。

今に分かるさ、とバルトは言った。

だから私は第1のカップを手に取った　しかし、ひょっとして何かの間違いで、忘却と想起の水を逆の順番で飲んだら何が起きるのか？　私の頭は永遠に屋根が抜け、穴があいたままになり、あらゆる記憶が2度と戻ってこないかもしれない　すべてを忘れるためなら私は何でもするだろうというのも、それは一種の天国みたいな世界だろうと、この煉獄で私は学んだからだ　煉獄とは、心を騒がせる記憶、既に失われて記憶の中にしかない家（ホーム）見覚えがあって自分の世界だと感じられるのに、自分はもうその人間ではなくてよそ者でしかない、そんな世界でもはや自分のものではなくなった事物に取り囲まれているのが煉獄だ。

ほら、と父はかつて私に言った　私が20歳を過ぎ、もう独り立ちできる用意ができたと考え、父の弟子であるのをやめたいと告げたすぐ後のことだ。

彼は私に、折り畳んだ紙を手渡した　そのはかない紙は広げてみると、何度も繰り返し折り畳まれ、広げられてきたために光が本当に透けるほど薄くなっていた。

私はそれを手の中で平らに広げ、色あせたインクでそこに綴られた言葉を読んだ　手書きのつたない文字は、行末でなだらかな上り坂を作っていた　幼い子供は印となる直線に沿って字を書くように教えられるものだが、それを書いた人物は安定した文字列を書く心構えを持っていなかった。

それがごうまんと呼ぶべきものかどうか分かりませんが、私のごうまんさを許してください　私はやはりあなたが間違っていると思います　それはあまりに大きな間違いなので、そのことを考え

ると私は夜も眠れないことがあるほどです　あなたはあの日、私が土で描いたあなたの絵を見て、私の頭を殴りました　あらゆる父親の中で最も優れ、敬愛するお父様、2度とあんなふうに私を殴ったりしないでください　もちろん私が罰に値するときに殴るのは結構ですが、あの件については、絶対に私は間違っていないと思います。

何これ？と私は訊いた。

覚えてないのか？と父は言った。

私は首を横に振った。

おまえはまだ幼くて、わしが読み書きを教えた、と彼は言った。そして、おまえが初めて書いたのがこれだ。

！

私は手の中の紙を見た　それを見るのは初めてだと誓ってもいいくらいだった　でもそれは、私が自分で書いた字だった。

私たちは人生の中で、それほどまでに多くのことを忘れてしまうのだ。

私は手の中の紙を見た　大人の手（ハンド）の中にある子供の筆跡（ハンド）　父が持っているときと比べて、私の手の中では紙がずっと白く見えた　父や兄たちと比べると私の肌は白い、他のどの女性にも負けないくらい白いからだ　雨風の中で働き、煉瓦の焼成を長年続けてきた父や兄たちの肌の色は、煉瓦そのものと同じ赤っぽい茶色に近づいていく　父は私の白い肌を誇りに思っていた　父にとってそれは一つの手柄だった　私はその白い手で再び紙を折り畳み、父に返そうと手を伸ばした。

それはおまえのものだ、と彼は言った。おまえがわしの弟子でなくなるなら、わしが今まで預かっていた子供時代のおまえの一部を返すのが筋だ。そこにはおまえの母さんも入っている。おまえがその文章を書くときには母さんが手伝いをしたに違いないからな。おまえはまだとても幼かったし、母さんらしい言い回しもそこには使われているし——ほら、ここ、こことここ——母さんは文と文の間、息継ぎをするところにスペースを入れるのが癖だったんだ。

私にも同じ癖がある、と私は言った。

父はうなずいた。彼は袖口のポケットからもう1枚の紙を取り出し、私に差し出した。

これもおまえのだ、と彼は言った。

これは何?と私は言った。

契約書だ、と彼は言った。おまえが子供の頃に作った。覚えてるか?

ううん、と私は言った。

こことここに署名しろ、と父は言った。わしも署名する。そして公証人のところに持っていって、署名を確認してもらう。それが済んだら——おしまい。おまえは晴れて、一人前の男ってわけだ。

父が左右の眉を上げ、温かなおどけた表情で私を見たので、私も温かな視線を返した　すると父と私との間に、一部が悲しみからできている幸福も生まれた。

しかし私はその直後、新しい馬に乗って旅立っていた　私には生きるべき生活と働くべき町があった　フィレンツェを訪れ、ヴェネツィアを眺めなければならない　私はもう誰の弟子でもないのだ。

老いた父、老いた煉瓦職人。

若くしてこの世を去り、老いることのなかった煉瓦彫刻家の母。

3年後、美花宮で仕事があるかもしれないとの噂を耳にして、私は町に戻った　詩神（ミューズ）を担当しているのがコズメだったので、一緒に仕事ができるのではないかと思ったのだ　私は少年たちの一団が大聖堂の脇に集まり、よぼよぼの農奴に石を投げつけているのを見たことがある　ぼろぼろの服を身に着け、がらくたのような家財を載せた荷車を引く老人だった　荷車の品を売るために通行人を呼び止めているかのように見えた　老人は後ろに手を伸ばし、布、カップ、ボウル、別のボウル、踏み段、椅子の脚、木の板など中古の品を手当たり次第に取ってはそれを差し出していた　1人が何かを取り、金を払わなかった　次の瞬間、人々が老人を脇へ押しやった　皆がパニックになったようにわれ先にと押し寄せた　少年たちを除いて　少年たちは老人の後を追い、石を投げ、罵声を浴びせた　老人はよそから来たユダヤ人か異教徒、あるいはひょっとするとジプシーか森の住人だった　町では青い病（ペスト）が恐れられていた　長年、人々の間で兆候がまったく見られていなくても、常に青い病に対する恐怖が存在していて、誰かが熱のあるそぶりを見せると、必ずすぐに注目を浴びた　私はその現場から1マイルか2マイルほど離れたところで、老人が最後に荷車から取り上げたものが何だったのかに気付いた　石鎚（ストーンハンマー）だ　私は慌てて大聖堂まで引き返したが、老人はもういなかった　少年たちの姿もなかった　私が見たものは、まるで幻だったかのように消え去っていた。

　私は昔の家に行った　父はそこにいた　かくしゃくとして、テーブルに向かって座っていた　木のテーブルの上には名前を一覧表にした紙が載っていた　一覧表は、私たちが子供の頃に食事をした長辺に沿って端から端まで並んでいた　上の方にある名前のいくつかは、削除線で消されていた　**これは、わしに工事代の借りがある人の一覧表だと彼は言った。わしは今、借金は帳消しにするという手紙をその全員に書いている。ここまでの人には手紙を書き終わったが、ここから下の人はまだだ。**

　その後間もなくして、ボローニャに使いがやって来て、父が亡くなったことを伝えてくれた。

私の夢の中で父はいつも実際より若く、腕の筋肉は隆々としていた。

父は一度、夢の中で、寒いと言った。

しかし、どうしても夢に近づくことができない夜もあった　私が目にしたり、やったりした現実のことが、まるで影絵を映すカーテンのように私を遮っているような気がした。

父が亡くなった後、私はフェラーラに戻り、誰もいない家の前に立った（伯父は死んでいたし、借金を相続するのをいやがった兄たちは借金を私に残して姿をくらましていた）　見たことのない女が私に目を留め、向かいの家から出てきた　彼女は通りを横切り、私にお金を手渡した　クリストフォーロが最後に彼女に会ったとき、これはあんたにやる、わしにはもう要らんからと言って渡した金らしい。

4枚の硬貨　女は私にそれを返したいと言った。

（私は父と私が署名したあの契約書をなくしてしまった　子供の頃に父に書いたあの手紙もなくした　私はその4枚の硬貨を大事にして、最後までずっと持っていた
本当にそんなことがあったのか？　死ぬなんて？）

私は厨房に向かってそう叫んだ。

何も　覚えていない　何も。

窓の外で使用人の女の子2人が跳び上がるのが見えた　バルトも口から心臓が飛び出そうなほど驚いていた　私は何が何だか分からないというそぶりで両手を挙げた　そのとき、カップを倒し、想起の水をこぼした　水はテーブルの天板のひびに流れ込み、下の床に滴った　部屋の入り口にはガルガネッリ家の使用人が集まり、大きく目を見開いていた　バルトはそちらに手のひらを向けて、入ってこようとする者を制止した　彼は私から目を逸らすことなく、私の前に身をかがめた　私は顔を上げ、彼の方に目を向けたが、まるで目が見えていないかのようにその向こう側を見ていた。

あなたは誰?と私は言った。

フランチェスコ——、とバルトは言った。

あなたはフランチェスコ、と私は言った。私は誰?

いや、おまえがフランチェスコだ、とバルトが言った。俺はおまえの友達。俺のことを知らないのか?

ここはどこ?と私は言った。

俺の家だ、とバルトは言った。ここは厨房。フランチェスコ。おまえはここに何度となく来たことがある。

私は口をあんぐりと開けた　顔は無表情　私はテーブルの上の水で濡れた手を上げた　そしてまるで手というものを見たことがないみたいに、まるで手がどんなものかを知らないかのように、じっと見詰めた。

俺だよ。バルトロメオだ、とバルトが言った。ガルガネッリ家の。

ここはどういう場所?と私は言った。バルトロメオ・ガルガネッリって誰?

バルトの顔色は秋の霧よりも白くなった。

ああ、キリスト様、聖母様、それからすべての天使たちと幼子イエスよ、と彼は言った。

キリスト様とか聖母様とか幼子って誰?と私は言った。

俺は何をしてしまったんだ?と彼は言った。

あなたは何をしてしまったんだ?と私は言った。

私は立ち上がろうとしたが、脚が何のためにあるのかを思い出せないみたいな状態になって、椅子から床に転げ落ちた　倒れ方には説得力があった　ああ、しかしそのとき、ポケットの中にあった卵が割れて、ズボンが濡れるのを感じた。

ああ、畜生、と私は言った。

フランチェスコ?とバルトが言った。

うまくやったと思ったのに、と私は言った。

正気に戻ったのか?とバルトが言った。

彼の額には汗が浮かんでいた　彼はテーブルに向かって腰を下ろした。

ひどいやつだ、と彼は言った。

そして続けて言った。無事でよかったよ、フランチェスコ。

私は立ち上がった　卵の染みがコートの裾まで広がり、ズボンの横も濡れた。

さっきは少しの間、と彼は言った。生きた心地がしなかった。

私が思わず笑うと、彼も笑った　私はポケットに手を入れ、中で奇跡的につぶれずに残った黄身を1つすくい出した　他の黄身は白身や殻と混ざり、ねばっとした長い尾を引きながら私の手からぶら下がった　私はその手をテーブルになすりつけた後、友の顔にもこすりつけた　彼は黙ってそれを許してくれた　それから私は、半分になった殻を手の中でひっくり返し、つぶれていない黄身を手に取って彼に差し出して見せた。

次は神官（オラクル）のお告げだ、とバルトが言った。

ポケットに卵が入っていることをすっかり忘れてた、と私は言った。

な?とバルトは言った。俺が言った通り、ちゃんと効果があっただろ。

少女は眠れない　眠っているときも、陸に引き上げられた魚のように寝苦しそうだ　私は夜、真っ暗な彼女の部屋で、うつらうつらと身もだえしたり、焦点の定まらない目を開いたまま、上半身を起こしてじっとしている彼女を見ている。

　偉大なるアルベルティによると、私たちは死者の絵を描くとき手指の先、足の爪先という体の隅々まで死んでいる状態を描かなければならない　そしてそのとき、死者の体は生きていると同時に死んでいる　またアルベルティによれば、私たちが生者の絵を描くときも、体の隅々まで生きている状態を描かなければならない　頭の髪、あるいは腕の毛の一本一本までもが生きているのだ　絵画は言わば死の対極にある、とアルベルティは言う　われわれが何もかも脱ぎ捨てて骨にまでなれば、そこから、頭蓋骨に顔を添えたりなどして、再び人を作ることができるのは神のみだとアルベルティは知っていて、私が今から言おうとしていることも決して神に対する冒瀆ではないけれども——

　というのも、それは偉大なるアルベルティの言葉でもあり、確かな事実だからだが——

にもかかわらず、現実には数百年前に息が止まり、生きてもいないという人物が元気に生き生きと描かれている絵を見たことがある人はたくさんいる。

　骨だけから体を組み立てる方法を説いたのもアルベルティだ　その目的は、スケッチと彩色の過程によって死を超克すること　彼の言葉によれば、いかなる動物でも絵に描くときには**まずその骨を1つ1つばらばらにし、そこに筋肉を足し、さらに肉をかぶせる**　対象が何であれ、絵を描くという行為の本質は、そうして筋肉と肉を与えることにあるのだ。

　私はこの少女の態度から感じるのだが、ベッド脇の南の壁に貼られている絵に描かれた黒髪の女性はおそらく死んだか、姿を消したらしい　少女は時々その絵を長い間じっと見詰めていることもあれば、それができないときもある　女性は絵の中で、若い姿だったりもっと年を取っていたりする　時にはこの少女に似た幼い子供と一緒だったり、大きくなってその弟となる別の幼児や、見知らぬ人と一緒にいたりする　この例において、絵は死を意味する　というのも、絵は生であると同時に死でもあり、両者の境界をまたぐものだからだ。

　少女は1度、この女性の絵をさらにじっくりと見るために、まるで暗がりにあるものを照らそうとするかのように光源に近づけたことがある　そこまで近づけたら絵が燃えてしまうのではないかと心配になるほどだった　しかし煉獄の明かりは不思議な魔法の炎で、結局、何にも火が点いたりはしなかった。

　少女が失ったのはこの女性か、あるいは聖モニカ犠牲者（ヴィッティ）か？　またはひょっとして、太陽の光に照らされた通りを歩く2人の若い女の片方なのか？　1人は金髪、もう1人は黒髪、服は金色と青　ひょっとするとその全員が姿を消したのかも　ここでも青い病（ペスト）がはやり、全員がそれで死んだのかも。

　それにしても、この少女は大した芸術家だ！　だって彼女は、私たちが何度もその前に居座ったあの家の絵をすべて北の壁からはがし、それを材料にして、部屋のテーブルの上で新しい作品を作ろうとしているからだ　彼女が何をもくろんでいるか、私には分かった気がする——煉瓦積みの塀みたいに絵を並べようというのだ。

　まるで小さなスケッチの1枚1枚が壁を作る煉瓦であるかのように、彼女はそれを適度に不規則に並べ、それぞれの周囲と間に鉛筆で目地となる部分を描き込み、壁の両端で交互に組み合わさった煉瓦風に見えるように絵を短く切った　実際、それは壁のように見える！　彼女は職人で、とても巧みにいいものを作る　絵の壁はとても長く、テーブルからはみ出て床に続き、部屋の途中まで

続いている　おかげで部屋はまるで、分断された領地のように見え

そうだ

今、すっかり忘れていた出来事が、あらゆる記憶とともによみがえった

ボローニャで結構な報酬と引き替えに聖ヴィンチェンツォの絵を描いていたとき、私は代用金箔をたっぷり使っていた（めったに間違ったことは言わない偉大なるチェンニーニは、この件についてだけは見方を誤り、代用金箔は他の金色に及ばないと述べている）　私はヴィンチェンツォの頭上にキリストの姿をした亡き父を描いていた　それでも冒瀆にはならないだろうと私が考えたのは、父は大工と煉瓦職人の新たな守護聖人であるヴィンチェンツォを非常に愛し、敬っていたからだ　父は亡くなるまでの8年間、聖ヴィンチェンツォの日を8度祝っていた

（ただし私は、キリストが、世間の皆が伝えるよりももっと長生きしたと想像するのも好きで、それは確かに冒瀆なのだが、魂の片隅に影を作るくらいか、運がよければ看過すべき程度の罪ではないかと思う）。

絵は大量の卵を使っていた　私は絵をさらにもっと豊かなものに仕上げたかった　特に聖者の外套と肌の質感を。

そんなにたくさん使っちゃ駄目ですよ、と掏摸が言った。それじゃあ固まりません。

黙って見てろ、エルコレ、と私は言った。

それに瑠璃色（ラズライト）も厚く塗りすぎです、と掏摸が言った。

黙って見てろ、と私は再び言った。

しかし、金色がもっと必要だったので、私は目の休憩を兼ねて、絵の具屋でさらにたくさん仕入れ、ついでに、かなり貯めていたつけを払うために散歩に出掛けた

（私は当時、自分の懐に見合わないほどたくさんの金箔を使って聖ルチアを仕上げていた　聖女が手に持った小枝の先には、花のような格好で目がついていた　というのも、**目は蕾のようだ**と偉大なるアルベルティが書き残しているせいで、目が植物のように花開く様子が私の頭に思い浮かんだからだ　聖ルチアは目と光の聖人で、しばしば盲目と見なされ、多くの画家は彼女の目を、顔の中にでなく、手のひらや皿の上に描いていた――しかし、私は彼女から目を取り上げなかった、そんなことはしたくなかったのだ。

　でも、フランチェスコ先生、枝を摘んでしまったら、目があまり長い間もたないですよ、その状態じゃあ水が上がってきませんから　枯れて死んでしまいます、と掬摸が言った。

　エルコレ、おまえは馬鹿だな、と私は言った。

　いいえ、目というのは本物の花に劣らず繊細なものなんです、と掬摸が言った。花より繊細とまでは言いませんけど。

　彼は絵を見た　泣きだしそうな顔をしていた。

　まず言っておくが、この方は聖人だ、だから花も神聖。それはつまり、花が枯れることはないということだ、と私は言った。

　聖人には死が付き物じゃないですか。聖人となる前提条件が死だと言ってもいい、と彼は言った。

　第2に、これは絵だ　つまり、絵の中の花が枯れるわけはないということ、と私は言った　そして第3に、万一枯れるとしても、それは絵という特殊かつ神聖な世界の中の話で、聖女はいつでもまた、これを摘んだのと同じ木から新たな枝を摘むことができる。

　ああ、と掬摸が言った。

　彼はまた自分の仕事に戻ったが、その後何度も、聖女の手の中にある、先に目のついた細い枝にちらちらと目をやっていた　落ち着きの悪そうな彼の表情、そして背けることができずにいる彼の視線から、私はそれがいい絵になりそうだという確信を得た）。

私は絵の具屋から帰る途中で、川の畔にある、人々が腐ったものを捨てる場所のそばを通りかかったとき、ごみや捨てられた内臓に根元を覆われた藪のかたわらに、そろいのブーツが倒れた格好で置きっ放しになっているのを見つけた。

私はサイズを確認するためにそばまで近づいた　蠅が飛び立った　すると、ブーツの片方がひとりでに動きだした。

ごみの向こう側で、人間の手がまるで体とはつながっていないみたいに宙を舞うのがもつれた枝越しに見えた　手は一面、膿疱に覆われて、青と黒のレンズ豆を煮込んだスープペーストを塗りたくったようだった　私はそのときの臭いを覚えている　強烈な臭い　藪をぐるっと回り込むと、その手が腕につながり、腕の端には肩と頭がちゃんとあるのが見えたが、やはり顔を含めて全身、膿疱だらけだった　男は息をしていた　まだ生きていた　その白目の中で何かが動いた　目が私を見詰め、その下にある口が動いた。

それ以上近づくんじゃない、と男が言った。

私は大きく後ずさりした　そして、枝の間からまだ手が見える場所に立った。

まだそこにいるのか？と男が言った。

いるよ、と私は言った。

どこかへ行け、と男が言った。

あなたは若いのか、それとも年寄りなのか？と私は言った（だって、顔つきからは判断できなかったから）。

若いと思う、と男は言った。

新しい皮膚が必要だな、と私は言った。

男は笑い声に似た音を立てた。

これが俺の新しい皮膚さ、と男が言った。

名前は?と私は訊いた。

知らない、と男は言った。

どこから来た?と私は言った。助けてくれる人はいないのか? 家族とか友達とか? どこに住まいがあるのかを教えてくれ。

知らない、と男は言った。

何があった?と私は言った。

頭痛がした、と男は言った。

いつ?と私は言った。

覚えてない、と男は言った。頭痛がしたことしか覚えてない。

尼僧を呼んできてやろうか?と私は言った。

尼僧が俺をここに連れてきたんだ、と男が言った。

どこの尼僧だ?と私は言った。

知らない、と男が言った。

私に何ができる?と私は言った。言ってくれ。

放っておいてくれていいよ、と男は言った。

でも、あんたはどうなる?と私は言った。

俺は死ぬ、と男は言った。

作業場に戻った私には、幻の光景が見えていた　私は掏摸に向かって、もつれた藪と木を描くぞと叫んだ　ただし、目が見えていて、しかも盲目な藪として描くんだ。

それってつまり、実際に目を添えるってことですか、聖ルチアみたいに？と掏摸が訊いた。

私は首を横に振った　やり方は分からなかった　分かっているのは、つい先ほど男とごみ、木の葉と藪の枝を目にしたということだけ　そして慈悲と無慈悲とがどちらも、枝をそっと掻き分けることに関係しているのを理解したということだけ。

葉叢（はむら）は泰然自若として動じることがない、と私は言った。

え？と掏摸が言った。

彼は本物そっくりの枝を描いて見せた、そうだ――

というのも、私は今、すべてを思い出したからだ――

再び忘れる前に急いで話してしまわなければ――

片方の目を開け、もう片方が開かなかったあの日、私は地面に真っ直ぐ横になっていた、梯子から落ちたのだろうか？

半時間ほど前に、先生が古い馬用の毛布にくるまっているのを見つけたんですよ、と掏摸が言った。いえ、駄目です――やめてください、熱があるんです、汗もかいていますし、外もすごい暑さです、フランチェスコ先生、だから寒いはずはないでしょう？　俺の声は聞こえてますか？　聞こえます？

見えたのは、私の額の上に身を乗り出している掏摸の姿だった　彼は袖を水に浸し、再び私の額に腕を置いた　それはあまりにも冷たかった　皆がその場から飛び出していった　掏摸だけがそこに残り、私の上着のボタンを外し、ナイフをシャツに当て、さらに深く切り込み、胸に巻いていた布を裂いてほどき、言った **許してください、フランチェスコ先生、息をしやすくするためなんです、敬意を忘れたわけではありませんよ** 私は心配になり、興奮して腕を振り回したが、それは布を切られたことに対してではなく、壁と天井に描きつつあった預言者と賢者(ドクター)のことでだった(その日、私のそばにいる勇気があったのは生身の医者(ドクター)ではなく、絵の中の賢者だけだったから) 私がそれまでに手がけた中の最高傑作が、前払いの報酬は満額受け取ったにもかかわらず、まだ未完成のままでそこにあったのだ 私は掏摸に、賢者は塗りつぶして預言者だけを仕上げるように言った 彼はそうすると言った それを聞いて私は安心した **未完成の作品を残すんじゃないぞ、エルコレ** 私の肌に浮かんできた色のために、彼は私を作業場から連れ出した 私は彼に背負われて、どこだか分からないところに連れて行かれて、壁の脇に置かれたベッドの上に寝かされた 部屋の壁は、何でできていたのか分からないが、ぼやけたり、鮮明になったり、まるで地震が起きたみたいにひびが入ったりした そして水漆喰の壁にひびが入ったかと思うと、数人の人影が見えた——

エルコレ、教えてくれ、壁から出てきたこの方々はどなただ。あまりはっきり見えないのだが。

誰のことです?とエルコレが言った。どこにいるんです?

その後、彼は理解した。

ああ、彼らのことですか、と彼は言った。この若い連中は、森から出てきたものですから、オークの葉や枝が髪や首元、手首足首の周りにまとわりついているんです、彼らの周囲には花飾りみたいに森の匂いが漂っている、まるで服の代わりに木や花を身にまとっているみたいにね、それに加えて、森の奥にある原っぱで摘んできた花や草をあふれるほど両腕に抱えています、草や花から漂う芳香が先触れのように彼らの到来を告げるんです、フランチェスコ先生がもししっかりご覧になることができれば、きっとご自身で描きたかったとお思いになるでしょう、そしてご自身で描いていらっしゃれば、きっと見事にお仕上げになっただろうと思います、だって彼らは決して死なないみたいに見えるんです、いや、それどころか、仮に死ぬことがあっても、そんなことは全然気に懸けない、あるいは死ぬことをもって生を恨んだりしない、日除けを下げましょうか、ここは明るすぎませんか?と彼は言った。

おめでとう、エルコレ、と私は言った。ここは明るすぎて、まるで闇のようだ

思い出せない

次に何があったのか

しかし、それはきちんと磨いた金が出す効果と同じだ　金はきちんと磨けば、闇と光を同時に放つ　私は掏摸につや出しを教えた　髪と枝の描き方も教えた　岩や石、世界に存在するすべての色がそこに含まれていること、すべての絵画で用いられているすべての絵の具が石、植物、根、岩、種から生まれてくることを教えた　母の腕に抱かれた息子の体、最後の晩餐、水と葡萄酒の奇跡、厩(うまや)の周りに動物が集い、その背後、その前景と後景の両方において人々が日常生活を送っている様子を描くことも教えた　死から最後の晩餐へ、そして結婚から誕生へ。

上に向かい、宙に飛ぼうとする物体や生き物には常に、最高で最善の生命が宿るということも私が彼に教えた　かわいい掏摸はいつも、私の言葉に忠実だった　無倦宮でフレスコ画を仕上げた後の冬に、彼を再びフェラーラに送り返したときのことを私は今思い出した　約1年の乾燥を経て、作品がどうなっているかを確認したかったからだ　彼は文句も言わず私の指示に従った。

彼は水曜に旅立ち、早くも金曜には、私たちが聖母像の修復に当たっていた教会に戻った。

俺たちが向こうを離れた後に加えられた修正は1か所だけでした、あの広い部屋で修正は1つだ

け、と掏摸が言った。彼の顔です。

彼って？　ハヤブサか？と私は言った。

ボルソですよ、決まってるじゃないですか、と掏摸が言った。彼は全部の月について顔をやり直させたんです、先生が描いた月の分も含めて。俺は門番をやっている男に訊いたんです、知り合いなんでね、親父の友達ですから。その話によると、ボルソは従弟のバルダッサーレを呼んで、やり直しをさせたそうです。

掏摸は私に、門番に本物の息子のように歓迎されたこと、そして食堂に案内されて屋敷の他の者たちにも同様に歓迎され、食事も振る舞われて歓談し、私の近況まで尋ねられたことを報告した——

（私の近況を尋ねた？）

——はい、と彼は言った。それに、聞いてください、それだけじゃないんです。ボルソは最近、町を離れていることが多いんですが、それはなぜかというと、山を築くことにしたからなんです——単に山を動かすんじゃありません、それなら信仰にもできるわざですからね、簡単なことです、そうじゃなくて、山を作る、もともと山なんかなかった場所に、まったく新しい山、アルプスみたいに大きな山を。だから、モンテサントでは岩を引いたり、動かしたり、積んだりという作業が盛んに行われていて、たくさんの石工が死にそうなほど働かされていて、時には本当に死ぬこともあるんですが、そのときにはボルソはその遺骸まで山の足しにしているんです。

でも、フランチェスコ先生、と掏摸が言った。もう1つ面白い話をみんなが聞かせてくれたんです。俺たちが仕上げた各月の部屋が大人気なんだそうですよ。たくさんの人が始終、町から宮殿にやって来て、あの部屋に入ると、先生が描いた正義の前で足を止めているという話です。みんなが立ち止まって見てるんです。口に出して何かを言ったりはしないらしい。ボルソは町の人々が、正義の裁きを下す自分の姿を拝みに来ていると思っています。でも門番の話によると、見物人たちはまるで誰かに小遣いでももらったみたいにうれしそうな顔であの部屋を出て行くというんです。みんながわざわざ見に来ているのは、黒い背景の中に先生が描いた顔なんだと、門番の奥さんが俺の器にシチューを入れながら教えてくれました。例の、半分しかない顔です。そこから目が——ご自身の目ですよ、フランチェスコ先生——真っ直ぐにこちらを見詰めている。まるで、ボルソの頭の上から本当にこちらの様子が見えているみたいに。

あれは私の目じゃない、と私は言った。

そうですか、と掏摸が言った。

あれは私の目だとおまえが言ったんじゃないだろうな？と私は言った。

俺が何と言おうと関係ありませんよ、と彼は言った。あれは先生の目だと、俺は知ってますけどね。俺は先生の目を毎日見てますから。でも、みんなは好きなように解釈するんです。門番の奥さんの話だと、見物に来た女たちはみんな、あれは女の目だって言いながら帰って行くらしい。見物に来た男たちはみんな、あれは男の目だという確信を持つ。それだけじゃありません。先生は顔を半分しか描かなかった、つまりあの顔には口がないでしょう？　まるで、言葉では言い表せないものがあると言っているみたいじゃないですか？　みんなは遠くからはるばるあの絵を見に来て、互いにうなずき合っているんです。それからもう1つ聞いてください、こんな話もありました——たくさんの労働者たちがひっきりなしに宮殿を訪れているそうです。異教徒の労働者や農業労働者、南部から来た労働者や町の貧しい労働者。そんな人々が大挙して、時には20人ほどの団体で宮殿を訪れている。門番の話ではみんな、ボルソに対して忠誠を示し、敬意を表するために来たと言うらしい。つまり、ボルソの前にひれ伏したいと言うんですよ。実際、ボルソが宮殿にいればそれができるわけですがね。謁見に使われるのはいつもあの美徳の間ですから。

それで?と私は言った。

考えてみてください、フランチェスコ先生、と掏摸は言った。美徳の間に入るには、各月の間を通らなくてはなりません、そうでしょう?

じゃあ、私たちのおかげで彼は思惑通りの人気者になったというわけか?と私は言った。

掏摸は笑って、旅行用のコートを脱いだ 掏摸は急いで私に土産話をしていたので、鞄さえ床に下ろしていなかった 彼はようやく持っていた鞄を置き、柔らかい方の鞄を椅子代わりにして、私の足の近くに座り、話を続けた。

話には続きがあるんです、と掏摸が言った。各月の間を通る労働者たちが、部屋の端に近づくと、必ず3月の方へ回り道をするというんです。そして先生が青の中に描いた労働者の前で足を止め、できる限り長い間、そこで立ち止まっているらしい。袖の中に花を隠し持ってきて、仲間内で示し合わせた合図で両腕を左右に垂らし、絵の下の床に花を落とすなんて手の込んだことをする輩(やから)も現れているそうです。そして先へ進むように促されると、美徳の間に入って型どおりに30秒ほどボルソの前でお辞儀をして、また各月の間を通って出て行くんですが、あの広間にいる間はできる限りあの絵から目を離すまいと必死に首を後ろに向けている。

ある日のこと、25人ほどの集団があの部屋に入って、絵の下に立っていたんだそうです。畑で付いた土埃がまだ服からぼろぼろ落ちているような労働者たちです。彼らはあの絵の労働者を見上げたまま、先へ進むように言われても半時間近く、動きませんでした。何かを訊かれても、言葉が話せないふりをしたんです。最後にはちゃんと、穏やかに出て行ったんですけどね。

それでボルソはまだ、絵を修正させていないのか？と私は言った（私の声はまるでネズミの鳴き声のようだった）。

ボルソは何も知らないんです、と掏摸が言った。誰も彼に話していませんから。話す気もありません。それに彼は自分の目であの絵を見たこともありませんからね、そうでしょう？　彼はいつも壁の反対側にいる。美徳の間の窮屈な椅子に座って、みんなが頭を下げるのを待っている。それも、モンテサントに出掛けて、新しい山を作っていなければの話ですがね。

その瞬間、私は彼のことが哀れになった　正義の人、ボルソ　彼の虚栄が私に思い起こさせたのは――

しかし私が本当に感じていたのは、私のしたことや私の作ったものがこれほど思いがけない影響を持ちうるということに対する恐怖だった。

おまえの話はお世辞ばかりだな、と私は言った。

本当のことしか話していませんよ、と掏摸が言った。

嘘はもう充分だ、と私は言った。

向こうの様子を見てこいって先生が私を送り出したんです。そして私は見てきました。だからその話をしているんです、と掏摸が言った。いい話だと思ったんです。喜んでもらえると思いました。先生はうぬぼれた女（すけ）ですからね、喜ぶと思ったんです。

私は彼の頭のてっぺんを一発はたいた。

私はおまえがフェラーラに行ったことさえ疑っているぞ、と私は言った。

わあ！と彼は言った。いいですよ。もうおしまいです。次に俺のことを叩いたら、出て行きますからね。

私は彼を叩いた。
彼は出て行った。
結構。
私は作業道具を片付けた　それから家に戻り、床に就いた　扉には鍵を掛けて、掏摸が入ってこられないようにした　私のベッドの足元で寝るのが彼の習慣になっていたからだ　今晩は野宿でもするがいい
(彼は3日後に戻ってきた、
かわいい掏摸は、私よりずっと後の話だが、若くして死ぬことになる　原因は酒の飲み過ぎ
貪欲なる時間(テンプス・エダクス)　**私を許してくれ**)
私はといえば、その夜は1人でベッドに横になり、私の絵に関する噂、多くの人がそれを見に訪れているという噂が、コズメに届いているだろうかと考えていた。
コズメ、いまいましいコズメ。
私はまた子供に戻っている　まだフランチェスコになったばかりだ　羊皮紙や紙に色を塗る方法、さまざまな光の中で異なる肌や肉の色が見せる色合いを描くための絵の具の調合法を学びつつある　私は本を読んで自分で学び、父は町外れの家で作業をしている　ある日、出来かけの家の中、誰もいない部屋で、窓になる煉瓦組みの枠から外に身を乗り出していると靴直し屋の息子が牧草地を横切ってくるのが見える　宮廷に引き立てられた彼のことは誰もが知っている　競技会(トーナメント)で使うペナント、馬用のコート、甲冑のデザインをするのが、若い彼の仕事だ　しかし、多少なりとも絵の心得があるものであれば誰しも知っていることだが、彼はねじれたり争ったりする生き物を描く本物の絵描きであり、見る者すべてを驚かす絵を描く男なのだ　彼が牧草地を横切ってくるとき、あ

ることが突然明らかになったような気がする　彼は体の隅から隅まで緑色でできていて、全身から緑色を放っている存在なのだ、と　というのも、背の高い草の中を歩く（彼は多くの人がその辺りを通るときに使う踏み分け道から逸れて、代わりに、草ぼうぼうの中を歩いている）彼の周囲では、すべてが緑色だからだ　彼の頭、肩、服、そのすべてが緑色に染まっている　とりわけ顔が、最も緑色らしい緑色だ　まるで私が、彼の体が発する緑色を味わうことができるかのよう、まるで私の口の中が葉や草でいっぱいになっているかのようだ　もちろん牧草地の色が彼に映っているのは分かっているのだけれども、それでもやはり、草が彼の周囲数マイルに渡ってあの緑色で生え広がっているのは彼が原因なのだ。

　次に私は18歳になって、心を弾ませている　町が久方ぶりに生んだ、前途洋々たる新たな若き巨匠を父が口説き落として、私の絵を数枚見せ、今度は市庁舎にさらに多くの作品を見せに行くことになったからだ（その画家は実はまったく〝新たな〟人物ではなかった　10年前から宮廷でタペストリーや生地のデザインを手がけ、馬用のコートやペナントの色塗りを担当し、驚嘆すべき絵を描いたことでも名を成していたからだ　そこに描かれた木の根や石やしかめ面の強堅さ、そしてそこにある驚くべき傲慢さ　少しでも絵を目にした人は皆、そのあまりの衝撃に、不快感と嫌悪感で心がいっぱいになってしまう　それだけではない　新侯爵ボルソは素晴らしきボーノとアンジェロという古い巨匠に飽いていた　その2人は自分ではなく、異母兄が雇った宮廷画家だったからだ　そして噂によると、この若き画家が新侯爵の目に留まり、多くの贈り物を既に受け取っているらしい）父はこの画家と知己になるのが得だと判断し、私を弟子にしてもらえば宮廷の仕事も容易にもらえると考えていた　私は父が木の枝とキャンバスで庭に作ってくれた私専用の作業場にいる　風が吹き込むことはなくて日当たりはよく、絵を描くには適した空間だ　そこは頼りないけれども必要は満たしていて、今朝は建て直しをする必要がなかった（兄たちは夜、仕事や酒場からの帰りによく、枝でできた柱をわざと蹴り倒していたのだが、昨夜はそれをし忘れたらしい　あるいはひょっとして、少し優しい気分になっていたのかもしれない）　私は今、周囲に掛かる壁と同じ大きさの作品に取り組んでいる　題材は、子供の頃に覚えたある物語だ　1人の音楽家と神の間で、どちらの音楽が優れているかという諍（いさか）いが起こる　結局、神の方が勝ち、音楽家はその代償を払わなければならない　すなわち、皮をはがれ、それを戦利品として神に渡さなければならない。

それは私が昔からずっと、あれこれと思いを巡らせてきた物語だ　でも今やっと、それを物語る方法を見つけた　神は使われた痕跡のないナイフを手にだらりと持ち、絵の隅に立っている　そこには何か、失望に近い様子がうかがえる　しかし音楽家は体をねじり、歓喜の絶頂にあるかのように皮膚を脱いでいる　肩から大きくむける皮は厚い布地のようで、手首と足首から小さくはがれる皮は上に向かって降る紙吹雪のようだ　肉体から皮がむけていく様子は、結婚式の後に花嫁が服を脱ぐのに似て見える　しかし現れる肉は赤い　透き通るような赤だ　とりわけよくできているのが、はがれていく腕の皮を音楽家が同じ腕でつかみ、その腕を品良く畳んでいる点だ。

背後で誰かの声がする　私は振り返る　作業場の入り口となるキャンバスの合わせ目に1人の男が立っている　かなり若い　宝飾品を身に着けていて、衣服はとても美しい　服の内側にいる男自身も見目麗しく、彼がまとっている傲慢さには実際に色彩が感じられる　私は以後何度もその色を調合しようと試みるが、結局それに成功することはない。

男は私の絵を見ている　そして首を横に振る。

違うな、と男は言う。

誰がそう言っているんですか？と私は言う。

マルシュアスはサテュロス（半獣半人の男の姿をした山野の精）だから男だ、と彼が言う。

誰がそう言っているんですか？と私は言う。

物語がそう語っている、と男が言う。学者もそう言っている。数世紀の歴史も。誰もが皆だ。これではまるで異性装（トラヴェスティ）だ。私がそう言っている。

あなたは誰です？と私は言う

（彼が何者か、私はよく知っているのだけれども）。

私が誰かだって？　それは質問が間違ってる、と彼は言う。君は誰だ？　誰でもない。君に金を払う人間はいない、この絵では。これは無価値。無意味だ。マルシュアスを描くのなら、アポロンが勝者でなくてはならない。マルシュアスは破滅を体現し、うちひしがれなければならない。アポロンは純粋さそのものだ。マルシュアスは罰を受けるべきなのだ。

男が絵を見る目つきに混じっているのは怒りの感情だろうか？　彼は絵に歩み寄り、下の隅を親指と人差し指で乱暴にこする。

おい――、と私は言う。

というのも、彼が絵に指を触れたことで私はいら立っているからだ。

彼は耳が聞こえないふりをして、絵を精査した　野原と柵と森、遠方の家、岩山、日々の生活を送る人々、取り立てて変化のない日常、川に石を放り投げて犬にそれを追わせている子供、樽の中で足踏みして衣類を洗っている女、空を飛ぶ鳥、風の吹くままに漂う雲、音楽家が縄で縛り付けられそうになりながら、必死に体をひねってそこから自由になった木。

男は絵の表面ぎりぎりまで顔を近づけていたので、アポロンの王冠を飾る枝や葉に男のまつげが触れているのではないかと思うほどだ　皮膚がわずかに残る音楽家の顔と首、それらが赤い肉と出会っている部分にも、男は同じくらい顔を近づける　男は1歩下がり、また1歩下がって、さらに1歩下がって私と横並びになる　そして視線を下げ、テーブルの上に置かれた絵の具に目をやる。

この青色は誰が作った?と彼が言う。

私です、と私は言う。

男は肩をすくめて、その青色を作ったのが誰であろうと構わないという表情を見せる　男は再び視線を上げ、絵を見る　そしてため息をつく　少し不満そうに首を横に振り、ぺらぺらの壁の隙間から再び姿を消す。

2日後の夜、その絵は消えた　私が朝、外に出ると、作業場はいつものように倒され、荒らされていたが、兄たちがいつもいたずらするのは分かっていたので、大事な道具や物品はいつも離れた場所に片付けてあった　私は母のものをしまってある倉庫に行った　野原に続く道に生えた伸び放題の草が、私以外の足で踏まれていた　倉庫の扉も開いていた　絵は消え、巻紙に描き付けたスケッチもなくなっていた（他の絵はすべて父が市庁舎に持参していたのだが、話を聞いてくれる時間のある者は1人もいなかったので、結局どれも家に持ち帰っていた　だから、ヤギやその赤ん坊たちに食われてしまうことのないよう、母の寝室にある食器棚の上に置かれたまま、他の絵は無事に残った）。

あの絵は一体どこに消えたのか?　川?　火の中?　切られ、丸められ、壁と窓の隙間や扉と床の隙間に押し込まれたか、湿気を防ぐために木や煉瓦の割れ目にハンマーで詰められたか?

（輝けるコズメ、寵愛を受けた宮廷画家　先代に寵愛された宮廷画家を追い出し、その後、わが愛すべき弟子である掏摸に追い出された（ハハハ!）男　宝石を身に着けた、輝けるコズメが老い、病を患って、最後に世話になった公爵たちに無心の手紙を書く　というのも、あなたはもう病が重くて絵を描くことができず、祭壇画や聖人のパネルを作ってやった司教と司祭はともに請求書を無視し続けているからだ　向こうは豊かであなたは貧乏　忘れられた緑色のコズメは老い、その後、私の死からしばらく経ってからの話だが、亡くなる　原因は貧窮、そう

寒さのせいではない

だって私は、古い古い物語を絵にした未完成作品を手に取り、それであなたの体をすっかり覆って、優しくくるみ、老齢の冬に少しでも暖かくいられるよう、首元をきれいに整えてあげるからだ——

私はあなたを許す)。

少女には友達がいる。

私のイソッタに似た風貌だ　とてもきれいな金髪　彼女は突風のように少女の前に現れた　それはまるで、何もなかったはずの壁にいきなり新たな扉ができて、勝手に開いたかのようだった　2人の間には似たところがあり、おかげでいつも陽気(ハイ)でいられる　2人が一緒にいると、新鮮なレモンが2つ並んでいるみたいに、輝きと冴えを放つ。

少女は友達に、たくさんの小さな絵で作った壁を見せる　友達は感心し、うなずいている　そして1つの断片を取り、その1枚をじっと見て、それがいかに煉瓦の1つとして用いられているかを眺める。

1人が壁の一端を、もう1人が他方の端を持って部屋の中でそれを広げ、長さを測る　壁は実際、とても長い　そのとき、弟がいたずら好きな子犬のように部屋に入ってきて、長い絵＝壁の中心近

くで下をくぐろうとして、ヤギか子ヤギのように頭を引っ掛ける　女の子たちが悲鳴を上げる　2人は慌ててそれを畳み、弟から離れたところで慎重に広げ、両端がねじれる(ツイスト)ことなく床まで垂れるような形でそっとテーブルの上に置く　作業が完了すると、少女たちは弟に向かって怒鳴る　弟は恥じ入る　そして部屋から出て行く　少女たちは再び、長い絵=壁の話を始める　少し経ってから弟が、何か湯気の立つ温かい飲み物を2つ持って戻ってくる　貢ぎ物、休戦の印だ　果たしてその意図はかなえられる　弟は飲み物を持ってきたことによって、少女らとともに部屋にいることを許される　彼はまるでいつもそうしているみたいに、おとなしくベッドの上に座る。

少女たちは再び壁に注意を向ける　二人が少年の存在を忘れた途端に、少年は友人が持ってきた鞄に頭と手を突っ込む　彼はそこで食べ物を見つけ、今、その包みを破いている　少女2人が音に気付いて振り向き、同時に叫び声を上げて立ち上がり、弟を部屋から追い出す。

しかし2人が再び絵=壁の前に戻ると――

大変！

2人は熱すぎるカップを絵=壁の上に置いていて、テーブルが揺れたときに中身が少しこぼれていたのだ　カップは今、何枚かの絵とかなりしっかり張り付いていた――しつこいようだが、何の絵？――のでカップのつまみを持ち上げると、壁全体が一緒に持ち上がりそうだ。

少女たちはカップから絵=壁をはがす　カップが張り付いたスケッチには熱と液体のせいで、カップの底と同じ2つの完璧な円の模様が付いている。

少女たちはぎょっとする。

そして壁のその部分を持ち上げ、丸印の付いた2枚のスケッチを小さなナイフではがす　彼女はまるでそれを乾かそうとするかのように、空中で何度も振る。

しかし友達は少女の手からそれを奪う　そして笑う　彼女が2枚を目の前に当てると、2つの丸がまるで目のように見える。

ハハ！

少女は驚く　そして口が開く　それが次にほほ笑みに変わる　すると2人から笑い声が漏れる

少女たちは最初と同じように互いに一方の端を持つ　ただし今は、中心の煉瓦が2つ切り抜かれている　2人は再びそれを部屋いっぱいに広げる　少女は今回、先ほどのように慎重な扱いをしない　壁が伸びきったところで、少女はそれを肩に巻き、さらに襟飾りかスカーフのように腋の下に挟む。

少女のその行動を見て、友達も同じことをする　次の瞬間、2人はそれをショールのように体に巻き付けている　そして細長い壁の中で体を回しているうちに、2人とも胸や腹や腕、首元まで絵の断片に覆われ、甲冑を着ているような格好になった　2人はまるで壁に巻き取られているかのように、互いに向かって体を回し続ける　そして部屋の真ん中で、芋虫のようにぐるぐる巻きになった2人が出会う　しかし単に出会うだけではない　衝突する　その瞬間、紙の壁が破れてちぎれ、煉瓦のような断片が瓦のように飛び散り、少女たちは周囲に散らかった絵の中で、互いを抱えるように床に倒れ込む。

私は気の利く友達が好きだ。

私は閉じていない壁が好きだ。

私は茶色い目をした友達の肖像を描いている　名前は何だったかな？　忘れた　まあ、私が誰の話をしているのかは分かってもらえるだろう　彼の父が亡くなった　それはつまり、彼が公式に家長となったということだ　これで土地も船もすべて彼のもの、金もすべて自由になる　しかし今、私が描いているのは非公式な肖像だ　というのも私が公式な肖像を描くことは奥方が許さないからだ　そこで彼は私をなだめるために、私にも肖像作成を依頼した　私が理由を尋ねると、公式なヴァージョンはいつも真実とは異なるからだと彼は言う

（彼の名前は思い出せないが、私が奥方を煩わしく感じていたことだけは覚えている）

私は遠方の背景にいくつか船を描き、再び彼の頭の形に取り掛かる　しかし私の前に座っている友達は今日、いつにもまして落ち着きがない　私は今日、彼の襟元からきれいに覗く肌着の皺を描いているが、彼は私の目が向けられている間ずっと、じっと座っていることさえろくにできない。

私は彼がいら立っているのを知っている　昔からそのことは分かっていた　それはほぼ、私たちが友達になったときから始まったことだ　壁で閉じ込められた活力　彼の周囲に漂う困惑の空気は嵐の前を思わせる。

しかし彼はいつもと同様に優しさから、別のことを考えていたというふりをする。

彼は物語に腹を立てているのだという。

頭から離れないんだ、と彼は言う。いつもそのことを考えてしまう。

どの物語のこと?と私は言う。

すべての物語さ、と彼は言う。本当に。世の中にある物語は、俺が必要としたり、俺が本当に求めていたりするものであったためしがない。

私は絵に区切りを付ける　そして黙る　私は時が経つに任せる　少しすると、彼が口を開き、物語の骨子を話す。

何にでも変身できるし、好きな形になることができる、ただ頭にかぶるだけでそんなことができるという魔法の兜（かぶと）に関するお話だ。

しかし、彼が腹を立てているのはそこではない　そこまでは彼が気に入っている部分だ　物語には別の部分があって、そこには、埋蔵金を守る3人の乙女が登場する　彼女たちから金を勝ち取り、それを使って指輪を鋳造した者が、大地と海、世界とそこに住むすべての人々など、あらゆるものを支配する　ところが1つ、問題がある　1つの条件だ　指輪を作る男はすべての権力を握るのだが、それを維持するためには愛をあきらめなければならない。

友達が私を見る　そして居心地が悪そうにスツールの上で体勢を変える　その目は鈍器のようで、狙いが定まっている　彼には、私に向かって口にできないことがある　そうしたこと1つ1つのために、私の目には彼が一層美しく見える。

私は彼の肩の後ろに、岩の輪郭を描く目印を付ける　そこには魚を捕る人を立たせるつもりだせり出した高い崖の下でやすを構える2人の子供の姿　私は彼の手が手前の枠からはみ出す部分に印を付ける　さらに、彼の手が握る指輪の小さな丸い形を大雑把に印する。

とにかく俺には理由が分からない、と彼はしゃべっている。金を勝ち取ってそれを指輪にするだけの勇気や運を持っている人間が、どうして指輪と愛の両方を手に入れられないのか。

私はうなずき、同意と理解を伝える。

彼の背景の残りをどうするべきか、私の頭に考えが浮かぶ。

ここで再び現在　私と2つの目と塀だ。

私たちは家の外にいる　ここには以前、来たことがあっただろうか？　歩道に、2人の少女がひざまずいている。

1人の年老いた女、たしかこの人は
見たことのある女か？　いや
女が出てきて、塀の上に腰を下ろし、2人を見ている　2人が描いているのは卵？　いや、目だ　2人は塀に2つの目を描いている　それぞれ1つずつ　まずは私たちがものを見る穴を黒で次にその周りを丸く区切って色づけ（青）をする　次は白　その後に黒い輪郭。
年老いた女が2人に何か言っている　少女（誰だ？）はしゃがんで白の入った壺に筆を入れ、前に手を伸ばして指先ほどの大きさの白い4角を描き加え、次にもう1つの目の同じ部分にも同じことをする　というのも、光のない目は何も見えない目だからだ、塀に腰を下ろしている老女はきっとそう言っているのだろうが、
私にはよく聞こえない、というのも
何だか
よく分からないものが
私を引っ張っているからだ
父の皮？
母の目？
先にあるのは
あの細い線
材料はつまらない物
泥と土を碾（ひ）いてすり潰して
石の粉と混ぜる

そこの塀の足元
（本当にひどい出来だ、なんてね）
壊れた煉瓦の破片と歩道が交わる場所
ほら
何かが何かと
出会う線
ほとんど存在しないも同然の緑色の草が
魔力によって
そこに根付く
だってそれは魔法の線だから
面と面の間に引かれた線
緑の可能性が宿る場所
だって塀に描かれた目が
していることなんて
何でもないから
小さくて多様な
よほど目を近づけない限り
目に見えない色の変化にとっては
そこはやがて
水平な線が垂直な線と

出会う場所となり
　表面と表面が出会い
　　構造と構造が出会う
　それは2次元に見えるけれども
いざ勇気を出して飛び込んでみれば
海よりも深く
空よりも奥行きがあって、地中深くまでも
続く（花は花びらを畳み
　頭部は茎の上に垂れる）
　　石の上に層になった
　　　粘土を混ぜる
　ウジ虫の口を
すべてが通過する
そのたくさんの足が土を掻く
とても小さく、まつげよりもずっと
ずっとか細い芽胞、その色が
編み目のような模様を浮かび上がらせるのは
　暗闇の中でだけだ
　　ほら
矢となる可能性が生まれる前から

多くの葉の付いた
太い木の枝は存在し
木の兆しが
生まれる前に
根は真っ暗な
土の中に伸びる
まだ割れていない種
まだ燃え尽きていない星
まだ生まれていない子供の
眼窩骨の曲線
新しい骨のすべてよ、こんにちは
すべての老いた者たちよ、こんにちは
ありとあらゆるものたちよ、こんにちは
すべての定めは
作られ
壊されること
その両方

第一部

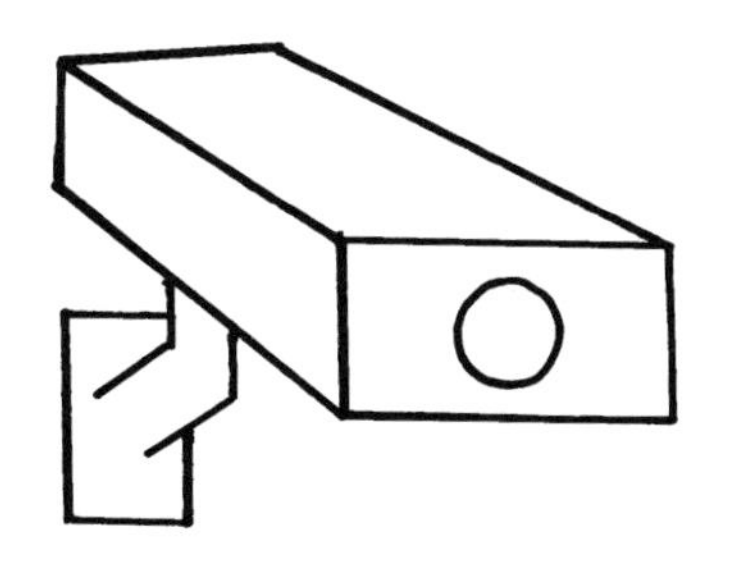

ちょっとの間、この道徳的難問について考えてみて、とジョージの母が、助手席に座っているジョージに言う。

言うではない。言った。

ジョージの母は亡くなっている。

どういう道徳的難問？とジョージが言う。

レンタカーの助手席に座っていると変な感じがする。母国の車では運転席のある側だから。運転するときはこんな感じなんだろう。実際に運転しているわけではないけれども。

オーケー。あなたは芸術家だとするわね、と母が言う。

私が？とジョージが言う。いつから？　で、それが道徳的難問なわけ？

ハハハ、と母が言う。面白いこと言うわね。とりあえず、そう想像してみてってこと。あなたは芸術家だとする。

この会話が行われているのは去年の五月、当然ながら、ジョージの母がまだ生きていたときのこと。彼女は九月に亡くなった。今は一月。もっと厳密に言うと、大晦日から深夜十二時を回ったばかりだ。つまり、ジョージの母が亡くなった年が終わったということ。

ジョージの父は出掛けている。キッチンでめそめそしていたり、家の中をうろついて明かりを点けたり消したりしているくらいなら、父は留守の方がいい。ヘンリーは寝ている。ジョージはついさっき、弟の部屋に入って、寝ていることを確認した。世界にとって彼は死んだも同然。もちろん、死という言葉が文字通り意味しているほど死んでいるわけではないけれど。

母が生まれたときから数えて、彼女が生きていないのは今年が初めてだ。そんなことは当たり前すぎて考えるのも馬鹿らしく、あまりに胸が痛くて考えることができない。その両方。

とにかく、ジョージは新年の最初の数分を、古い歌の歌詞を調べて過ごす。レッツ・ツイスト・アゲイン。作詞カル・マン。歌詞はずいぶん出来が悪い。またツイストしようぜ、前の夏（ラスト・サマー）にやったみたいに。またツイストしようぜ、去年（ラスト・イヤー）やったみたいに（この歌はチャビー・チェッカーのツイストの名曲「レッツ・ツイスト・アゲイン」（一九六二））。次の押韻はまったくなってない。普通の意味では韻と呼ぶことさえできない。

覚えているかい
刺激的（ハミン）だった時代のことを

〝刺激的（ハミン）〟は〝夏（サマー）〟と韻を踏んでいない。疑問文のはずなのに行末に疑問符がない。意味は文字通りに、**刺激臭がする時代のことを覚えている**かということだろうか？

そして、またツイストをやろうぜ、ツイストする（twisting）時間が来た。いや、どこのサイトを調べてみても、ツイストの（twistin'）時間と書かれている。

少なくともアポストロフィは使ってある、と母が亡くなる前のジョージが言う。

文法的な正確さにこだわるインターネットサイトがあろうとなかろうと、私にとってはどうでもいい、と後のジョージが言う。

喪の前と後、という言い方を人はする。悲しみには段階がある、と皆は言う。いくつの段階があるかについては議論の余地がある。三、あるいは五、人によっては七段階あると言う。

誰が実際この歌詞を書いたにせよ、言葉にこだわりがあったとは思えない。ひょっとすると作詞者は、三、五、または七あるという喪の段階のいずれかにあったのかもしれない。第九段階（あるいは第二十三段階、第百二十三段階、または無限大、というのも、何も元に戻りはしないから）。その段階では、歌詞に意味があるかないかはどうでもよくなる。実際、ほとんどすべての歌が大嫌いになるだろう。

しかし、ジョージはこの特定のダンスを踊れる歌を見つけなくてはならない。

歌詞に矛盾があるように思えたり、意味がないように見えたりしても、それはむしろおまけみたいなものだ。当時、歌が爆発的に売れ、大流行したのはまさにそうしたことのおかげだから。人は往々にして、あまり意味が通っていないものを好む。

オーケー、想像した、と去年の五月、イタリアで助手席に座るジョージが言う。翌年一月の故国イギリスで、意味の通らない古い歌の歌詞を見詰めるのとぴったり同時に。車の窓の外には、イタリアの風景が広がり、彼女たちを包み込む。外は砂吹き（サンドブラスト）処理を施したみたいに暑く、黄色がかっている。後部座席では、ヘンリーが目を閉じ、口を開いたまま、軽く鼻をすする。体が小さいので、シートベルトが額にかかっている。

あなたは芸術家、と母が言う。そして他のたくさんの芸術家たちと一緒に、あるプロジェクトに取り組んでいる。プロジェクトに携わる人はみんな、報酬の面で、同じ金額を受け取っている。でもあなたは、自分を含めてそのプロジェクトに関わるみんなが受け取っている報酬よりも価値が高い仕事をしていると信じている。だからあなたは、仕事の依頼主に手紙を書いて、他のみんなよりもたくさんの報酬が欲しいと伝える。

私は他の人よりも価値が高いの？とジョージが言う。他の芸術家よりも腕がいいわけ？

そこが重要なの？と母が言う。それが重要なわけ？

価値が高いのは私なの、それとも作品？とジョージが言う。

いい指摘ね。その調子、と母が言う。

それは現実の話？とジョージが言う。それとも仮定の話？

そこが重要なの？と母が言う。

それって、現実に既に答えが出ていて母さんはもう考え尽くした問題だけど、私の考え方を試しているんじゃないの？とジョージが言う。

そうかもね、と母が言う。でも、私がどう思うかはどうでもいい。私が知りたいのは、あなたがどう思うか。

私が何についてどう考えようと、母さんは普段関心がないくせに、とジョージが言う。

ずいぶん大人びたことを言うのね、ジョージ、と母が言う。

実際、大人だから、とジョージが言う。

まあ、そうね。大人だから大人びてるというのは筋が通ってる、と母が言う。

短い沈黙がある。まだ大丈夫な範囲だが、ジョージの方が少し譲歩しなければならない。数週間前からリサ・ゴリアードという女性との友人関係にトラブルが起きているせいでいらいらが続き、行動が予想できず、顔も疲れ気味の母は、放っておくとよそよそしくなり、次には明らかに機嫌が悪くなって、怒りだすからだ。

それは今起きていること、それとも過去のこと？とジョージが言う。その芸術家は女、それとも男？

どっちでもいいけどそれが重要なの？と母が言う。

どちらであれ、とジョージが言う。どっちでもいいけどじゃなくて、どちらの質問であれ。

メア・マクシマ、と母が言う。

どうしてその言い方を直そうとしないのか私には理解できない、どうしても、とジョージが言う。

それだと、母さんが思っている意味にはならない。メア・マクシマ・クルパ（「わが最大の過失なり」を意味するラテン語の定文型）ってクルパを付けないと、**私はいちばん**とか**私は最高**とか**いちばんいい部分は私のもの**とか、**わが最大の**みたいな意味になる。

本当のことだもの、と母が言う。私はいちばん最高。でも、いちばん最高の何なのかしら？

過去か現在か？とジョージが言う。男か女か？　両方というのはありえない。必ずどちらかのはず。

誰がそう決めたの？　どうしてそうでなくちゃいけないの？と母が言う。

もう、とジョージが大きな声で言う。

やめて、と後部座席を頭で示しながら母が言う。ヘンリーを起こしたくないならやめて。起こすのなら、あなたが相手をしてやってね。

もっと。細かいことが。分からないと。私は。母さんの。道徳的難問には。答えられない、とジョージはソットヴォーチェで言う。ジョージはイタリア語を話せないが、それは文字通りには、声を潜めてという意味だ。

道徳性に細かいことが必要なのかしら？と母がささやきで返す。

もう（ゴッド）、とジョージが言う。

道徳性に神（ゴッド）が必要？と母が言う。

母さんと話していると、とジョージが声を潜めたまま言う。まるで壁に向かってしゃべっているみたい。

へえ、それはよかった、とてもよかった、と母が言う。

それってどういう意味でよかったわけ？とジョージが言う。

だって、この芸術と芸術家をめぐる難問はそもそも壁に関する話だから、と母が言う。そして今から、その現場にあなたたちを連れて行かさせてもらいます（ここは原文でもやや非文法的な表現が混じる一文で、すぐ後で娘にそれを指摘される）。

うん、とジョージが言う。たしかに私は今、壁際に追い詰められてる。

母は実際に声を上げて笑う。あまりにその声が大きいので、直後に二人はヘンリーが起きたのではないかと後部座席を振り返るが、目を覚ましてはいない。最近は母がそんなふうに笑うことはめったにないので、まるでいつもの母に戻ったみたいに感じられる。ジョージはそれがうれしくて、頬が赤らむ。

それに、母さんのさっきの発言は文法的な正確さを欠いている、と彼女が言う。

そんなことはない、と母が言う。

そんなことはある、とジョージが言う。文法というのは有限な規則の集合で、母さんはさっきその一つを破った。

私はその考え方に賛同しない、と母が言う。

言語を考え方と呼ぶことはできないと思う、とジョージが言う。

言語は常に成長し、変化を続ける生き物だという考え方に私は賛同する、と母が言う。

そんなふうに信じているようじゃ天国には入れてもらえないと思う、とジョージが言う。

母は再び、心から笑う。

いえ、よく聞いて、生き物（オーガニズム）というのは、と母が言う——

（ジョージの頭には、ジョージが生まれるずっと前から母がベッド脇の棚に置いていた『素敵なオルガスム（オーガズム）を達成する方法』という古いペーパーバックの表紙が思い浮かぶ。それは母の言葉によれば、「私がずっと若くて、無邪気だった頃」に買った本らしい）

——自分自身の規則に従い、好きなように規則を改変する、そして私がさっき言ったことの意味は完璧に明確なんだから、その文法性は完璧に認容可能だわ、と母が言う。

（『素敵な生き物（オーガニズム）を達成する方法』。）

ふうん。じゃあ、文法的洗練を欠いているってことにしておく、とジョージが言う。

そもそも私がさっき何て言ったか、もう覚えてないでしょ、と母が言う。

今から、その現場にあなたたちを連れて行かさせてもらいます、とジョージが言う。

母は参ったと言うかのように、両手をハンドルから離す。

一体どうして、世界の女の中でいちばん（マクシマ）非衒学的な私からこんなに衒学的な子供が生まれたのかしら？　私は一体どうして、この子が生まれた途端に水に沈めるくらいの知恵が働かなかったのかしら？

それが道徳的難問？とジョージが言う。

そうね、ちょっと考えてみて、いい問題じゃないの、と母が言う。

いや、言わない。

母は言った、だ。

というのも、物事が本当に同時に起こるのなら、この世は一冊の本を読んでいるような感じになるだろうから。ただしその本は、文字が重ねて印刷されている。各ページは本当は二つのページから成っているのに、それが重ねて印刷されているから判読できない。というのも、今は元日であって五月ではないし、ここはイギリスであってイタリアではないから。外は土砂降りなのに、雨音（刺激的（ハミン）な音）にもかかわらず、人々がちょっとした戦争みたいに、くだらない新年の花火をパンパン鳴らしているのが聞こえる。土砂降りの中、シャンパングラスを手に人々が外に出て、天を仰ぎ、（悲しいほど）無力な花火が燃え上がり、暗くなるのを眺めている。

　ジョージの部屋は屋根裏にある。去年の夏、屋根を修理してから、勾配天井の隅が雨漏りしている。雨が降るたびに細い水の流れができ、**明けましておめでとう**、ジョージ！　**明けましておめでとう、雨さん**と、今も水が漏れている。水はビーズのような行列を作りながら石膏と石膏ボードとの境界まで流れ、本棚の上に積まれた本の上に滴っている。雨漏りが始まってからの数週間で、ポスターははがれ始めた。粘着剤（ブルータック）が一部の壁の表面には付きにくいからだ。ポスターの下には、薄茶色の染みができていた。それは絡み合う木の根か田舎道を地図にしたような、あるいはカビを千倍に拡大したような、または疲れたときに白目に浮かぶ血管みたいな模様だった――いや、本当はそのどれにも似ていない。そんな連想はただのくだらないゲームだから。湿気が中に入り込み、壁面に染みができている、それだけのことだ。

　ジョージは雨漏りについて父に何も話していない。梁（はり）はやがて腐り、屋根が崩れ落ちてくるだろう。雨が降った翌朝はいつも、鼻が詰まり、胸が苦しく感じられたが、屋根が崩れ落ちれば、その開放感はそれまでの息苦しさを補って余りあるだろう。

　父が彼女の部屋に入ってくることはない。だから、そんな状態になっていることはまったく知らない。運がよければ何も知らないまま、手遅れの時を迎えることになるだろう。

もう既に手遅れだ。

皮肉なことに、父が今勤めているのは屋根に関係する会社だ。先に向きを変えられる小さなカメラと照明とが付いた煙突掃除用の竿を持って人々の家を訪れるのが彼の仕事。カメラを携帯用のモニターにつなぎ、煙突の奥に差し入れる。そして興味と百二十ポンドの手持ちがある客は誰でも、自宅の煙突の内側がどうなっているかを見ることができる。さらに百五十ポンドを出せば、彼または彼女は動画ファイルを購入し、好きなときに自宅の煙突の内側を眺められる。

彼ら。他の皆は、彼または彼女などと言わず、彼らと言う。ジョージが同じようにしてはいけない理由はない。

彼らは好きなときに眺められる。

とにかくジョージの部屋は、時間と充分な悪天候と適切な無関心さえ与えられれば、屋根が落ちて空とつながり、この雨にさらされることになる。テレビの中の人々が空前と呼ぶほどの大雨に。テレビのニュースはクリスマスのずっと前から毎晩、全国各地の洪水被災地を映している(でも、この町は洪水にならない。それは中世の排水システムが今でもちゃんと機能しているからだ、と父は言う)。雨が吸収して運ぶ汚れのせいで彼女の部屋には、べとべとしたりざらざらしたりする灰色の染みが付く。それは地上に生命があるというだけで日々、大気の中にまき散らされているのと同じ汚れだ。この部屋にあるすべてのものは腐る。彼女はそれを観察する喜びを味わうことができるだろう。床板は両端が反り、曲がり、釘で固定されている箇所が外れ、接着剤で貼り付いている部分がはがれる。

彼女が覆いのない部屋でベッドに横たわると、真上に星が見えるだろう。遠い昔に燃え尽きた星々の目と彼女との間には、何も遮るものがない。

ジョージ（父に向かって）：父さんはどう思う？　私たちが死ぬとき、記憶は残ると思う？

ジョージの父（ジョージに）：いいや。

ジョージ（学校専属のカウンセラー、ロック先生に）：（まったく同じ質問）。

ロック先生（ジョージに）：あなたは私たちが死んだ後、記憶が必要だと思う？

うん、すごく賢い、すごく賢い、あの人たちはとても頭がいいから、いつも質問に対して質問を返す。とはいえ、普段のロック先生はとてもいい人だ。学校の先生たちはいつも、ロック先生は岩（ロック）だと言う。まるでそんなことを言うのは自分が初めてだと思っているみたいに。先生たちはジョージに、ロック先生と話をしてみた方がいいと提案し、咳払いをしてから、**彼女は岩（ロック）だからね**と付け加え、ジョージ、最近調子はどうかな、と尋ね、既に面談を受けていて、毎週二時間続きの体育の時間を岩（ロック）のセッションにあてていると聞かされた後に、また同じことを言う。ロックのセッション！　先生たちはジョージのジョークを聞いて笑ってから、気まずそうな表情を見せる。というのも、気遣いを忘れずに深刻な顔をすべきタイミングに笑ってしまったからだ。ジョージは本当に今、ジョークを言ったのか？　故意に？　今は悲しみのただ中にいるはずなのに？

気分はどう？とロック先生が言った。

普通、とジョージが言った。感触がないから、普通なんじゃないかな。

普通という感触がないからいつもと一緒ってこと？

実感、とジョージが言う。何の実感もないから普通なんだと思う。

生きている実感がないってこと？とロック先生が言った。

うん、もしも何かを感じているとしても、そこには距離がある気がする、とジョージは言った。

何かを感じているとしても距離がある気がする？とロック先生が言った。

例えば、誰かが壁にぎりぎりと穴を開けている音がずっと聞こえている、自分の部屋の壁じゃないんだけど、すぐ近くにある壁、そんな感じ、とジョージは言った。例えば、ある朝、同じ並びにある家で近所の人が工事をしている音が聞こえて目を覚ます、まるで自分の家でドリルが回っているみたいな音が聞こえるんだけど、本当に音がしているのは数軒離れた家、そんな感じ。

そうなの?とロック先生が言った。

そうってどっちの話?とジョージは言った。

ふむ、とロック先生が言った。

とにかく、二つの話のどちらに関しても、答えはイエス、とジョージは言った。距離があるように感じると同時にドリルの音にも似ている。いずれにしても、私はもう、文法的なことにこだわるのはやめました。だからさっき、どっちの話って訊き返したことは謝ります。

ロック先生は本当に困ったという顔をしていた。

先生は何かをノートに書き付けた。ジョージはそれを見ていた。ロック先生はジョージの方を振り向いた。ジョージは肩をすくめ、目を閉じた。

というのも、クリスマス前のロック先生のカウンセリング室で、ジョージは快適な椅子に座って目を閉じながら考え事をしていたからだ。バナナが踊っていると、むけていた皮が自然に元に戻り、ティーバッグも踊りだすという広告（アドヴァート）がテレビで流れ、母が決してそのCMを目にすることがないなんて一体どういうことだろう? 世界はどうしてこれほどまでにくだらないのか?

あの広告が存在する一方で母がこの世にいないなんて、どうしてそんなことが起こりうるのか?

しかし彼女がその疑問を口に出すことはなかった。仕方がないことだから。

言っても仕方がない。

大事なのは屋根にできる穴だ。そこから入る空気で部屋の中はさらに寒くなり、屋根が抜けた後は家の構造も当然危うくなり始め、ジョージは毎晩ベッドから穴を通して黒い空を眺めることになるだろう。

今は去年の八月。母はダイニングのテーブルでインターネットの記事を声に出して読んでいる。**流星ファンにとって今夜は絶好のチャンス**と母は言っている。**ペルセウス座流星群が予想される今夜、イギリスはほぼ全土にわたって雲はなく、月曜深夜から火曜早朝にかけて一時間当たり最高六十個の流れ星が見られそうだ。**

流れ星が六十個！とヘンリーが言う。

そしてイーーーと叫びながら猛烈な速さでテーブルの周りをぐるぐると走る。

スカイニュースの天気キャスター、セーラ・ペノックによるとと母は言う。**流星雨は多くの人に素晴らしい天体ショーを見せた後、夜の間に収束するだろうとのこと。**

そして笑う。

スカイニュース！と母が言う。

ヘンリー。頭が痛くなる。もうやめろ、と父が言う。

彼はヘンリーを捕まえ、抱え上げ、逆さまにする。

イーーーーー、とヘンリーは言う。僕は星だ、流れ星だ、ひっくり返したって止まらないイーーーー。

流星なんて単なる汚染、とジョージが言う。

頭の上をきれいな星が流れるのを見れば、そんなことを言う気にはならなくなる、と母が言う。

きれいな星がじゃなくて星がきれいに、とジョージが言う。

一つ一つの流れ星は、秒速三十六マイルで大気圏に突入し、蒸発している彗星(すいせい)のかけらだ、と母が読む。

大して速くないね、と逆さに吊られたままのヘンリーが、顔を覆うジャンパー越しに言う。車の速さも三十マイルくらいだから。

秒速よ、時速じゃない、とジョージが言う。

すなわち、時速十四万マイル、と母が読む。

すごく遅い、とヘンリーが言う。

彼は言葉に適当な節(ふし)を付けて歌いだす。

車と星、車と星。

わくわくするわ、と母が言う。

今晩はすごく冷える、とジョージは言う。

興ざめなこと言わないでよ、ジョージ、と母が言う。
ア、とジョージが言う。というのも、この会話が行われるのはちょうど、ジョージが母と父にフルネームで名前を呼んでほしいと言いだした時期だからだ。
母が鼻で笑う。

何?とジョージが言う。

そういう言い方をするときなのよね、うん。私が若い頃に、ふざけていた口調とそっくり、と母が言う。お金持ちの家の子供を大げさに真似するとき、そんな感じのしゃべり方をしてたの。覚えてる、ネイサン?

いいや、と父が言う。

ヤー、ジョージ、ヤー、と、昔のお嬢様を真似て母が言う。

ジョージには、反応と無視という二つの選択肢がある。彼女は無視を選ぶ。

どっちみち、何も見えやしない、と彼女は言う。周りが明るすぎるから。

家の明かりは全部消す、と母が言う。

私が言ってるのはうちの明かりじゃない。ケンブリッジの町全体の明かりのこと、とジョージが言う。

その明かりも全部消す、と母が言う。**いちばん明るいのは真夜中の頃。**よし。分かった。みんなで車に乗って町を出て、フルボーン（ケンブリッジの中心部から東に七キロメートルほど離れた地区）の向こう側あたりで眺めることにしましょう、ネイサン、どう思う？

明日は六時起きなんだ、キャロル、と父が言う。

よし、オーケー、と母が言う。じゃあ、あなたとヘンリーは家で留守番。私とジョージ、いえ、ジョージアと私、とジョージが言う（英語では通常、「誰それと私」の語順。母の発言には主格と目的格の間違いもあるので、ここでジョージが訂正している）。それにジョージ ヤーの二人で行く。

私は行かない。

てことは、〝ジョージアと私、それに私〟、合わせて三人のジョージ ヤーは行かないってことね、と母が言う。オーケー。あなたが三人、それからお父さんとヘンリーは家で留守番。私は一人で行く。ネイサン、ヘンリーの顔が真っ赤になってるわ、下ろしてやって。

駄目、僕だってほんとに六十個の星が見たいもん、とヘンリーが逆さのまま言う。この部屋にいる誰よりも僕がいちばん星を見たがってる。

火球も見られるかもしれないってここに書いてある、と母が言う。

僕も火球がすごく見たい、とヘンリーが言う。

単なる汚染。それと人工衛星、とジョージが言う。何の意味もない。

ミス文句、と、父がヘンリーを空中で振りながら言う。

ミズ文句（女性の敬称として既婚・未婚を区別するミセスやミスを用いることは近年では避けられ、ミズが用いられる）、と母が言う。

僕の政治的不公正な発言で世界の動きを止めてしまって申し訳ない、と父が言う。

彼が優しい口調でそう言うのには、冗談と皮肉の両方が込められている。

私はミスでいい、とジョージが言う。いつか、ほら、ドクター文句と呼ばれるようになるまでは、それでいい。

まだ子供だから、ミズ何とかと呼ばれることの政治的重要性が分かってないのよ、と母が言う。

それはジョージに向けた発言かもしれないし、父に向けた発言なのかもしれない。父は母よりも十歳若い。それはつまり、二人はまったく異なる政治的環境の中で育ったということだ、と母は好んで説明する。主たる違いは、サッチャー政権下で子供時代を過ごしたか、サッチャー政権下で後期青年期を過ごしたかというものだ。

（サッチャーが総理大臣だったのは、チャーチルのしばらく後、ジョージが生まれるずっと前のことだ。母が考えた最も見事なゲリラ広告によると、サッチャーが生んだのが赤ん坊のブレア。ブレアのことなら、ジョージは小さいときから総理大臣として覚えている。体は大人だがおむつを付けているベイビー・ブレアが砲弾（貝殻ではない）の上に立ち、厚化粧のサッチャーが横から彼をおびえさせ、ベイビー・ブレアは片方の手を股間にやり、逆の手で恥ずかしそうに胸を隠し、下には〝うぬぼれ二人組の誕生〟というキャプションが添えられている（ボッティチェリの『ヴィーナスの誕生』のもじり）。ジョージは、そのゲリラ広告が至る所にあったのを覚えている。画像は新聞にもネットにもあふれていたのに、それを世界に発信したのが母だとは誰にも言えないというのは妙な気分だった。）
しかし、両親の年齢差が現実的な意味で何を意味するかと言えば、二人は今までに二度、別れたということ。ただしこれまでは二度とも、元の鞘に収まったのだけれども。

それにあなたが私のフェミニズムに関して少なくとも敬意を払ってくれた時代は終わったみたいだけど、私は文句を言ったりしない、文句を言っても何にもならないから、それにどのみち、敬意なんて期待できないってことはフェミニズムの歴史が教えてくれているから、それから、その子を下に下ろすのなら、勢いよく頭から落とさないでよ、首の骨が折れちゃうわ、と母が画面に目をやったまま言う。それからジョージ。名前はどっちでもいいわ。今回私と一緒に流星を見ておかないと、そのうち後悔するわよ。

しない、とジョージは言う。

言うではない。言った、だ。

インディペンデント紙には訃報が載った。というのもジョージの母は、新聞に訃報が載るタイプの人ほど有名ではなかったし大学での終身在職権も失っていたが、あるシンクタンクで重要な仕事をし、ガーディアン紙やテレグラフ紙、そして時にはアメリカ系新聞のヨーロッパ版に意見を発表し、密かにインターネット上でゲリラ的に行っていた活動が暴露された後にはかなりの有名人になったからだ。キャロル・マーティノー博士、経済学者、ジャーナリスト、インターネットゲリラ活動家、一九六二年十一月十九日生まれ、二〇一三年九月十日没。享年五十。最初の段落に、多方面で活躍した女性（ルネサンス・ウーマン）とある。そして、幼少時はスコットランドのケアンゴームズで過ごし、エディンバラ、ブリストル、ロンドンで教育を受けた。そして、イデオロギー、報酬比率、賃金格差、イギリス国内における貧困拡大が生む実際的・イデオロギー的帰結に関する論文や講演。そしてまた、成長と安定における不平等と遅滞についての論文、国際通貨基金(IMF)に認められた研究。彼女がずっと取り組んでいた課題についても触れられている。主たる研究テーマは労働者の低賃金。マーティノーはネット上で風刺を行う匿名の芸術活動、ゲリラ広告(サブヴァート)に参加していたことが三年前、明らかになったが、大きな影響力を持つその活動には数千の支持者と模倣者がいるとも書かれている。

そして、標準的な抗生物質に対する、予期できない悲劇的なアレルギー反応。

最後に書かれているのは、遺族。それは、当人が亡くなったことを意味する。夫ネイサン・クックと二人の子供。

それが意味するのは死。

それが意味するのは、ジョージの母が地上から消えた、あるいはむしろ土に戻ったということ。

ジョージの母は元気だった頃(今となっては同じことはできない、だって死んでいるのだから)、毎日出勤前に、決まったストレッチと体操をこなしていた。その締めくくりにはいつも、携帯電話のプレイリストの丸々一曲分、リビングで踊った。

それを始めたのは二年ほど前だ。彼女は毎日、耳よりも大きなヘッドフォンをかぶって家具の間を縫うように踊り回り、皆の笑いに耐えた。

ジョージは母が亡くなった後、最初の一年間は初日から一日も欠かさず、彼女を偲んで黒いものを一つ身に着けるだけでなく、六〇年代のダンスを踊ろうと心に決めていた。ただ問題は、ダンスをするためにはその間、ジョージが歌を聴かなければならないということ、そして歌を聴けばどうしても胸を刺すような悲しみを覚えずにはいられないということ。

ジョージの母の携帯電話は、パニックとその後のばたばたの中で行方が分からなくなった。家には今でも母のものが生前のままたくさん残されているにもかかわらず、携帯は見つからずじまいだった。母は携帯を身に着けていたはずだ。鉄道の駅と病院の間で、携帯は行方が分からなくなった。番号は止められている。おそらく父が手配したことだ。今、その番号に電話をかけると、この番号は現在使われていません、というアナウンスが流れる。

母の電話はきっと監視組織の誰かに奪われたのだ、とジョージは考えている。

ジョージの父：ジョージ、前にも話したじゃないか。そういう偏執病的(パラノイド)な戯言(たわごと)はもうおまえの口から聞きたくない。

ロック先生：じゃあ、あなたはお母さんの携帯が監視組織の誰かに奪われたと思っているのね？

母のプレイリストはすべて携帯に入っていた。母は携帯に関して、柄(がら)にもなくプライバシーにこだわっていた。だからジョージが画面を覗いたことは一度か二度しかない（そして二回とも、理由は違うけれども、悪いことをしている気になった）。プレイリストは一度も見たことがない。メールとショートメッセージをちらっと見た程度。曲をチェックしようなどという考えは浮かばなかった。どうせ母の好きな音楽だ。屑に決まってる、と思っていた。だから今となっては、母が日々ダンスに合わせて、あるいは電車の中や散歩の間にどんな曲を聴いていたのか、ジョージにはまったく見当が付かない。

しかし母が踊っていたのは、いつも例の六〇年代のダンスだったから、踊り方はオンラインで調べられるし、定番の曲もいくつかある。

母が一九六五年頃にスーパー8ミリフィルムで撮った映像をデータに変換したものがある。とても幼い母が母親、つまりジョージの祖母と一緒にダンスを踊っている様子を撮影した動画だ。ジョージはそれをラップトップと携帯に保存している。

その祖母はジョージが生まれるずっと前に亡くなった。でも、ジョージは古い写真を見たことがある。祖母は別の時代からやって来た人のように見える。実際にそうなのだが。祖母はとても若い。厳めしい顔つきだが美しい。黒髪の見知らぬ女性。フィルムの上端は光が明滅し、祖母の顔があるあたりはよく見えない。本来の撮影対象が、今のヘンリーよりもずっと幼いジョージの母だからだ。きっとまだ三歳くらいだろう。彼女はピンクの毛糸で編んだカーディガンを着ている。それがフィルムの中で最も色鮮やかなアイテムだ。画像を止めれば、前あわせの黒いトグルボタンみたいな細部まで見える。ジョージの母親であるこの子供の背後には、ねじれた斜めの脚に載るテレビの画面がある。その画面は、太った中年の太鼓腹みたいに丸く飛び出ている。

　ストッキングを穿いた母親の足元に立つジョージの母は、静寂の中で左右にツイストし、小さな腕を振り回す。真剣で難しそうな表情だが、同時にほほ笑んでもいる。ほほ笑むときでも、その口元はきりっと一文字に結ばれて、こんな幼い頃から既に品を備え、集中することに必死なようだ。フィルムの中の彼女は本当に集中しなければならない。彼女はまだ幼いだけでなく、カーディガンも邪魔そうだ。カーディガンはサイズが大きすぎる上に分厚すぎて、ピンク色の小さな雪だるま（スノーパーソン）が踊っているみたいで、今にも転びそうに見える（雪だるまは英語でスノーマンと呼ばれることが多いが、ここでは性別を区別せずスノーパーソンとしている）。それを見ていると何だか、失敗したらダンスが終わりになってしまうと信じて、小柄でコンパクトな体全体を使って必死にバランスを取ろうとしているかのようだった。しかし結局、彼女がバランスを失うことはない。というのも、フィルムの映像が池に浮かぶ白鳥と手漕ぎボートに切り替わる直前で、（子供の頃の）母がうれしそうに両手を上に上げ、髪をアップにした女性（ジョージの祖母）が両手を差し伸べて子供を捕まえ、光の明滅するフレームの外に抱え上げるからだ。

　ダンスの部分はジョージのラップトップで四十八秒ある。

破傷風。流砂。ポリオ。肺。母が子供の頃に怖がっていたのはそんな言葉だ。（ジョージは一度尋ねたことがある。）

僕が愛しているとローラに伝えてくれ。それは母が子供の頃に好きだったレコードの一枚だ。桜の木に止まる小さなコマドリ。最初にチリチリという針の音、次に、一気に爆発するみたいに感傷的なメロディーが響く。そんな曲を聴いていると、まるで文字通り別の世界に移動したかのように過去を経験できる。人々が本当にそんな歌を歌っていたその場所は、あなたにとってまったく新たな、別の世界だ。そこはまったく異質な過去なので、一種のショックを感じないではいられない。新しくて古い、同時にその両方というショックね、と母が言う。

言っただ。

ある日の午後、ジョージの父が新しいレコードプレーヤーを家に持ち帰り、どうにかそれをCDプレーヤーとつなぐと、皆で階段下から古いレコードを引っ張り出した。

トミーという名の男の子がローラという女の子に恋をする。そして彼女にすべてを与えたいと思う（両親が笑い転げる様子からするとそれは滑稽らしいが、当時のジョージは幼いので、理由は分からない）。花。贈り物。とりわけ渡したいのが結婚指輪。しかしそれを買う余裕がない。だから彼は改造自動車レースに参加することにする。千ドルの賞金が懸かっているからだ（馬鹿ね、とジョージが言い、うん、そうね、と母が言い、ロマンチックだ、と父が言い、ヘンリーは当時まだ小さいので何も言わない）。トミーはローラの家に電話をかける。でも、彼女は留守だ。そこで彼は代わりにローラの母親に、僕が愛しているとローラに伝えてください、と言う。僕には君が必要だ、少しの間待っていてほしい、どうしてもやらなきゃならないことができた、と（あらら、と母が言う。早くも悲劇のフラグが立った。そうなの？とジョージが言う。フラグって何？　ロマンチックってこと、と父が言う。結局のところ、テクノロジーはそれしかしない、と母が言う。いつだって形而上的なものを浮き彫りにするだけ。形而上的って?とジョージが言う。この歌の説明には大げさすぎる言葉だ、と父が言う)。次にトミーの車が横転し、炎に包まれる。ひしゃげた車から引っ張り出された彼は死に際に、こう言う。愛しているとローラに伝えてくれ。泣かないでとローラに伝えてくれ。彼女に対する僕の愛は決して死なない、と。

ジョージと母と父は皆、ラグの上で笑い転げている。

どうしてこんなレコードを取っておいたの?とジョージが母に訊く。相当ひどい歌なのに。

今日初めて気が付いたんだけど、どうやら今日、こうやって私たち三人で聞くためにずっと取ってあったんだと思う、と母が言い、また全員で笑い転げる。

今この新しい今日において、あるいはどんな喪の段階にあっても、ジョージはあの今日について考えたからといって、悲しいとも思わないし、特に何も感じない。

しかし、レコードがダンスに使えるかもしれないので、彼女は年が明ける直前に一階に下りた。でも、ジョージがしていることに気付いて父が胸を痛めることのないよう、彼が出掛けてからにした。目的のレコードは、プレーヤーの横に積まれた小さめのレコードの山から見つかった(小さめのレコードには独自の呼び方があるが、ジョージには思い出せなかった)。

彼女は音量を思い切り絞った。そしてレコードをかけた。レコードは反っていたので、イントロのギターはまるで船酔いしているみたいに聞こえた。レコードの方は具合が悪いのに、ジョージ自身は元気、というよりむしろ何も感じない、みたいな。

しかし、テンポがあまりにスローで、どう考えてもダンスには不向きな曲だった。

母が毎日やっていたダンスには、もっとアップテンポな歌が必要だ。

母は今年以外の元日の真夜中にはいつも、とても上質な紙を持ち出してきた。そして本物の花びらをすき込んだその紙を、ジョージと父に二枚ずつ渡した。三人はそれぞれ（ヘンリーは寝ているので除く。火を使う儀式なのでそこが重要だ）新年の願いや望みを一枚に書き、前年最も嫌だったことをもう一枚に書く。その後、二種類の紙がごっちゃにならないよう慎重に、各自が順に流し台の前に立ち、マッチを擦り、嫌だったことの書かれた紙の端に火を点け、燃えていくのを眺める。熱くて持っていられなくなったら紙を流し台に落とし（こうして手を放すところが儀式の中でいちばん大事な部分だ、と母はいつも言っていた）、そこで燃え尽きたら、残りの灰は水で流す。

ジョージは今年、何の願いも望みもない。

その代わりに今、目の前にある紙はほぼ真っ白で、**クリスマス休暇残りのデイリー・スケジュール**とだけ書かれている。彼女は左端に、時刻を表す数を書いた。そして9時30分の横には、**例のダンス**。

使えそうな曲を今探しているのは、明日（今日）、朝食を終えたらすぐにでも始められるようにするためだ。

しばらく前のこと。ジョージは母の書斎に入り、棚に並ぶ本の上に積まれた物をつついて回る。母はまだ亡くなっていない。母はそこで仕事をしている。そこら中に書類の山がある。

ジョージ、と母が振り返りもせずに言う。

何の仕事をしているの？とジョージが言う。

宿題はないの？と母が言う。

私に宿題が出たかどうかを研究してるの？とジョージが言う。

ジョージ、と母が言う。何も動かさないでよ、そこらの物をいじってないで、向こうで何か自分のことをしなさい。

ジョージは近づき、机の横に立つ。そして母の椅子の隣にある椅子に座る。

ちょっと退屈なの、と彼女は言う。

私も、と母が言う。今やってるのは統計。集中しないといけないの。

彼女の口は一文字に結ばれている。

どうしてこんなものを取っておくの?とジョージが言って、鉛筆の削りかすが詰まった小さな瓶を手に取る。

元はサントリーニ・ミニ・ケッパーの瓶だ。残ったラベルにそう書かれている。母が今までに使った鉛筆の異なる木材が、ガラス越しに見える。一つの層は濃い茶色。別の層は明るい金色だ。鉛筆表面の塗料が描く線も見える。色の付いた小さなジグザグ模様は、削り器内で鉛筆をねじる（ツイスト）ときに生まれる貝殻の縁のようだ。

一本の鉛筆は元々、赤と黒(のストライプ?)だったことが分かる。別の一本は墨流し模様の青。また別の一本は本当にきれいで鮮やかな緑。ジョージは縁の青い削りかすを取り出す。見かけは少し、木でできた蛾のようだ。彼女はそれを指に巻く。かすは繊細で、ねじった（ツイスト）途端にばらばらになる。

取っておくって何を?と母が言う。

ジョージは削りかすのかけらを差し出す。

これって何の意味（ポイント）があるの?と彼女は言う。

ポイント。ハハハ!と母が言う。面白いわ。

どうして普通の人みたいに、削りかすをゴミ箱に捨てないの?とジョージは言う。

そうね、と母が椅子を後ろに下げながら言う。ただ捨てるっていうのは何だか悲しい気がするの、だからそんなことはしたくない。その鉛筆を使ったプロジェクトが仕上がるまでは。

ちょっとパセティック（pathetic）、とジョージが言う。

まあ、そうね、そうだと思う、と母は言う。文字通り。たぶんそれは何かの証(あかし)なんだと思う。ふむ。でも何の証なのかしら。

ジョージは母の言葉にあきれる。

かつて鉛筆を削ったという証、とジョージが言う。辞書をちょっと借りてもいい？

自分のを使いなさい、と母が言う。あっちへ行って。部屋を出たら扉を閉めてね、小うるさくて面倒な害虫さん。

彼女は椅子を戻し、何かをクリックする。ジョージはすぐには出て行かない。彼女は母の背後に立ち、棚から大きな辞書を取って、壁を支えにして開く。

ドスン（plonk）、広場（piazza）、カーテン飾り（pelmet）、小道（pathway）、参加する（partake）、寄せ集め（pastiche）、パセティック（pathetic）―ペーソス（pathos）の項を参照。哀れみを誘う性質。パセティック。哀れみ、愁い、悲しみ、などの感情を引き起こす。悲しいほど少ないこと（少なくて、かつ悲しいという組み合わせは興味深い）。侮蔑に値する。失笑を買うような。眼球の外側にある上斜筋のこと。それが収縮すると眼球が下に向く。また、上斜筋に刺激を与える滑車神経のこと（解剖学）。

ジョージは部屋を出て扉を閉めたとき初めて、自分が言った言葉と、なぜそれが面白かったかを理解する。

鉛筆削り。鉛筆の尖端(ポイント)。ハハハ！

彼女は書斎に戻って言おうかと考える。

分かった！と。

しかし彼女はそこまで愚かではない。だからそんなことはしない。

（落ち（ポイント）が分かった、とジョージは元日早朝の今、考える。）

クリスマス休暇残りのデイリー・スケジュール。

例のダンスの下、10時の隣に彼女は庭と書く。

庭というこの単語は、単なる庭以上のものを意味している。というのも、しばらく前（九月以前）にジョージは、学校の皆がいつもインターネットで見たポルノ動画の話ばかりしていることにうんざりしていたからだ。一度もそんなものを見たことのない彼女は、二重の意味で処女みたいな気分だった。そこで彼女は動画を実際に見て、自分の意見を持とうと心に決めた。でも、ヘンリーには見せたくなかった。彼はまだ八歳だから。いや、当時はもっと幼くて、七歳だった。弟に対して不公平とは思わなかった。彼もまた年頃になったら、自分で動画を探して、自分で見ればいい。とはいえそれも、その年頃まで見ないでいられればの話。今では小学校の校庭でも、子供たちはかなり自由にそういう動画を見ている。

だから彼女はｉＰａｄを崩れかけた四阿（あずまや）に持ち出し、万一誰か（特にヘンリー）が近づいてきたら見える位置に座り、最初に出てきた画像をクリックした。彼女が目にしたすべての動画は興味深く、本当に驚くべきものだった。家の中ではなく、庭で見ることにしてよかった、と彼女は思い始めていた。

最初は興味深かった。実に啓蒙的だった。

だがあっという間に、くどく、退屈なものに変わった。

そうなった後は、シナリオのうちのどれくらい多くに物語があるのか、または少なくとも物語があるふりをしているかという問題に興味を持つようになった。ハイヒール以外は素っ裸で髪の長い二十歳くらいのブロンド女性が、ローカットのかなりおしゃれなイブニングドレスを着たずっと年上の女性によって背後で両手首を縛られる動画には物語があった。年配の女性は若い女の顎に指先を当てて上を向かせ、点眼器を取り出し、若い女の両目に何かを垂らした。どうやらその薬のせいで、若い女は目が見えなくなる。年配の女は彼女を別の部屋に案内した。そこはジムのようだが、全面が真っ黒に塗られていて、壁に取り付けられた横棒から鎖が垂れている。部屋には機械のようなものやいろいろな装置があって、その点でも少しジムに似ている。そして、まるで上流階級のフォーマルなパーティーに出掛けてきたかのように、年配女性と同じようなイブニングドレスやイブニングスーツを身に着けた男女が、半円形に並んでいる。若い女性はそんなことを何も知らない。目薬のせいで何も見えていない。少なくとも、物語上はそういう設定だ。この時点で動画は未来の場面にジャンプして、盲目の女性に今から起ころうとしている激しい場面を細切れに映し出す。全編を見られるのはお金を払った人だけだ。

　彼女の目は見えているのか？　本当に目が見えないのか？　ジョージは興味をそそられた。本当なのか？　それともただの演技か？　そしてもし、年配の女が彼女の目に差したものが原因で盲目になっているのだとしたら、効果が切れて再び目が見えるまでにどのくらいの時間がかかるのか？　それとも二度と見えるようにはならないのか？　ひょっとするとあの女性は今この瞬間も、盲目でこの世界をさまよっているのかも。ひょっとすると、薬の効果はいずれ切れると聞かされていたのに、実際には元に戻らなかった、あるいは部分的にしか戻らなかったのかも。ひょっとすると、点眼薬のせいでものの見え方が微妙に変わったかも。それとも逆に、視力は完全に戻り、薬にもかかわらず正常に見えるのかも。

にもかかわらず（リガードレス）、正常に見える！　矛盾語法（「リガードレス」には「それを顧みる（見る）ことなしに」の意味もあることから）。ハハハ！

そして、三十代くらいのかなり年のいった女性が横になっていて、短い時間で次々にたくさんの男にファックされる動画もあった。男の大半はスリラーもののテレビ番組で殺人犯がかぶっているようなマスクを着けていた。新しい男が始めるたびに、画面に数字が表示された。7!! 8!! 9!! そして13!! 14!!の後は34!! 35!! 36!!に飛んだ。男は全部で四十人いることになっていた。画面上の時計によるとかかった時間も全体で四十分ちょうどだが、動画全体の長さは約五分だ。登場する女は、どう見ても寝心地の悪いコーヒーテーブルのようなものに仰向けになっている一人だけ。目は閉じていて、全身の色が赤みがかっている。その上、レンズに湯気がかかったみたいに映像が曇り、ぼやけている。動画の最後で画面上に、この撮影の後、私の妻は妊娠したというテロップが出た。その後ろには感嘆符が三つ。!!!

なぜ四十なのか？ ジョージは庭で考えた。周囲では花々がうなずき、時折舞い込む蝶の影が彼女の視線をiPadの外に引き付けた。四十というのはたくさんに聞こえる数だからか？ 四十日と四十夜、砂漠で過ごした四十年、四十人の盗賊みたいなところで使われる魔法の数字。開けゴマ！ ハハハ。いや、さっきの動画はちょっと病的だった。それに、コーヒーテーブルの上にいた女性は本当に、動画を制作した人の妻なのか？そして本当にあの後、妊娠したのか？ 動画には少し興味深いところもあった。巣で働いている女王蜂を観察しているみたいな感じ。でも、男の多くが仮面をかぶっていたのはなぜだろう？ その方が興奮するから？ 誰にとって？ ひょっとして、男たちは結婚していて、それぞれの妻に知られたくないのかも。あるいはこの動画を撮影した後、就職の面接に行った先で怪しまれるのが嫌なのかも。

そしてある日の午後、ジョージはある動画をクリックした結果、残りの生涯、その同じ動画（あるいは、かなり長い動画なのでその一部）を毎日一度観るという誓いを立てることになった。

そこには一人の少女が登場した。法律の問題もあるからきっと十六歳なのだろうが、ジョージよりもずっと幼く見えた。見た目は十二歳くらい。動画に出てくる男は四十歳くらい。男がキスをするとき、少女の顔が男の口の中に丸ごと入りそうになった。二人はかなり長い間、中央アジアの遊牧民のテント小屋みたいな部屋にいて、さまざまなことをしていた。明らかに不快を覚えているのに文句を言わない少女の幼さ、体はそこにあるのに心はそこになさそうなその表情。それはまるで、薬物を投与されているかのよう、実際に起きていることをスローモーションで経験するような何かを与えられているみたいだ。その様子を見ていると、ジョージの脳と心臓、そして間違いなく目の構造に何らかの変化が起きたらしく、その後はどんなポルノ動画を見ても、背後にその少女が常にいるように感じられた。

それだけではない。直後に見逃し配信で見たテレビドラマの奥にも、青白く苦痛に満ちた顔で目を閉じ、Oの形で口を開けている少女がジョージには見えた。

少女はヴァンパイア・ウィークエンド（ニューヨーク出身のインディーズ系ロックバンド）のユーチューブ動画の背後にもいたし、ソファから落ちる子犬、ロボット掃除機の上に座ったネコ、撮影者が頭をなでられるくらい飼い慣らされたキツネの動画の背後にもいた。

フェイスブックのポップアップや広告の背後にも、ジョージが学校の課題のために女性参政権の歴史を調べたBBCのサイトの背後にも少女はいた。

馬に乗ったままマクドナルドのドライブスルーでハンバーガーを買おうとした女性のことが書かれているニュース記事の背後にも少女がいた。ドライブスルー窓口で拒否された女性は馬から下り、馬を連れて建物に入ってカウンターの前まで行き、そこで注文をしようとしたらしい。**申し訳ございませんが、マクドナルドとしましては、馬に乗ったお客様にお食事の提供はいたしかねます。**

そんな記事の背後にまで少女の存在を感じたジョージは、ブラウザーの履歴をたどってポルノ動画をもう一度探し出した。そしてクリックした。

少女はまた、ベッドの縁に静かに座っていた。

男はカメラに向かってにやりと笑い、少女の頭をまた両手でつかんだ。

こんなところで何をしてるんだ、ジョージー?と彼女の父は二か月ほど前に訊いた。

十一月。寒かった。母は亡くなっていた。ジョージは数週間前から少女のことを忘れていた。ところが学校のフランス語の授業で、条件法を復習しているときにまた思い出した。そして帰宅した後、庭に出て動画を探し、クリックした。彼女はしばらく忘れてしまっていたことを、動画の中の少女に声を潜めて謝罪した。

父はごみを捨てに外に出てきたのだった。ジョージは上着を羽織らずに四阿(あずまや)にいた。彼は庭を歩いて娘に近づいた。彼女は画面を父に向けた。父は近づくにつれて、歩みを緩めた。

おい、ジョージ、と彼は言った。何をしてるんだ?

このことは母さんに訊きたかった、とジョージは言った。そのつもりだった。そうしようとしてた。でも、今となってはできない。

彼女は、以前にもこの動画を観たと父に説明をした。これがこの人物に本当に起こったことだと忘れないために今後もまた毎日観るつもりだ、と。

でもジョージ、と父は言った。

常に人々の身に降りかかっている不正や悪行のすべてを自分の目で見るという行為の一環として、こんなことをしているのだと彼女は言った。

ジョージ、それは立派だ、と父は言った。その心構えは立派だと思う。

心構えだけじゃない、とジョージは言った。

本当のことを言うとな、ジョージ、おまえが外で何かを観ているのを見て私はうれしかったんだ、と彼は言った。よかった、いつものジョージが戻ってきた、iPadで何かを観てるぞ、またいろんなことに興味を持てるようになったんだって思ってね。うれしかった。ところがだ。ぞっとするよ、そういうのは。そんなのは見ちゃ駄目だ。それに、分かってるだろうが、それはおまえが見るようなものじゃない。私だって見ていられない。とにかく。その女の子。つまりその。撮影したのはおそらく何年も前のことだろう。

そんなのじゃあ、私が今していることをしちゃいけない理由にならない、とジョージは言った。

きっとギャラもたくさんもらったんだろう、と父は言った。

ジョージの目が大きく見開かれた。彼女は鼻で笑った。

父さんがそんなことを言うなんて信じられない、と彼女は言った。父さんと私の血がつながっていることも信じられない。

それにセックスはそういうものじゃない。愛のあるセックス。本当のセックス。愛し合っている者同士のセックスはそれとは違う、と父は言った。

父さんは私のことを本当にそこまで間抜けだと思ってるの?とジョージは言った。

それに、そういう動画ばかり観ていたら頭がおかしくなってしまうぞ、と父は言った。自分を傷付けることになる。

傷ならもう付いてる、とジョージは言った。

ジョージ、と父は言った。

これは本当に起きたことなの、とジョージは言った。この女の子に。そして誰でも簡単に、いつでも好きなときに、目の前で起きていることみたいに観られる。前に観たことのない人がこの動画をクリックして鑑賞するたび、何度でも、初めてこのことが起きる。だから私は、それとはまったく違う理由で動画を観たいの。人とは全然違う形でこれを観ることで、私にはそういうことが全部分かっているんだとこの女の子に多少なりとも示すことができる。これでもまだ分かってくれない？

彼女は画面を父に見せた。彼は両目を手で覆った。

なるほどな、ジョージ、と父は言った。でも、おまえがどんなふうにこれを受け止めようと、どんな心構えでこれを観ようと、その子にはまったく関係のないことだよ。ただ単に、彼女の映る動画の視聴者数が増えるだけ。第一、事情がよく分からないじゃないか。私たちには知りようがない。場合によっては——

私には見る目がある、とジョージは言った。

ああ、そうか、じゃあ、ヘンリーは？と父が言った。もしもあの子が観たらどうする？

この寒いのにどうして私が外に出てると思ってるの？　あの子には見せない。少なくとも私経由では。ていうか、どうせ時期が来ればヘンリーだって観ることになるんだろうけど、とジョージは言った。大体さあ。父さんだってこういうの、観てるでしょ。知ってるもん。誰だって観るんだから。

おい、何てことを言うんだ、と父は言った。おまえがそんなことを言うなんて信じられない。

彼は後ろを向いていた。画面がまだ彼の方に向けられたまま、再生が続いていたからだ。彼は娘に背中を向けたまま愚痴を言い始めた。よそ様はいいよな。よそ様の普通の子供はよくあるパターンの神経症だから。食べるときはいつも同じスプーンを使わないと気が済まないとか、全然食べないとか、吐くとか、自傷行為とか。

それは半分冗談だったが、半分は違った。

ジョージは椅子に深く座り直し、一時停止のボタンをクリックした。そして父が庭を去るまで待った。

彼女はその夜、父と一緒にニュースナイトを観た。毎日のように虐殺や不正が行われる様子——仮にそれがニュースと呼べるなら——を流し、それらを次々に新情報から旧情報に変えていくタイプの番組だ。母は既に亡くなっていた。父は既に眠っている。彼はかなり疲れていた。うたた寝をすることが多かった。服喪のせいだ。彼が目を覚まし、ジョージに目をくれることもなくチャンネルを変えると、ピックというチャンネル（娯楽的な番組を放送するイギリスの有料チャンネル）で『英国国境隊』（同名の組織が不法滞在を取り締まったり、入国審査を行ったりする様子を扱うドキュメンタリー番組）が映った。

誰が信じたと思う？とジョージの母が言う。

亡くなる一年前のことだ。ジョージと両親は寝る前に、テレビでチャンネルを切り替えながらくだらない番組を観ているが、やがてあきらめ、電源を切る。

私が子供だった頃に誰が信じたと思う、と彼女は言う。いつか、人がパスポート検査窓口でチェックを受けて拒否されるのがテレビ番組になる日が来るだなんて？　いつの間にこんなことが軽い娯楽になったわけ？

亡くなる六か月前、そして例のリサ・ゴリアードという女との関係が尻すぼみになって元気がなくなる少し前、ジョージの母親がリビングに入ってくる。土曜の晩だ。ジョージはテレビで大昔の列車、フライングスコッツマン（ロンドン—エディンバラ間を走っていたSL特急列車）の番組を観ている。しかし、ジョージが少し前に見始めたときには番組が途中で最初を見損なったので、同時に見逃し配信を利用してラップトップで最初からも見ていた。

片方の画面ではたった今、列車が時速百マイルの記録を破った。他方の画面では、列車が自動車に取って代わられていた。同時にジョージは、携帯でフォトボム（他人の写真にこっそり写り込むいたずらや、予期しないものが写り込んでしまった写真のこと）を眺めている。中には笑える傑作もある。デジタル加工されていないとは思えないもの、やらせに違いないのに撮影者が違うと断言しているものもある。

あなたって、とその様子を見て母が言う。自らの存在を背負った放浪者ね。

違うわ、とジョージが言う。

違わないわ、と母が言う。

自分はどうなの、恐竜さん？とジョージが言う。

母が笑う。

あなたと同じ、と母が言う。私たちは今ではみんな、自分の存在を背負った放浪者。少なくとも世界のこの一角では。だから私たちは覚悟を決めなきゃならない。世界中で放浪者がどんな目に遭っているか、あなたも知っているでしょう。

母さんの政治的公正とやらは時に退屈すぎて、思わず——、とジョージが言う。

そして寝たふりをする。

たまには、いっぺんにいろいろとやるのをやめようと思わない？と母が言う。本を読むとか？

いつも読んでる、とジョージが言う。

一度に十五のことを考えるんじゃなくて、一つのことだけに集中したら？と母が言う。

私は多芸なの、とジョージが顔も上げずに言う。多芸世代の子供だから。それに母さんはネット上の偉大なる無政府主義者（アナーキスト）なんでしょ？　有能なるわが子を褒めてくれてもいいと思うんだけど。

有能、そうね、と母が言う。じゃあ、常に有能でいてね。娘にはぜひそうであってもらいたいわ。

さもないと政治的公正にこだわる私としては、あなたを孤児院に預けるしかなくなるから。

正確に言うと、母さんと父さんが二人とも死なないとそういうことにはならない、とジョージが言う。

まあ、いつかね、と母が言う。運がよければ近々でなく先々に。とにかく。私はあなたが同時にいくつの画面を見ていようと、本当はどうでもいいの。ただ、子供のことを気に懸ける親を演じているだけ。それは親の義務。そういう決まりなの。

くだらない、とジョージが言う。何年か前に約三か月間、子供のネット環境に口出しするのが流行だったから、流行に乗ったふりをしてるわけ——

ありがとう！と母が言う。私が流行に乗っていることをやっと認めてくれたのね。

——でも母さんは本当は、世間の四十歳以上のみんなと同じで被害妄想に陥っているだけ、とジョージが言う。過去を深く悔いて自らの胸を鞭で打ち、手に持った小さな鈴を鳴らしながら、叫んでいるのよ。**汚らわしい！　汚らわしい！　情報による無力化！　情報による無力化！**って。

あ、それ、いいわね、ジョージ、と母が言う。もらっていい？

ゲリラ広告（サブヴァート）に？とジョージが言う。

うん、と母が言う。

駄目、とジョージ。

いいじゃない、と母。

いくらくれる？とジョージが言う。

筋金入りの金の亡者ね、と母が言う。五ポンド。

決まり、とジョージが言う。

母は財布から札を取り出し、エリザベス・フライの肖像と彼女が力を貸した囚人女性たちのスケッチ（五ポンド紙幣の裏には、監獄改革を行った女性社会活動家であるエリザベス・フライと彼女が囚人に朗読をする光景が描かれている）との間にある白いスペースに、鉛筆で**情報による無力化、全額支払い済み**と書き込む。

当時。ジョージはその五ポンドを翌日に使った。それを世に放つことが彼女にとっては楽しかった。

現在。ジョージはあの五ポンド札を使わなければよかったと思っている。誰かによって文字が消しゴムで消されていなくて、まだ摩擦で消えてもいなければ、今も世界のどこかで母の手書き文字が見知らぬ人の手から見知らぬ人の手に渡っているはずだ。

ジョージは自分が手書きした**例のダンス**の下の**庭**という単語を見る。ダンスにかかる時間は五分足らずで、少女の動画は長さが四十五分あるが、普段はその恐ろしい映像に五分以上は耐えられない。

例のダンス。庭。ヘンリーはといえば、まるで死と孤児を歌う感傷的な病んだ歌から飛び出してきたビクトリア朝の子供みたいな格好で立っている。彼は先週のテレビで『キャロルズ・フロム・キングズ』（毎年クリスマスに放送されるキングズカレッジ聖歌隊による番組）を観て以来、祈るように手を合わせ、そのポーズを真似るようになった。そして父は酔っていないふりをする。あるいは酔いが残ったまま目を覚まし、昼食時までソファで寝て酔いを醒まし、夜に誰かとどこかに出かける口実を考える。その人たちは皆、彼のためにできるのは酒を飲ませることだけだと思っている。そして週末が終わるとようやく彼は仕事に戻るが、そこからまた五日間、酒浸りの日が続く。

今はまだ真夜中、十二時十分くらいだ。ほとんど時間は経っていない。花火の音がまだ散発的に聞こえる。天窓に当たる雨の音が響いている。しかし、父は帰宅しておらず、おそらくまだしばらくは帰らないだろう。ジョージは父を待つことに決めていた。家に帰ったときに一人で階段を上がれないかもしれないから。

彼女の部屋の外で物音がする。

ヘンリーだ。

弟は泣きだしそうな熱っぽい顔で入り口に立っている。髪の毛が伸びているせいか、妙なことに、少し『小公子』の挿絵みたいに見える。

(彼は散髪を拒んでいる。散髪するのはいつも母だったから。

ヘンリー、母さんは戻ってこないのよ、とジョージは言ったことがある。

母さんは死んだの、とジョージは言った。分かってるでしょ。

分かってる、とヘンリーは言った。

僕は散髪したくない、とヘンリーは言った。)

入っていいよ、とジョージが言う。今日は特別サービス。

ありがとう、とヘンリーは言う。

彼は扉のところに立ったままだ。部屋には入らない。

目が冴えちゃった。すごく退屈なんだ、と彼は言う。

今にも泣きだしそうだ。

ジョージはベッドのところまで行き、カバーをめくって、そこをぽんぽんと叩く。ヘンリーが部屋に入り、そこに歩み寄って、ベッドに上がる。

トースト食べる?とジョージが言う。

ヘンリーは、ジョージがベッドの上方に貼り付けた母の写真を見ている。そして一枚に手を伸ばす。

駄目、とジョージが言う。

彼は素直だ。先ほどまで寝ていたから。彼は向き直り、腰を下ろす。

じゃあ、二枚、と彼は言う。

ジャム付ける?とジョージが言う。

何付けてもいいけどバターはやめて、と彼は言う。

トーストを二枚持ってくるわ、とジョージが言う。それを食べ終わったら、一緒に退屈をやっつけよう。

ヘンリーは首を横に振る。

本当は退屈なわけじゃない、と彼は言う。逆に退屈したいんだ。でも、できない。ただ、退屈の代わりに味わわされてるこの気分をどうにかしたいだけ。

ジョージはうなずく。

それからヘンリー、と彼女は言う。私がいない間にそこの写真を触らないでよ。まじで言ってるんだからね。

ジョージは一階に下り、トーストを一枚焼く。そしてナイフでバターをたっぷりと塗り、同じバターナイフを洗わずにジャムの瓶に突っ込む。どうせ誰も気付かないから。彼女はそれに気付く人が一人もいないからこそ、そんなことをする。この先一生涯、どのジャムの瓶にバターのかけらを入れようと、文句を言う人はいない。

彼女が二階に戻ったとき、既にヘンリーは眠っている。そうなることは分かっていた。彼女は弟の手から、壁からはがした写真を取り(十代の頃の母がエディンバラの公園にある銅像の馬の背中に腰掛けている写真だが、それが誰の像で誰の馬なのかは分からない)、元の場所に貼り直す(写真はわざと時系列とは無関係に並べてある）。

彼女はベッドにもたれかかるように床に座り、トーストを食べる。

すごく退屈、とイタリアの宮殿で、こうしてふざけるときにはいつも使っている子供っぽい口調で彼女は言う。

まさに退屈を吹き飛ばすために設計された宮殿の扉をくぐったところでいきなり、まるで魔法の力で世界の意味を理解したみたいに、退屈だって言いだすのね、と母が言う。

しかしジョージは、〝芸術って何の意味(ポイント)があるの〟ゲームを始めている。ひょっとすると母はまだそれに気付いていないのかもしれない。

この広い場所に私たち以外誰もいない、と彼女は同じ声音で続ける。これって何、何の意味があるの？　何かと関係があるわけ？　芸術って何の意味があるの？

芸術は何もしないことによって何かを引き起こす。（これは最も多くリツイートされた母のゲリラ広告(サブヴァート)の言い回しだ。）たしかにその通り。しかし、これは家族の中でいつもやっているゲームだ。何年も前から繰り返してきたゲーム。父が始めたゲームの一つでもある。母が家族全員を美術館に連れ出すときはいつも、子供たちを笑わせるために父がこのゲームをやる。父は少し精神の発達に障碍があるふりをする。その迫真の演技に、美術館の他の客が振り返って彼を見る。あるいは本当に障碍があるならまずいからと気を遣って目をそむける。

今回、部屋にある美術品は既に何かを引き起こしている——母はみるみる元気を取り戻しているのだ。母は先週、たまたまここの写真をある美術雑誌で目にした。破れた白い服をまとい、古いロープをベルト代わりにしている男の絵で、背景は青。絵を見てそれがたいそう気に入った母は文字通り悲しみに浸るのをやめて（リサ・ゴリアードという友達が姿を消したせいで数週間前から機嫌が悪かったのだが）、三日前、朝食の席で家族に宣言をした。来週、その絵の現物を家族で見に行くことに決めた、もうホテルも予約した、と。

ネイサン、水曜から日曜まで続けて休みが取れる？と彼女は言った。

無理、と父は言った。

いいわ、と彼女は言った。絵を見るのにあなたが一緒にいる必要はないから。ジョージ、水曜から金曜まで学校を休める？

秘書に訊いてみないと分からないな、とジョージは言った。結構忙しいんだよね。それと、これは母さんに言っておかなきゃならないのかもしれないけど、ただの旅行で子供に学校を休ませるというのは法律違反。

喉の具合はどう？と母が言った。

喉は本当にすごく痛い、とジョージが言った。炎症を起こしているのかも。行き先は？

イタリアのどこか、と母が言った。ヘンリーは喉の具合はどう？

僕にも訊いてくれるの、ありがとう、喉は全然大丈夫だよ、とヘンリーは言った。

ヘンリー、あなたの喉はかなり来てるわ、とジョージ。

そうなの？とヘンリー。

そうじゃないとイタリアに行けないわよ、とジョージ。

イタリアは喉にいい？とヘンリーが言った。

今、宮殿の中でジョージが〝芸術って何の意味があるの〟という笑えるはずの台詞を口にしたときも、ヘンリーはまるでそれが本気の質問であるかのようにこう言う。

すっごくきれい。

ヘンリーはゲイだ。きっとそう。とはいえたしかに、この部屋はすごくきれい。少なくとも、奥の壁は。壮観だ。ひょっとすると部屋の他の部分よりも照明が強いだけなのかもしれないけれども。母は奥の壁に向かって細長い部屋を歩きだしている。その姿はまるで――何だろう？　光に打たれたよう。飛行機がイタリアに着き、扉が開いて暖かい空気が機内に入ってきた瞬間から、母の顔は明るくなっていた。

そしてこの部屋に入った途端、さらに明るくなっていた。

せっかくネタ振りをしても周りが乗ってこないと恥ずかしいし、つらいが、ジョージは立ち直る。そしていつもの自分に戻る。

ここが車で話していた場所?とジョージが言う。道徳的難問の場所？

母は何も言わない。

ただじっと見ている。

ジョージも見る。

部屋は暖かく暗い。いや、暗くはない。明るい。その両方だ。部屋は巨大な薄暗いダンスホールのようだ。全面というわけではないが壁には、部屋を取り囲むように絵が描かれていて、そこに照明が当てられている。室内には他に何もない。座って壁を眺めるための低いベンチがいくつか置かれているのと、奥の隅に置かれた折り畳み椅子に中年の女性（案内係？）が座っているだけだ。それらを別にすると、部屋には絵しかない。全部を一度に見ることはできない。部屋の半分は絵で覆われている。残りの半分は絵が褪せているか、描かれていないかだ。しかし、残っている絵は生命にあふれ、まるで現実に生きているかのように見える。少なくとも奥の壁に描かれているものは。絵の中段には全体を上と下に分ける幅の広い、青い帯が部屋を巡るように続いていて、そこに描かれた人々は、特にその明るい一角では、宙に浮いているか、何もないところを歩いているみたいに見える。

　巨大な続き漫画にも似ている。しかし同時に、絵画にも似ている。

　家鴨(あひる)がいる。家鴨の首を捕まえている男がいる。家鴨は本当に驚いた様子で、まるで**何だくそ野郎**と言っているかのようだ。家鴨の頭上には、別の一羽の鳥が止まっている。人に捕まっていないそちらの鳥は男の隣に止まり、男が家鴨の首を絞めるのを、興味深そうに見ている。

　これは細部の一つにすぎない。同様の細部がそこら中にある。水の中を泳いでいる犬がいる。ジョージはその性器をじっと見る。実際、絵の中にいる雄の動物はどれも睾丸が大きい。ところが、誰もが同じことを期待しそうな動物、雄牛は違う。雄牛には睾丸がないように見える。

　そして一匹の猿が男の子の足に抱きつきながら、気取った様子で、さげすむようにそれを見ている。少し離れたところでは、黄色い服を着て帽子をかぶった小さな子供が何かを読むか、食べるかしている。一枚の紙切れを持った年老いた女がその子を見守っている。こちらでは一角獣(ユニコーン)が馬車を引き、あちらでは恋人たちがキスをしている。こちらには楽器を持った人々、あちらには木の上や畑で働いている人々。そして下の方では、アーチの下の真っ暗な部分から覗く目と、その視線に気付かずに世間話や商売をしている人々。犬と馬、兵士と町人、鳥と花、川と土手、川面に浮かぶ泡、笑っているみたいな白鳥たち。赤ん坊の群れ。赤ん坊なのに横柄な顔。ウサギ、あるいは野ウサギ、いや、その両方。

　絵の中の建物は時に美しく、時に壁や屋根が壊れていて、壊れた敷石や煉瓦、立派な建造物と壊れたアーチ、壊れていたりいなかったりする建物の隙間から生える植物などが随所にある。

　しかしどうしても、絵の上部と下部との間を区切り、装飾帯(フリーズ)のように部屋を一周する青色の帯に何度も目をやらずにはいられない。中の人や動物が宙に浮かんでいるように見える帯。そのたび、青が、見る者の目を引き付ける。それは、上と下で起きているさまざまなことからの息抜きを与えてくれる。青の中、生意気そうなヤギか羊の上では、美しい赤のドレスを着た女が宙に浮いている。白いぼろを着た男もそこにいる。母が美術雑誌に掲載された写真で絵を見た、あの男だ。彼が原因で、ジョージたちは今ここにいる。ヤギの上に浮かんでいる女を挟んでその反対側には、若い男か女、どちらでもありえそうな人物がいる。美しく華やかな服を着て、手には矢か棒のようなものと金の輪を持っている。まるですべては魔法を使ったゲームだと言いたげだ。

男、女?と絵の下に立っている母にジョージが訊く。

さあね、と母が言う。

母はほほ笑みを浮かべながら、ぼろを着た男を指差し、次に宙に浮かぶ女、そして華麗に装った、遊びや芸術が好きそうな人物を順に指し示す。

男、女、両方、と彼女は言う。みんな美しいわ、羊も含めて。それに、あそこも見て。

彼女は上の段を指差す。非常に高い位置なので、見るのがさらに大変だ。そこには異なる動物たちが引く三台の馬車があり、周囲を多くの人、鳥、ウサギ、木、花が取り囲み、遠くの風景も見える。

神々の来訪ね、と母が言う。

あれって神様たちなの?とジョージが言う。

だけど誰も気付いていない、と母が言う。周りの人たちを見てみなさい。神様なんてどうってことない、みたいな顔をしているでしょ。神様が来たというのに誰一人、まったく動じてない。

ジョージは回れ右をして別の壁を見る。部屋の長辺に沿ったその壁にはさらに多くの絵がある。そちらも基本的には同じような壁だ。全体のデザインは変わらない。しかし、出来はこちらの壁にまったく及ばない。目も、興味もさほど引かない。ひょっとすると修復の度合いが違うのかもしれないけれども。

ジョージはそちらの絵=壁をさらに詳しく見る。

そこに描かれたものはあまり美しくない。巨大なロブスターのような生き物もいるが、真っ直ぐにこちらを見ているように見えるあちらの馬に比べれば月とすっぽんだ。馬の目からは、背中にその男を乗せることに確信が持てないでいるのが伝わってくる。こちらにも人や花が描かれていて、花に覆われた人たちまでいるけれども、空の色がより青く、馬の肉づきもいい奥の壁に描かれた人々に比べると、それほど魅力がないか、グロテスクな面が目立っている。

これは季節を表してるのか?

彼女は出来のいい方の壁に戻る。

すべてが層になっているみたいだ。絵の手前側で起きていることが別個に、かつ関連しつつ背後でも、その背後でも、さらにその背後でも起き続けている。まるで何マイルにもわたって遠近法の中でそれを見ているみたいに。さらに、家鴨を持った例の男みたいな個別の細部もある。それらの出来事はすべて、それぞれの理由があって起きている。絵はそれらを同時に見せる――身近な出来事とより大きな全体像を。家鴨を手にした男の存在によって、残虐行為がいかに日常的でほとんど喜劇的なのかが浮き彫りになる。今起きているすべてのことの中に残虐行為が見いだせる。これは残虐行為が実は非常に日常的なものであることを示す驚くべき手法なのだ。

上段には狩猟や残虐行為の絵は存在しないようだ。それらが描かれているのは下段のみ。

一角獣の角は光のガラスでできているように見える。

人々が着ている服はどれも中を風が吹き抜けているようだ。

ジョージは振り向いて、青い帯の下に立っている母がずいぶん若く、輝いて見えることに驚く。

ここって一体全体どういう場所?とジョージが言う。

母は首を横に振る。

宮殿、と彼女は言う。

それから彼女は何か一言言うが、ジョージには聞き取れない。

こういうものは今までに見たことがない、と母が言う。親しみと呼んでもいいくらいの温かみがある。親しみの持てる芸術作品。こういうものは今までに想像したこともなかった。それにほら、見て。センチメンタルなところはこれっぽっちもない。寛大だけど嘲笑的。嘲笑的だなあと思ったら、次の瞬間にはまた心の広さを感じる。

母はジョージの方を向く。

ちょっとあなたに似てる、と彼女は言う。

それから黙り込む。ただじっと見ている。

彼女たちの後ろでは完全な静寂が広がっている。ただ一人、ヘンリーの魅力に釣られた案内係の女性だけが、順に彼を絵の前に案内し、彼が指差すものを何でもイタリア語で説明していた。

カヴァッロ、と女性が言う。

馬(ホース)だ、とヘンリーが言う。

そう(スィ)!と女性が言う。よくできました(ベーネ)。一角獣(ウニコルニ)。空(チェーロ)。星(ステッレ)。大地(テッラ)。神と女神と十二宮(ディ・エ・デーエ・エ・ロ・ゾディーアコ)。ミネルヴァ。ヴィーナス(ヴェーネレ)。アポロン(アポッロ)。ミネルヴァ、三月(マルツォ)、牡羊座(アリエーテ)。ヴィーナス(ヴェーネレ)、四月(アプリーレ)、牡牛座(トーロ)。アポロン(アポッロ)、五月(マッジョ)、双子座(ジェメッリ)。フェラーラ公爵(ドゥーカ)ボルソ。正義を与える(ドーノ・ラ・ジュスティツィア)。贈り物を与える(ドーノ・ウン・レガーロ)。騎馬競技(イル・パーリオ)。子犬(ウン・カニョリーノ)。

案内係の女性はジョージと母も耳を傾けていることに気付く。彼女は色が褪せた白い壁を指差す。セッコ、と彼女は言う。

そしていまだに絵で覆われている壁を指差す。

フレスコ、と彼女は言う（フレスコは、漆喰を塗って乾き切らないうちに描く画法。漆喰が乾いてから彩色をする技法はセッコと呼ばれる）。

彼女は本当に鮮やかな奥の壁を指差す。

彼はヴェネツィアに行くか取り寄せるかしてあの青を手に入れました（マンド・オ・アンダート・ア・ヴェネーツィア・ペル・オッテネーレ・イル・メッリオ・アッズッロ）。

たぶん、あの青色はヴェネチアのものだと言っているんだと思う、と母が言う。

ジョージの母は案内人と話すためにそばまで行く。母は英語をしゃべる。案内人はイタリア語で返事をするが、母はイタリア語を知らない。二人は互いにほほ笑み、会話をする。

あの人は何て言ってたの？と、カーテンをくぐって部屋を出て、階段を下りるときにジョージが訊く。

さっぱり分からない、と母は言う。でも、話ができて楽しかったわ。

その後、三人は宮殿の庭に作られた屋外レストランに行く。木に咲いている甘い香りのする黄色い花が、皆の頭やテーブルの上に落ちる。ジョージは宮殿の建物の外側、屋根の近くにできた大きなひび割れに気付く。

地震のせいかな、と母が言う。割と最近ね。去年。そもそも絵を見られただけでもラッキーだったわ。最近、また一般に公開されたばかりみたいだから。

だから絵の描いてある壁と何も描いてない壁とがあったの？とジョージが言う。奥の壁で、馬車に乗っている人のうち二人は顔があって、一人の顔がないのもそのせい？

さあね、と母が言う。私はあまり詳しくないの。情報を探すのが結構大変だったから。でも、それがかえってよかった気がする。あまり何も知らないというのが。

けど、道徳的難問はどうなったの?とジョージが言う。

え、何?と母が言う。

絵が上手な分、お金をたくさんもらう話、とジョージが言う。

ああ、うん。その話、と母が言う。うん。

彼女は再びジョージに、五百五十年前にあの部屋の絵を一部担当した画家について話をする。自分の作品には同じ部屋の他の誰よりも高い報酬が支払われるべきだと考えて、公爵に賃上げを求める手紙を書いた画家の話だ。

実を言うと、手紙の内容よりももっと面白いことが起こったの、と彼女は言う。私たちがいささかなりともその画家の存在を知っているのは、彼がその手紙を書いたからこそなの。しかも手紙が見つかったのは、つい百年前。つまり、彼が任された壁の絵を描いてから四百年以上経ってからのこと。四百年間、彼は存在していなかった。百年かそこら前、十九世紀の終わり頃まで、誰もこの部屋にフレスコ画があることさえ知らなかった。何百年もの間、上に水漆喰が塗られていた。その後、水漆喰がはがれ落ちて、下の絵が見つかった。そのときまで、部屋はなくなっていたというわけ。

じゃあ、誰かが部屋の中にいた、ていうか、誰かが部屋の中に座っていた場合はどうなるのかな。中に人間がいる部屋が——なくなるなんてことがある?とヘンリーは言う。

彼はショックを受けたような表情を浮かべる。

まさか、とジョージが言う。ほんとに馬鹿ね。

弟のことを馬鹿って言ったら駄目、とジョージの母が言う。

姉ちゃんこそ馬鹿だ、とヘンリーが言う。

お姉ちゃんのことを馬鹿って言ったら駄目、と母が言う。

私は馬鹿なんて言ってない、ほんと〝にばか〟ねって言ったんだもん、とジョージは言う。にばかはただの馬鹿よりたちが悪いんだから。

お姉ちゃんの頭は僕よりずっとずっとにばかだもん、とヘンリーが言う。

僕の頭より、とジョージが訂正する。

母が笑う。

それってやめられないの?と彼女は言う。生まれ持った性格なのかな?

それってどれ?とジョージは言う。

ヘンリーは野良人参が生えた庭の一角に向かって走りだす。そこには現代風の彫刻がいくつかあって、草が伸び放題になっている。草の丈が高いので、彼は完全に姿が見えなくなる。

ここは魔法の場所みたい、と母が言う。

たしかにここは壮観だ、とジョージは思う——壮観という語が頭に浮かんだのはこれで二度目だ。さっき三人が建物を出て庭の小道を歩いてきたときには、このレストランはがらくた屋に見えたのに、入ってみるとそこはパスタとワインの店で、ピアノとトランペットを使った昔風のジャズが突然、まるで一家を特別に歓迎するかのように、どこからともなく勝手に流れ始めたのだった(本当はレストランのスピーカーから聞こえていたのだが)。

庭は今、ジョージよりも年下でヘンリーよりも年上の、イタリアの学童たちでいっぱいになる。子供たちは庭のあちこちでテーブルを囲み、おしゃべりを始める。

結局、そのお金はもらえたの?とジョージが言う。

誰の話?と母が言う。

画家、とジョージが言う。だって、本当に腕がよかったのは間違いないから。もしも奥の壁を担当したのがその人だとしたら。

私は知らないの、ジョージ、と母は言う。それに関してはほとんど何も知らない。あなたに話したのが本当に私の知っていることのすべて。イギリスで写真を見たときに、下に添えられた記事にそう書いてあった。イギリスに戻ったら、また調べてみるわ。でも、ほら、私たちの目から見て、壁に描かれた絵の一部が他よりも美しく感じるのは、美に対する私たちの期待が影響しているのかもしれない。彼らというより、私たちの基準を当てはめているのかも。でも、私も同意見。あなたと同じ意見。いくつかの絵は本当に飛び抜けて美しかった。息をのむほどの美しさ。そして、もっとたくさんのお金をよこせと要求したことで初めて私たちが、あの壁を仕上げた画家が実在したこと、そもそもこの世に生きていたことを知ったというのはすごく興味深い事実だと思う。

オリバー・ツイストみたい、とジョージは言う（ディケンズの『オリバー・ツイスト』で、救貧院で暮らす主人公は少ない粥に満足できず、「すみませんが、ぼく、もっと欲しいんです」と言う）。

母はほほ笑む。

ある意味ね、と彼女は言う。

画家の名前は？とジョージが言う。

母が顔をしかめる。

ええとね、覚えてたのよ、ジョージ、一度は覚えたの。イギリスで記事を読んだから。でも、今は思い出せない、と母は言う。

母さんがすごく好きだって言うからはるばるその絵を見に来たのに、描いた画家の名前が思い出せないの？とジョージが言う。

母は彼女に向かって大きく目を見開く。

分かってる、と彼女は言う。でも、そんなのどうでもいいことじゃない、名前を知っていようがいまいが。私たちは絵を見た。それ以上、何を知る必要がある？　誰かがあの絵を描いて、その後ある日、私たちがここまでそれを見に来たというだけで充分。違う？

母さんの携帯を貸してくれたら調べられるんだけど、とジョージが言う。

そのとき彼女はいきなり、不愉快から最悪に至るあらゆる感情が入り交じったものを感じる。

（罪悪感と怒り

——私にラブソングを聴かせて

——いいえ、私は妊娠したとき、歌声を失った

——あの声は今どこにあるのだろう。それはきっと、大青堂のあるどこかの町で天使たちの彫刻と友に、風変わりな大青堂の天井からぶら下がっている

怒りと罪悪感

——今日は目の調子はどう、元気にしてる、何をしてるの、どこにいるの、そして今度はいつ会える）

母は気付かない。母は何も知らない。母は携帯を探し、鞄のポケットにちゃんと入っていることを確認する。

（このときジョージが持っている携帯はスマホではない。しかし、それから一年もしないうちに自分のスマホを手に入れることになる。クリスマスに。母の死から三か月半後のことだ。）

調べるのはやめましょ、と母が言う。その方が素敵。知る必要がないというのが。

母の態度は柔和だ。

柔和だからといって問題があるわけではない。世間の母親並に柔和で物忘れが激しく、ぼんやりしていて愛情に満ちている母の姿はこれまでとはかなり違う。

しかし、何かを知ろうとしないとか、調べられるのに調べようとしないというのはとりわけ彼女らしくない。今朝はホテルで朝食の部屋を出るとき、受付にいた男と若い女に向かって母がブォナ・セーラと言うと、女の方が笑うという出来事があった。女はすぐに失礼なことをしたと気付き、恥じ入りながら笑うのをやめた。ジョージはそんなふうに自らの過ちを修正する人を見たことがなかった。

奥様、失礼ですが、ブォナ・セーラではありません、と男が言った。正しくはブォン・ジョルノです。ブォナ・セーラは夜の挨拶で、今は朝ですから。

ホテルの外に出ると母は歩道で立ち止まり、ジョージの顔を見た。

この土地にいると、自分が知っていると思っていたことが全部怪しくなってきたわ、と彼女は言った。長年、当たり前だと思っていたすべてのことが。

彼女はジョージの肩に腕を回した。そして反対側にもヘンリーを抱き寄せた。

ちょっとだけわれを見失うというのも結構楽しいものね！と彼女は言った。

彼女は本当に幸せそうな顔で歩道に立っていた。そこはフェラーラ土産や地元の工芸品を売る店の前だった。

ジョージは宮殿の庭に引き返し、ベンチにまたがる。先ほどから例の学童たちについて何かがおかしいと感じていたが、やっと今、その原因が分かった。携帯で話していたり、画面を見ていたりする子供が一人もいないのだ。皆、目の前にいる人間としゃべっている。ヘンリーと話している、あるいは話そうとしている子供さえいる。ヘンリーは何かを説明している。そして空中に円を描く。

話している相手の子供たちも同じように腕を丸く動かす。

ジョージは母を見る。母はジョージを見る。薄黄色の花が落ち、母の鼻をかすめ、髪の毛に引っ掛かり、鎖骨の上に載る。母は笑う。ジョージも笑いたい衝動を感じるが、顔はまだ罪悪感／怒りのしかめ面のままだ。片方の口角が上がる。反対側はへの字を保つ。

三人が訪れているこの町は明るくて暗い。それは城壁の町で、巨大で威圧的な城がある。もしもジョージがそれについて描写するという課題を学校で与えられたなら、水も漏らさぬとか、威嚇的とかいう形容を使うだろう。そこら中に狭間胸壁があって、くねくねと曲がる小路の両側に背の高い壁が続く様子は悪夢のようで、常に道に迷いそうな雰囲気がある。しかし、ここでは一瞬で光から闇へ、闇から光へと世界が変化する。町は石だらけだが、同時になぜか鮮やかな緑と赤と黄色でもある。城壁や建物はすべて、日の光が当たると赤みがかった金色に変わる。城壁は高くのっぺらぼうだが、音響のせいか、その向こうに庭が隠れているように感じられる。本当に美しい並木がずっと真っ直ぐに続いている道路もある。それを見ていると、この町は城壁の町ではなく、並木の町みたいだ。実際、すべての建物の壁や明るい城壁の上や横からは、木や灌木や草が生え伸びている。

ジャスミンの匂いがして、さらにその匂いが強まり、時々下水の匂いがしたかと思うとまた、ジャスミンが匂う。

ここはとても、とても不思議な場所だわ、と昨晩、ベッドに入る用意をしているときに母は言っていた。どうにもつかみ所がないんだけど。

彼女はベッドの上で地図を見た。

ホテルの人にもらった地図と実際に私たちがいるこの場所とはまったく関係がないみたいな感じ、と彼女は言った。

三人はホテルでもらった地図を携帯していたにもかかわらず、一日中、迷子になりながら町をさまよったのだった。地図で近くに見えた場所が、いざ行こうとすると、とても遠い場所に変わった。逆に、かなりの時間がかかりそうだと覚悟して始めた移動はあっという間に終わった。

もしも母がさっさとグーグルマップやストリートビューで調べていれば、もっと正確かつ機敏(アラクリティ)にいろいろな場所に行けただろう。しかし母はなぜか、何かを調べることに乗り気ではなく、携帯の電源さえ入れようとしなかった。

機敏(アラクリティ)？　いい単語を知ってるわね、ジョージ、と母が言う。

元はラテン語。活発さのこと、とジョージが言う。

活発さは必要ないわ。気分を変えるために、不活発に自分の感覚に従うことにしましょう。ここはヨーロッパで最初の近代的都市、と宮殿を見た後に町を歩きながら母が言う。都市計画と城壁が備わっているから。あなたたちは二人ともケンブリッジで生まれ育ったから、歴史的都市には慣れっこなんだろうけど。こういうものは日常的に目にしているものね。あなたたちには別にどうってことはないように見えるかもしれない。とにかく、私たちがさっき見た場所は、絵も含めて、城壁よりも昔のもの。この町が城壁で囲まれるよりも昔。それほど古い建物なの。その古さを考えたら大したものよ。

やがて彼女はその話をやめ、三人はマリファナを吸った後の不良学生みたいに、ただぼうっと歩き始める。そこはイギリスとはまったく違った土地だから。例えば、今の時間はちょうど人々が外に出て動き回る時間なので、町の通りには歩行者があふれている。同時に、通りには自転車に乗った人もたくさんいて、歩行者と交錯し、ジョージと母とヘンリーの周囲やすぐ横をすいすいと通り過ぎる。自転車と歩行者の衝突が起こらないのも、速度を落とした自転車が転ばないのも奇跡的だ。

誰も転ばない。誰も急がない。雨の中でも。自転車のベルを鳴らす人もいない（ただし観光客は別だ、とジョージは気付く。観光客は簡単に見分けられる）。道を空けろと叫ぶ人はいない。かなり年配の女性でも、ここでは黒い服を着て自転車に乗り、かごには紙に包んでリボンか紐でくくった荷物を載せている。まるでこの土地では、年を取っているのと、店に行くのと、買い物をするのと、それを家に持ち帰るのが全部、イギリスとはまったく違うことのようだ。

ジョージと同い年くらいの少年が交差点で、三人の横を通り過ぎる。少年の自転車にはきれいな少女も一緒に乗っているが、彼女はどこにも手を添えずにハンドルに軽く腰掛けているだけだ。

母がジョージにウィンクする。

ジョージは赤面する。そして赤面した自分に困惑する。

その夜、ホテル近辺の屋根を飛び回る夏の鳥の声がやむと、太鼓とトランペットの音がし始める。三人がこの新しい音をたどって広場に行くと、かなり若い集団、ジョージより年上だがそれでもやはり若い人たちがダンスのマーチかマーチのダンスを踊っている。ジーンズやTシャツの上に中世騎士風の陣羽織みたいなものを羽織ったり、その日の昼にジョージたちが絵で見た人のように右と左の色が違うタイツを穿いたりしている。若者たちが竿の付いた巨大な旗を宙に投げると、旗はベッドカバーよりも大きく広がり、落ちてくるときに自然に竿に巻き付く。旗を投げる役の者たちはそれを畳んだ翼のように背中に添えて歩き、次に、特大サイズの蝶の羽のように振り回す。チームの他のメンバー（どうやら旗投げコンテストの練習らしい）は中世風の長い角笛を吹き、太鼓を叩く。

ジョージと母とヘンリーは他の人たちと一緒に古い歴史的な階段に立つ。すぐ下にはしゃべる壁と書かれた大きな自立看板（サインボード）がある（旅行者はそれぞれの看板からウォーキングツアーの音声をダウンロードできる。一方は、母が好きな映画監督が育った場所の説明。他方はジョルジョ何とかという人の話。母によると、昔ここに住んでいた小説家らしい）。練習はかなりうるさいので、看板が文字通り揺れている。

　しかし、ジョージは大音響の中、広場を横切っている犬を目で追う。犬は立ち止まって何かの匂いを嗅いだ後、普段と同じ様子でまた歩きだす。だからひょっとすると、ここでは同じようなことが毎週行われているのかもしれない。そのとき、町の皆の頭上、最も高く投げられた旗よりも高い場所で、四方の教会の鐘が鳴り、真夜中を告げる。そして次のチームはまるで魔法にかけられたかのように、太鼓とラッパを使わず、代わりにハミングに合わせて練習をする。やかましかったチームの後なので、旋律豊かで穏やかなその声は優しく、かつ不条理に響く。

　式典とか儀式とかは全部、あんなふうにハミングに合わせてやればいいのにね、と母が言う。

　覚えているかい
　刺激（ハミン）的だった時代のことを。

　ピリオド。

　母は本当に死んだのか？　手の込んだいたずらなのか？（テレビであれラジオであれ、新聞であれネットの記事であれ、すべてのいたずらには決まって、手の込んだという形容が添えられる。実際に手が込んでいるかどうかは別にして。）手の込んだ形かどうかに関わらず、『MI5　英国機密諜報部』（イギリスで放送されていたスパイアクションドラマ（二〇〇二―一一年））の一エピソードみたいに誰かが母を連れ去り、彼女は今、新しい名前を与えられてどこかで元気に暮らしていて、ただ、以前の人生に関係する人たち（実の子供たちも含め）との接触が禁じられているだけなのかも？

　だって、そうでもなければ一人の人間が簡単に姿を消すなんてありえないのではないか？

　ジョージは、病院のベッドで苦しむ母の姿を見た。肌は色が変わり、発疹に覆われていた。母はほとんど口がきけなかった。彼女の身に何が起きていたにせよ、その終盤で何を言おうとしていたのか？　直後にジョージは病室の外に出されて、廊下で待つことになった。母は自分が本だと言ったのか？　私は開かれた本だ、と。でも、開かれていない本だと言ったという可能性も同じくらいある。

私　開かれ　本だ。

ジョージ（ロック先生に向かって）：今から先生にある話をします。話が終わった後、先生はきっと、私が今こうやって受けているのよりももっと強力なタイプのセラピーを勧めるだろうと思います。というのも、私が完全に被害妄想に陥ってヒステリー状態にあると先生は思うだろうから。

ロック先生：あなたが被害妄想に陥ってヒステリー状態にあると私が思うとあなたは考えているの？

ジョージ：はい。でも、話をする前に言っておきますけど、私は被害妄想に陥っているわけでも、ヒステリー状態になっているわけでもありません。一見、そんなふうに感じられるかもしれませんけど。それと、はっきりさせておきたいのですが、私がそんな考えを抱くようになったのは母が亡くなるずっと前のことだったし、母自身も同じことを考えていました。

話を聞いていることをジョージに伝えるために、ロック先生はうなずいた。

ジョージがその後ロック先生に話したのは、彼女の母親はずっと監視下にあって、スパイにモニターされていたということだった。

ロック先生：あなたはお母さんがスパイにモニターされていたと信じているの？

これがカウンセラーの常套手段だ。カウンセラーは相談者が言った言葉をオウム返しにする訓練を受けている。ただし、それを疑問文にして返すことで、なぜそんなふうに思ったのか、なぜそう言ったのかを相談者に考えさせる。魂を殺すやり口だ。

ともあれ、ジョージはロック先生に話した。母が五年前、ロンドン中心部にある高価でスタイリッシュなホテルの大きなガラス窓の前を通ったときのことだ。窓の内側には食事をしている人が見えた。中はレストランになっていた。客の中には目立った一団がいて、そこに一人の政治家かそのスタッフが混じっていることにジョージの母親は気付いた。当時の彼女は一部の政治家たちに対して腹を立てていた。中にいた政治家が誰なのか、ジョージには思い出せなかったが、何かに責任があると母が考えていた政治家かその部下だったことは確かだ。とにかく、母はリュックから取り出したリップクリームを使って、その男の頭上に後光が差しているような配置で窓ガラスの上に文字を書き始めた（母はそんなふうに説明した）。

彼女が書いていたのはうそつき（LIAR）という言葉だ。しかし、う、そ、つ（LIA）まで書いたところで四方から警備関係者が近づいてきた、とジョージは言った。だから母は慌てて仕上げた。（これも母が説明に使った言葉。）

ロック先生はメモを取っていた。

その後、とジョージは言った。二つのことが起きた。いや、三つ。家に届く手紙が、両親宛のものばかりでなく、ちょうどヘンリーの誕生日の頃だったんだけど、私やヘンリーが宛先になっているものまで、既に開封された痕跡がある状態で配達されるようになった。いつも、郵便物が破損したときに使われる**申し訳ございません、お客様の大切な郵便物を破損してしまいました**と書かれた透明な袋に入って届いた。その後、母がゲリラ広告活動家（サブヴァート）の一人だということが新聞に暴かれた。

何の一人ですって？とロック先生が言った。

ジョージはゲリラ広告（サブヴァート）の活動について説明した。インターネットの本当に初期、彼らは他の誰にもずっと先駆けてポップアップ技術を使い、今のネットで始終広告が出てくるのと同じようにあらゆるページに好きなものを表示することができた。ただし、ゲリラ広告（サブヴァート）はランダムな視覚要素や断片的な情報という形を取っていた。

母は表示するメッセージを作る四人のオリジナルメンバーの一人だった、とジョージは言った。最終的にメンバーは数百人にまで膨れあがった。彼女はそもそも目立たない方のメンバーだったが、さらに目立たなくなった。彼女は完璧にコンピュータ音痴なので、実際、本当に滑稽だ。いや、だではない。だっただ。

ロック先生はうなずいた。

とにかく、芸術的な手法で政治的なものを転覆（サブヴァート）するのが彼女の仕事だった。例えば、ピカソに関するページに四角いポップアップが現れて、イギリスでは貧困ライン以下で生活している人が千三百万人いることを知っていましたかと訊いてくる。政治に関するページにポップアップが現れて、そこに写真があったり、詩の一節が書かれていたりする。そんな類いのことだ。その後、母がゲリラ（サブヴァート）広告の活動に参加していることが新聞に暴かれた、とジョージは言った。そしてさらにその後は、マネーや経済について彼女が新聞に何かを書くたびに、意見を異にする人々が彼女のことを生硬だとか政治的ゲリラだと言うようになった。

この話をするジョージの頭の中では、母は政治的ゲリラという呼び方を笑っている。政治的ゲリラでない人なんてこの世に一人もいない、と彼女は言う。その口調はまるで、タララときれいなメロディーを歌っているかのようだ。それに生硬というのは私が好きな言葉の一つ、と彼女は言う。いつでも生硬でいなさいね、ジョージ。さあ。あなたも生硬になりなさい。

ロック先生：それで、お母さんがスパイにモニターされているとあなたが考えた第三の理由は何。

ジョージ：あのときは三つあった気がしたんだと思います。でも、本当は二つだったと後で気付きました。
ロック先生：あなたは最初二つと言って、その後に三つに変えなかった？
ジョージ：あ、いえ、何でもありません。理由は二つだけでした。
〔ここでリサ・ゴリアードが登場。〕
ロック先生：それで、お母さんがスパイにモニターされていたとあなたが信じた理由は今の二つ？
ジョージ：はい。
ロック先生：それでお母さんも、そう信じてたの？
ジョージ：信じてたんじゃなくて、知っていたんです。
ロック先生：お母さんは知っていたとあなたは思うわけ？
ジョージ：母と私はその話をしました。何度も。定番のジョークみたいなものだったんです。とにかく、母はかなり気に入っていました。監視されているのが好きだったみたいで。
ロック先生：お母さんは監視されるのが好きだったとあなたは思うの？
ジョージ：先生は私の頭がどうかしてると思っているんじゃないですか？　全部私の作り話だと思っているんでしょうね。
ロック先生：作り話だと私が思うんじゃないかと心配？
ジョージ：作り話はしてません。
ロック先生：私がどう思うかとか、他の人がどう思うかという問題はあなたにとって重要？
ジョージ：はい、でもロック先生、先生は実際、どう思っているんですか、おやおや、この子はもっと深刻な人を相手にするセラピーに送らないと駄目だわ、とか考えてるんですか？

ロック先生：〝もっと深刻な人を相手にするセラピー〟に送られたいと思っているの？ジョージ：ロック先生、私は先生がどう思っているかを尋ねているだけです。

するとロック先生は意外なことをした。いつものやり口と台本から逸脱して、本当に思っているらしきことをジョージに話し始めたのだ。

大昔、ミステリーという単語は今私たちが知っているのとは違う意味を持っていた、と彼女は言った。その単語は

——たぶんあなたはこの話に興味を持つと思うわ、ジョージア、こうして何度も話をしている間に、あなたが言葉の意味にすごく興味を持っていることが分かったから、と彼女は言った——

——うん、興味があった、過去には、とジョージは言った。

——また興味を持つと思うわ、たぶん間違いないと思う、でも、今こんな話をしているのは本当はちょっとまずくて、少し危険を冒しているところがあるんだけど、とロック先生は言った。それはともかく。ミステリーという単語は元々、閉じることを意味したの。口とか、目とか。何かをよそで暴露しないという合意とか了解を意味していた。

閉じること。暴露しないこと。

ジョージは思わず興味を抱いた。

当時は、ある種のことのミステリー的な性質が受け入れられていた、今と比べてはるかに当然のことだと思われていた、とロック先生は言った。でも今の私たちは、ミステリーがもっと答えのあるものを意味しがちな時代や文化の中に生きている。ミステリーと言えば推理小説とかスリラーとかテレビドラマみたいな話になる。そういうところでは普通、何があったかが最終的に分かる——そもそもそれを読んだり観たりするのは謎を解決するのが目的になってる。謎が解けない場合には、

私たちはだまされたと思う。

ちょうどそのときベルが鳴り、ロック先生が話をやめた。彼女は髪の下の地肌や耳の周りが紅潮していた。話を打ち切ったときの彼女は、まるで誰かがプラグを抜いたみたいだった。彼女はノートを閉じると同時に、顔も閉じたかのようだった。

また火曜、同じ時間にね、ジョージア、と彼女は言った。冬休み明けになるけど。冬休みが終わった後の、最初の火曜。じゃあまた。


ジョージは目を開ける。彼女は自分の部屋のベッドにもたれかかったまま、しばらく床に座り込んでいた。彼女のベッドにはヘンリーが入っている。明かりは全部点けっぱなしだ。彼女は眠っていた。そして今、目を覚ました。

母は亡くなった。今は午前一時三十分。元日だ。

階下で物音がする。玄関に誰かがいるようだ。彼女が目を覚ましたのもそのせい。

きっと父だろう。

ヘンリーが目を覚ます。彼の母も死んでいる。ヘンリーが目を覚ました約三秒後にそのことに気付くのが、ジョージには分かる。

大丈夫よ、と彼女は言う。父さんだから。寝てなさい。

ジョージは踊り場まで階段を下りる、そして残りの階段を下りる。父は鍵をなくしたのだろう。そうでなければ、酔っ払いすぎていてポケットに手を入れることさえできないか、自分が鍵を持っていることさえ思い出せないか。

彼女は玄関扉の覗き穴から外を見るが、人の姿は見えない。そこには誰もいない。そのとき、外にいた人間が視界に戻ってきて、再びノックをする。ジョージは驚く。それは学校で知り合いの女の子、ヘレナ・フィスカーだ。

着ている服の肩の部分が雨に濡れて色が変わり、髪もずぶ濡れに見えるヘレナ・フィスカーが、ジョージの家の玄関の外に立っている。

彼女がもう一度ノックすると、扉のすぐそばに立っていたジョージは文字通り跳び上がる。まるでヘレナ・フィスカーがジョージの体を直接叩いたかのように。

出来の悪い中学三年女子からジョージがいたずらを受けていた現場にヘレナ・フィスカーは居合わせたのだった。そのいじめっ子たちは、他の女子生徒の小便の音を携帯で録音することに凝っていた。手順はこうだ。女の子が用を足す音が皆の携帯に送信されて、一緒に、トイレの扉が開いて出てきた生徒の顔まで映った映像が添えられる。おかげで、女の子がトイレから戻って次の授業の教室に入ったとき、みんなに笑われるのだ。動画は次にフェイスブックに載る。二人ほどはそれをユーチューブにまで載せられて、数日間そのままになった。

男の子も含め、しばらくの間、皆の話の種と言えば決まって（対象が女子の場合は）小便の音がいかに大きかったか、あるいは小さかったかだった。これがきっかけになって、女子の間では、別の異常なこだわりが生まれていた。自分のトイレの音が充分に静かかどうかという存在論的パニックだ。その結果、小便の音があまり聞こえないことを扉の前で別の子にチェックしてもらえるよう、皆がトイレに二人組で行くようになっていた。

ある日、ジョージがトイレから出ると、扉の外に女の子たちが群れていた。ぼんやりと見覚えはあるけれども、よく知っている子は一人も混じっていなかった。その中心にはスマートフォンを掲げている少女がいた。

まるでリハーサルをしていたかのように声をそろえて一斉に、少女たちはジョージに向けてだめ出しをした。

しかしその背後で、女子トイレの出入り口からヘレナ・フィスカーが入ってくるのも見えた。

ヘレナ・フィスカーは学校で、多くの生徒から一目置かれていた。

美術を取っている生徒たちからジョージが聞いた話によると、ヘレナ・フィスカーは最近、学校で作らされたクリスマスカードのデザインに関して先生に叱られていた。彼女は本当に絵がうまいと評判だった。学校に提出したコマドリの絵はとてもかわいく描かれていたので、学校はそれをカードのデザインに採用することに決めて、印刷屋に渡す必要書類に印鑑を押して、彼女に注文を任せた。代金の支払いも終わり、表には学校の名前も入った。そして印刷屋から大きな箱入りで五百枚のカードが届いた。

ところが箱を開けると、コマドリの絵の代わりに、すごく見苦しくてのっぺらぼうの大きなコンクリートの壁に日が当たっている絵が印刷されていた。

そして話はこう続く。カーペットの敷かれた校長室に呼び出されて、机の前に立たされたヘレナ・フィスカーは、どうして騒ぎになっているのか分からないという顔で、ほほ笑んでいたという。

でも、それ、ベツレヘムの風景なんですけど、と彼女は言った（ベツレヘムはイエス生誕の地なのでクリスマスカードとして意味がないとは言えないが、現在ではそこにイスラエルとパレスチナ自治区を隔てる壁がある）。

ジョージの前に立ち、動画を撮影しながらわめき立てている女の子グループは、後ろにいるヘレナ・フィスカーに気付いていない。少女たちの頭越しに、ヘレナ・フィスカーとジョージの目が合った。するとヘレナ・フィスカーの目に、やれやれという表情が浮かんだ。

シンプルなその表情一つで、女の子グループが言ったりしたりしていることのすべてが〝どうでもいいことの世界〟に突き落とされた。

ヘレナ・フィスカーは少女たちの頭の上から手を伸ばし、首謀者の手から携帯を奪い取った。

全員が同時に後ろを振り向いた。

ハイ、とヘレナ・フィスカーは言った。

そして少女たちに向かって、あなたたちはおつむの足りない屑だと言った。どうしてみんな、それほどおしっこの音に興味があるの？　何がしたいわけ？　それから彼女は少女たちを掻き分け、ジョージが水を流したばかりの便器の上にスマートフォンを掲げた。

女の子たち全員が悲鳴を上げた。特に携帯の持ち主の女の子が。

どっちにするか選んで。消去するか、落とすか、とヘレナ・フィスカーが言った。

それ、防水だもん、げす外人、とグループの一人が言った。

私のことをげす外人って言った？とヘレナ・フィスカーが言った。結構。ボーナスよ。

ヘレナ・フィスカーはスマートフォンの画面のある側をトイレの扉の縁に打ち付けた。プラスチックの破片が飛んだ。

これで、あなたの携帯が本当に防水かどうかと、人種差別に対する学校の態度がどうなっているかを一度に確かめられる、と彼女が言っている場面で、ジョージはその場を去った。

ありがとう、と、歴史の教室の外で列に並んでいるときにジョージは言った。

それまで、ヘレナ・フィスカーとは話したことがなかった。

前に英語の授業であなたがやったスピーチ、私は気に入ったわ、とそのときヘレナ・フィスカーは言った。ＢＴタワーの話。

（共感というものについてクラスの全員が三分間のスピーチをすることになっていて、その日はジョージに順番が回ってきた。彼女には何を話せばいいのか分からなかった。するとマクスウェル先生がクラスの前で、静かで優しい口調だったが、もしも今日は話したくないというのだったらそれでも構わないわよ、ジョージア、と言った。ジョージはそれを聞いて、絶対にスピーチをしようという気になった。しかし、立ち上がった途端、頭の中が真っ白になった。だから、母がいつもしていた話について少し話した。たとえ相手がパラグアイの人であれ、近所の人であれ、同じ部屋にいる人であれ、隣の席の人であれ、他人の身になって考えるというのがいかに不可能に近いかという話だ。話の締めくくりは、一九六〇年代、当時はポストオフィスタワーと呼ばれていたBTタワーのレストランで、あるポップシンガーが食事をしていたときのこと。彼女は支配人がウェイターをこき使う態度に腹を立て、皿にもらったばかりのロールパンを手に取り、それを支配人に向かって投げつけると、見事その後頭部に当たったという話。）

ジョージとヘレナ・フィスカーが交わした言葉はそれだけだった。

しかしトイレでの出来事があってから二度ほど、ジョージは気が付くと、あまりなさそうな一つの可能性について考えていることがあった。考えたのは、あの携帯の持ち主は――端末のメモリーが生き延びていた場合――動画を削除したのか、それともひょっとしてまだ持っているのかという問題だ。

動画がもしも残っているなら、それは彼女を記録したデータがどこかに存在するということを意味していて、映像の中のジョージは女の子たちの頭越しにヘレナ・フィスカーの目をじっと見ているはずだ。

ジョージは扉を開ける。

いないのかと思った、とヘレナ・フィスカーが言う。

いる、とジョージは言う。

よかった、とヘレナ・フィスカー。明けましておめでとう。

ジョージとヘレナ・フィスカーがジョージの部屋に入ると、ベッドの中にいたヘンリーが体を起こす。

誰?とヘンリーが言う。

私はH(エイチ)、とヘレナ・フィスカーが言う。あなたは?

僕はヘンリー。エイチってどういう名前?とヘンリーが言う。

Hはファーストネームのイニシャル、とヘレナ・フィスカーが言う。どちらかというと私のことをあまり知らない人たちは私をヘレナって呼ぶ。けど、私とお姉さんは知り合い。学校の友達なの。だからあなたも、私をHって呼んでいいよ。

僕のファーストネームと同じイニシャルだ、とヘンリーは言う。プレゼントは持ってきてくれた?

ヘンリーったら、とジョージが言う。

彼女は謝る。母が亡くなってから家に来る人は大体ヘンリーにプレゼントを持ってくる、時にはいくつも、と彼女はヘレナ・フィスカーに説明する。

あなたには何もなし?とヘレナ・フィスカーが言う。

弟ほどたくさんじゃない、とジョージが言う。たぶんみんな、私がもうプレゼントを喜ぶ歳じゃないと思っているんじゃないかな。それか、私に何かをプレゼントするのが怖いのかも。

プレゼントはあるの、それともないの?とヘンリーが言う。

ある、とヘレナ・フィスカーが言う。キャベツを持ってきた。

キャベツなんてプレゼントじゃないよ、とヘンリー。

あなたがウサギならプレゼントになるわ、とヘレナ・フィスカー。

ジョージは声を上げて笑う。

ヘンリーもその冗談を面白いと思ったようだ。彼は毛布の中で腹を抱えて笑う。

髪がびしょ濡れだよ、と、笑いが一段落すると彼が言う。

帽子もフードも傘もかぶらずに雨の中を歩くとこうなる、とヘレナ・フィスカーが言う。

ジョージは彼女を本棚の前まで連れて行き、雨漏りの箇所を見せる。雨水は数分ごとに滴り、いちばん上に置かれた本の表紙に落ちる。

いつか、とジョージは言う。この屋根が落ちてくる。

素敵、とヘレナ・フィスカーが言う。星が直接見られるようになる。

私と星との間を遮るものがなくなる、とジョージが言う。

時々飛んでくる警察のヘリコプターは別だけど、とヘレナ・フィスカーが言う。あれは空を飛ぶ巨大な芝刈り機。

ジョージが笑う。

二秒後、彼女は何かに気付いて、驚く。

彼女が気付くのは、自分が笑ったということ。

実際、彼女は二度笑っていた。一度目はウサギのジョーク、二度目は芝刈り機。

そのことに気付いた彼女は驚いたせいでまた笑う。今回は心の中で。

ジョージが紛れもない現在形で笑うのは九月以来、これで三度だ。

元日以後に初めてまた家に来たとき、Hは脇に抱えてきたA4の封筒をジョージに渡す。そして上着を脱いで、廊下にそれを掛ける。

ジョージは封筒をHに突き返そうとする。

あなたのために持ってきたのよ、とHが言う。

何なの？とジョージが言う。

星（スター）を持ってきたの、とH。ネットからプリントアウトした。

ジョージが封筒を開ける。中には厚紙に印刷した写真が一枚入っている。写真の中の季節は夏だ。二人の女性（二人とも若い。大人の女と少女の間くらい）が、店の並ぶ通りを並んで歩いている。とても日当たりのいい場所だ。現代の写真なのか、昔のものか？　一人は髪が黄色で、もう一人の髪は黒っぽい。髪が黄色で小柄な方の女性はカメラと違う方向、左の方にあるものを見ている。上に着ているのは金色とオレンジ色の混じる服だ。髪が黒くて背の高い方の女性が着ているのは丈の短い青のドレスで、袖と裾にはストライプが入っている。彼女は今、もう一人の方を向こうとしているところだ。風が吹いているので、顔にかかる髪を手で押さえている。黄色い髪の女性は何か考え事をしているようだ。黒髪の子は先ほど言われた言葉に驚いたようで、今からイエスと返事をしようとしているところに見える。

この人たち誰?とジョージが言う。

フランス人、とHが言う。一九六〇年代の人たち。あなたが六〇年代好きなんだって話をお母さんにしたついでに、例のことも教えたの。マクスウェル先生の授業であなたがスピーチしたBTタワーの話。そうしたらお母さんがその歌手は誰なのかって知りたがって、自分の好きな歌手とか、特にお母さんの母親が好きだった歌手とかを調べ始めた。でも、そこで出てきた歌手なんて私は一人も知らないから、お母さんは私にも映像をユーチューブで見させた。で、そんなことをしてたときに、この子(彼女はブロンドの女性を指差した)がちょっとあなたに似てるなあと思ったの。

本当?とジョージが言う。

お母さんの話だと、この二人は大スターだったんだって、とHが言う。二人組ってわけじゃなくて、それぞれに。二人にはすごい業績があって、フランスの音楽業界を変えたんだそうよ。お母さんは話しだしたら止まらなかった。ていうか、途中から脱線が始まっちゃった。私があなたのお母さんの話をしたら、母が止まらなくなった(Hはここから少しフランス人っぽい訛りでしゃべった)。そのお友達、気の毒だわ。年頃の子が当然経験するはずの、経験しなければならない退屈や悲しみや憂鬱を味わうことができないんだから。だって、その子は本物の悲しみとか本物の憂鬱に邪魔されて、純粋に年齢ゆえの経験ができないんだからとか何とか。とにかく、長話から逃げ出すために、私は写真をここに持ってくることにした。ついでに、駐車場に誘おうかとも思って。

駐車場?とジョージは言った。

立体駐車場、とHが言う。一緒に来る?

今?とジョージが言う。

間違いなく退屈なことは私が保証する、とHが言う。

ジョージは窓の外を見る。Ｈの自転車が外の壁にもたせかけてある。ジョージの自転車は去年の夏、パンクしたまま、倉庫に置きっ放しだ。その姿が頭に思い浮かぶ。暗闇の中に置かれた自転車はタイヤがぺしゃんこで、ガーデニング用品にもたれかかっている。

オーケー、と彼女は言う。

二人は歩いて町に向かう。Ｈは自分の自転車を手で押している。立体駐車場に着くと、ジョージはエレベーターの扉に向かおうとするが、Ｈが口に指を当て、ガラス張りの警備室を指差す。中には制服を着た男がいて、頭があるはずのところに新聞がある。新聞を頭にかぶって寝ているようだ。Ｈが階段につながる非常ドアを指差す。彼女はとても慎重に扉を開ける。扉は重い。ジョージは足で扉を押さえる。二人とも扉をくぐると、Ｈが力を抜いて扉を閉じる。

二月の月曜の夜なので車は少ない。最上階には四輪駆動車が一台停められているだけだ。そこは屋上となっていて屋根がない。コンクリートの床は雨で濡れ、駐車場の明かりを反射している。

ジョージとＨは胸壁からできるだけ外に身を乗り出す（壁がここまで高いのは自殺する気を起こさせないためだ、とＨは言う）。二人は家々の屋根を見下ろす。人気（ひとけ）がほとんどない通りも雨で濡れて光っている。時々下を車が通る。外に出ている人は少ない。

私が死んだときもきっと、町はこんな風景なんだ、とジョージは思う。じゃあ、もし今飛び降りたら？　何も変わらないだろう。私がまき散らした汚れはきれいに洗い流されて、次の夜はまた雨が降って通りの表面に光沢があるか、雨は降らずに通りの表面はつや消しになっているかのどちらかで、時々下を車が通るだろう。忙しい日なら、買い物に出掛ける人たちの車が駐車場の前に列を作って、この屋上階も車でいっぱいになり、また夜になれば空っぽになり、月日が巡り、また二月がやって来て、また来て、また来て、二月の後に二月の後に二月と過ぎ、それにもかかわらず、この歴史を持った町は歴史を持った町であり続けるだろう。

彼女はそんなことを考えるのをやめる。二人が階段を上がってくるときに見掛けたショッピングカートをHが一人で持って上がってきたからだ。それは一つ下の階で、エレベーターの扉の前に置きっ放しになっていた。

割と新品のカートだ。コンクリートの上を転がしても、あまり音がしない。

ほら、とHが言う。ちょっとここを持ってて。

ジョージはHが乗り込む間、カートを押さえている。いや、乗り込むというより、飛び乗るという感じ。カートの横に手を添えて、ジャンプをして、乗るだけ。ちょっと感動的だ。

動かしてくれない？と彼女が言う。

考えてみて、とジョージが言う。ここには車が一台しか停まってない。もしも私がカートを押したら、どの方向を狙ってもきっとあの車にぶつかる。僥倖(ぎょうこう)にもあの車に当たらなくても――

彼女は下の階に向かって急な坂になっている入り口と出口を指差す。

スキーのジャンプよ、とHが言う。究極のチャレンジ。

彼女はジョージの頭越しに、監視カメラの位置を確認する。そして、乗ったときと同様に軽々とカートから飛び降りる。

よし、と彼女は言う。あなたが先。

彼女はジョージに向かってうなずき、カートを顎で差す。

無理、とジョージが言う。

大丈夫、とHが言う。私を信じて。

無理、とジョージが言う。

坂はやらないから、とHが言う。約束する。気を付ける。一人分しか時間はないと思う。もしも警備員が寝たままで、誰も上がってこなくて、二人分の時間があったら、私も乗らせてもらう。

彼女はカートをしっかりと押さえる。

そして待っている。

踏み台にする場所がないので、ジョージはカートの横に手を添えてバランスを取り、転がるように乗り込んで、また体勢を立て直さなければならない。

(痛(いて))。

準備はいい?とHが言う。

ジョージはうなずく。そしてカートの両側をしっかり握ると同時に、自分は本来ならこんなことをするタイプの人間ではないという事実とも向き合う。

私がずっとカートを押す方がいい? それとも、勢いよく押して手を放す方がいい?

後者、と返事をする自分の声がジョージには聞こえる。

彼女はそんな自分に驚く。

後者。僥倖。他の人が使うのを私が聞いたことのない単語をあなたは使うのね、とHが言う。ワイルドだわ。

正真正銘、とジョージがカートの檻の中で言う。

後者。僥倖。正真正銘。行くよ、とHが言う。

Hは自分の体を軸にしてカートを回すので、ジョージには駐車場の屋上がぐるりと見渡せる。Hは出口のスロープからずれた位置で手を放す。次に気付いたとき、ジョージは前方に強く押されたせいで体が後ろに引っ張られていた。それはまるで、体が同時に両方向に行こうとしているかのようだ。

その後、家に戻ったジョージはコーヒーを淹れるために一階に下り、ジョージの部屋に残されたHはヘンリーと話をする。

そうそう、その人、とHが言っている。アンガー・ゲームの主人公の女。

ハンガー・ゲームだよ、とヘンリーが言う（『ハンガー・ゲーム』は近未来を舞台とするアクション映画で、ジェニファー・ローレンスが主人公カットニスを演じた）。

カットニップ、とHが言う。

名前はカットニップじゃない、とヘンリーが言う。

ジョージが二階に戻るまでの間に、ヘンリーとHは言葉のピンポンみたいな遊びを始めている。

ヘンリー：目が見えないといえば？

H：家。

（ヘンリーが笑う。）

ヘンリー：安全といえば？

H：ベル。

ヘンリー：大胆といえば？

H：キュウリ。

（ヘンリーはキュウリという単語を聞いて笑い転げる。）

H：オーケー。交代！

ヘンリー：交代！

H：熱心といえば？

ヘンリー：キュウリ。

H：大喜びといえば？

ヘンリー：キュウリ。
H：耳が聞こえないといえば？
ヘンリー：キュウリ。
H：キュウリばっかり言うのはなし。
ヘンリー：ありだもん。
H：なるほど、オーケー。分かったわ。でも、あなたがありなら、私もありね。
ヘンリー：オーケー。
H：キュウリ。
ヘンリー：キュウリって何？
H：私はあなたと同じやり方をしてるだけ。キュウリ。
ヘンリー：駄目だよ、ちゃんとやって。何々といえばって。
H：キュウリといえば……キュウリ……といえば――
ヘンリー：ちゃんとやって！
H：お言葉を返すようですが、ヘンリー。お言葉をそのままお返しします。
Hが十一時に帰っていったとき、ジョージは文字通りそれを体感する。家はどんよりとする。まるで家の中のすべての明かりが、充分に温まる前の電球のように微妙に暗い状態で止まってしまったかのように。家は家のように目が見えなくなり、家のように耳が聞こえなくなり、家のように乾き、家のように硬くなる。ジョージは寝る前にすべきことをすべて済ませる。体を洗い、歯を磨き、昼間に着た服を脱ぎ、夜に着るべき服を着る。
しかしベッドに入ると、いつものように無が頭の中で騒ぎだすのではなく、Hにはフランス人の母親がいることが思い浮かぶ。
父はカラチとコペンハーゲンの出身だとHが言っていたのをジョージは思い出す。Hの父によれば、北と南、西と東、同時にそのすべての出身であることが何の問題もなく可能らしい。
Hの目の色はそこから来ているのかもしれない、とジョージは考える。
彼女は机の上に置かれた二人のフランス人歌手の写真について考える。一九六〇年代のフランス人女性歌手に似ていると言われたことについても。
彼女はその写真のために壁一面を使い、その一枚だけを貼るだろう。フェラーラの博物館を一家で訪れて、母が好きだという映画監督に関する展示を見たときに母に買ってもらった映画女優のポスターと同じように。その監督はいつも、この女優を自分の作品で起用していた。
私は今まで自転車で二人乗りをしたことがなかった、とジョージは考える。一人が立ってペダルをこぎ、もう一人がこぎ手の腰につかまってサドルに座る。ただし、あまりぎゅっとしがみつくと自転車がこげなくなるので、自由に動けるよう緩くつかまる。
Hが駐車場の警備員に礼儀正しく謝罪した様子を彼女は思い出す。警察に通報するぞと脅していた彼も最後には、Hの魅力に惹かれているように見えた。
最終的にジョージはいくつかの感覚を思い出し、それらに浸る：
息もできないほどの恐怖
スピードは出ているのに自分では何もできないという感覚
無力ということの意味
けがをするかも、あるいは全然、全く然して大丈夫かもと思いながらピカピカの床の上でスピンする気分そして次に目を覚ますと朝だ。いつものように夜中に目が開くことはなく、ぐっすりと眠ったのだった。

次にHが家に来たとき、それを予期していなかったジョージは母の書斎にいる。彼女は書斎に入ってはいけないことになっているがこっそり忍び込み、机に向かって座り、大きな辞書を広げて、うそつき（LIAR）からRを除いたLIAが独立した単語として存在するかどうかを調べている。

（存在しない。）

彼女はLIAで始まる単語のリストを見る。そして裁判所の被告人席にいる母を思い浮かべる。

そうです、裁判長殿、私は確かに彼の上に言葉を書きました、しかし、ご想像になっている単語を書こうとしていたのではありません。書こうとしていたのはLIANA、つまり裁判長殿も当然ご存知のように、リアナというのは熱帯の蔓植物で、人間がぶら下がっても大丈夫なほどの強度があり、例えば私が若かった頃のターザン映画でおなじみのものです。このことから、私が書こうとしていた言葉が最終的には誉め言葉であったことは容易に推測できるはずです。

あるいは
そうです、裁判長殿、しかし、書こうとしていた単語はLIATRISなのです、つまり裁判長殿はご存知かどうか分かりませんが、それは一種の植物、ユリアザミのことで、このことから容易に推測できるのは、とか何とか。

いや違う。なぜなら母は、自分が書こうとしていた単語についてそんな嘘はつかなかっただろうから。誰か偉い人の頭上に何かの単語を落書きしたのが見つかったときに、嘘をついたり、言葉を濁したりするのは、母ではなくジョージがやりそうなことだ。

とはいえ、母はつかまったわけではないのだが。

しかし、ジョージならたぶんつかまっていただろう。

母は嘘をつく代わりに、単純かつ本当のことを言っていただろう。例えば、そうです、裁判長殿、私には嘘はつけません、私は彼がうそつきだと信じています、だからこそ、そう書こうとしていたんです。

私には嘘はつけません。桜の木を切り倒したのは私です。さあ、正直に言った私をお手本（プレシデント）にしてください。いえ、大統領（プレジデント）ではありません。お手本（プレシデント）と言ったんです。

今のは、もしも母がここにいれば、ゲリラ広告（サブヴァート）に使えるネタとして五ポンドで買い取ってもらえたかもしれない。

（しかし母はいない。では、このネタは無価値ということになるのか？）

可能な単語は他にもある。ライアス（LIAS）、リャン（LIANG）、リヤール（LIARD）。石の一種、中国で用いられる重さの単位、グレーっぽい色で、かつほんのわずかしか価値のないコイン（リヤールという単語にお金と色と両方の意味があるのはジョージにとって興味深い）。

責任（LIABLE）という単語がある。

連絡（LIAISON）という単語がある。

（それはきっと、大青堂（だいせいどう）のあるどこかの町で天使たちの彫刻とともに、風変わりな大青堂の天井からぶら下がっている。

大青堂とともに
大青堂）

字が間違っている。

腹が立つほどの間違いだ。

以後のジョージは、以前のジョージの胸に巨大なへこみを作ったであろう物事の間違いに対する怒りを今も感じることができる。

彼女は回転椅子に座ったまま後ろを向く。Hが部屋の入り口に立っている。

お父さんに入れてもらった、と彼女は言う。あなたの部屋に上がったけど、あなたはいなかった。

Hはその日の学校で、覚えなければならないことは歌詞にして、知っている曲に乗せて覚えるのがいちばんの復習法だという結論に達していた。そうすれば情報が頭に残る、とHは言う。二人とも来週は生物のテストがあって、ジョージはラテン語のテストも受けなければいけない。

そこでどうするか、とHは言った。私が生物ヴァージョンの歌を作るから、二人で一緒にそれを覚える。さらに、あなたがそれをラテン語に翻訳すれば一石二鳥。

それは、歴史の教室を出た廊下で二人が交わした立ち話だった。

どう思う?とHは言った。

私が今考えているのは、とジョージは言った。死んだときのこと。

ていうと?とHが言った。

私たちの記憶は残ると思う?とジョージ。

これは試金石のような問いだった。

Hは困惑した表情さえ見せなかった。彼女は何があっても決して困惑しなかった。表情は変わったが、それはものを考えている顔だった。

んんん、と彼女は言った。

それから肩をすくめて言った、

それを知るのは無理じゃない?

ジョージはうなずいた。いい答え。

今、Hは目の前にいる。くるりと向きを変え、積まれた本と書類と写真を見ている。

うわ。すごいわね、ここ、と彼女は言う。どういう部屋？

どういう部屋？　母がこの書斎のために特別に買った回転椅子をジョージが回すと、プリントアウトされて額に収められた最初のゲリラ広告（サブヴァート）が視野の端に入る。それは十九世紀末から二十世紀初めにかけての三年間、ロンドンの美術学校に通った女子学生全員の名前をリストアップしたものだ。ネットでスレイドという単語を検索した人（例のクリスマスソングを書いた老人たちのバンドについてたまたま調べようとした人々も含め）の画面上で、一か月間、何の説明もなしにこのリストが表示された（イギリスのロックバンド、スレイドが一九七三年に発表した「メリー・クリスマス・エヴリバディ」はクリスマスの定番曲となっている。）。十九世紀から二十世紀への変わり目に活躍したある有名な芸術家の伝記を母が読んでいたときに、同じ美術学校で彼が出会ったその妻に対する興味が深まった。その女性も美術学校の学生だったのだが、体が耐えられない数の子供を産んだ後、非常に若くして亡くなっていた（ジョージの母はフェミニストだ）。（だった。）その女性は生前（当然、亡くなった後でなく、前に決まっているが）、やはり同じ学校に通っていたエドナという女性と仲がよかった。エドナは実際、学校でもかなり優秀な学生の一人だった。そして後に、裕福な男と結婚した。ある日、その裕福な夫は帰宅したときに、エドナの絵の具や筆がダイニングテーブルの上に散らかっているのを見て、このごみを片付けてくれとエドナに言った。それはヘンリーが生まれる前のことだ。ジョージと母と父は休暇でサフォークを訪れ、コテージに寝泊まりしていた。母はその本を読んでいた。彼女はエドナに対するその言動が記されているページで手を止め、庭で泣きだした。そういう話だ。ジョージには記憶はないが、話によると、母はそれから狂ったようにコテージの庭で暴れ回り、後にコテージの管理会社から彼女が傷めた庭木の賠償金も請求されたらしい。母さんはすごく情熱的な人だから、とその話が出るたびに父はいつも言った。とにかく、エドナの人生は最終的にそれほどひどいものではなかった。というのも、夫がかなり早くに亡くなる一方で自身は百まで生き、画廊にたくさんの絵を出し、定評のある新聞で、イギリスで最も想像力にあふれる画家だとまで言われた（とはいえ一度は、神経衰弱に陥った。歴史上のまた別の時点で、彼女のアトリエは爆撃を受け、作品の多くも同時に完全に破壊された）。

母の椅子に座ったまま体を回し、次の言葉を発するまでのわずか一瞬の間に、それだけの情報がジョージの頭に思い浮かぶ。

ここは母の書斎。

素敵、とHが言う。

彼女はぎっしり文字を書き込んだ紙切れを、ジョージの前の机に置く。そして手紙の山の上から一枚の写真を取る。ジョージはHが何を手に取ったのか確かめようとする。

母はその絵がすごく気に入ってた、とジョージは言う。それを見るためにわざわざ私たちはイタリアまで行ったんだから。

これは誰？とHは言う。

知らない、とジョージは言う。ただの男の人。壁に描かれた人。青いスペースに。

描いたのは誰？とHは言う。

それも知らない、とジョージは言う。

彼女は視線を下げ、ラテン語に翻訳することになっている歌詞を見る。DNAを表すラテン語が建物解体用鉄球（レッキング・ボール）のメロディーに乗せて（マイリー・サイラスの歌（二〇一三））何か、彼女には分からない。

（一番）

フリードリッヒ・ミーシェル氏は／一八六九年に膿の中で見つけた／クリック、ワトソン、ロス・フランクリンは／蔓のように絡み合う二本のより糸を見た。／二重らせんは一九五三、X線写真は五二年。／フランクリンはノーベル賞の前に死んだ／生命の糸は一本でなく二本。

（コーラス）

GーAーTーC、そしてDーNーA／デオキシリボ核酸／グアニン、アデニン、チミン、シトシン／スーパーコイルは両方になれる／ポジでも／イエーイ／ネガでも。

（二番）

植物、菌類（ファンガス）、動物はみんな／真核生物（ユーカリオウト）／細菌（バクテリア）と古細菌（アーキア）は／原核生物（プロウカリオウト）／AアンドTかGアンドCか／すべてはそのどちらか／長い染色体（クロモソウム）は二本、コドンの長さは三文字分／私はいつでもあなたが欲しい。

Hはまだ立ったまま、ぼろを着た男の絵を見ている。

最後の一行は韻律を整えるために残してある、と彼女は言う。他に使い道が見つかれば変える。

彼女は男の絵を掲げる。

歴史上、いつ頃の絵なの?と彼女が言う。

ある宮殿にある絵、とジョージが言う。絵を見たのはフェラーラという場所だったから、フェラーラ宮殿（パラッツォ）で画像検索をすれば、たぶん見つかる。

彼女はまた歌詞を見る。

これ、せいぜい三行か四行くらいしかラテン語に翻訳できない気がする、と彼女は言う。でも、既に大部分はギリシア語みたいだけど。

まずは最後の一行を訳して、とHは言う。

彼女の顔はにやけている。彼女はジョージの方を見ず、まだぼろを着た男の絵を見ている。

必要もないし、使う予定もない一行をまずはラテン語に翻訳してほしいって？とジョージが言う。

ラテン語で何て言うのかを知りたいだけ、とHが言う。

彼女の顔はさらににやける。そしてまだジョージの方を見ないまま、床に座る。

彼女は待っている。

オーケー、とジョージが言う。でも、先に一つ訊いてもいい？

うん、とHが言う。

仮の話なんだけど、とジョージが言う。

狩りの話は苦手なのよね、とHが言う。猟銃を見ただけで気が遠くなっちゃう。

ジョージは母の椅子から降りて、Hの前で床にあぐらを掻く。

もしも私が、母さんは生前ずっとモニターされていたって言ったら、あなたはどう思う？と彼女は言う。

健康チェックみたいな話？とHが言う。それか、食事内容の管理とか？

この手の話をすると父が嫌がるのを知っているので、ジョージは少し声を潜める。それは母さんが日常から解放されたくてでっち上げた話だよ、ジョージ。今それを聞かされる私の身にもなってくれ。おまえはおまえで、母さんの死から目を逸らすために話を作ってる。母さんのはたわいのないお遊び。おまえがやっているのもお遊び。現実を見ろ。国際刑事警察機構（インターポール）も、ＭＩ５、ＭＩ６、ＭＩ７も母さんに興味なんか持っていなかった。彼はジョージにその話をやめるようはっきりと言っていた。妻と死別したショックにもかかわらず普段は努めて穏やかな彼だが、ジョージが話を蒸し返そうとすると決まって激高した。

　誰かにモニターされてたってこと。テレビでよくあるみたいに、とジョージは言った。でもテレビとは違って、爆弾を仕掛けられたり、鉄砲で狙われたり、拷問にかけられたりってことはなくて、ある人物にモニターされてただけ。一種の監視みたいな。

　ああ、とHが言う。そういうモニターのことね。

　仮に私がそう言ったら、とジョージが言う。狂気とか被害妄想とか、何かの薬を飲んだ方がいいとか、そういう言葉を思い浮かべる？

　Hはそれについて少し考える。そしてうなずく。

　やっぱり？とジョージが言う。

　現実の世界に生きていない感じがする、とHが言う。

　ジョージの胸につかえていた何かがすとんと落ちる。ある意味の安堵。傷つくと同時に解放されるような安堵感だ。

　Hはまだしゃべっている。

　どちらかというと、お母さんはミノタウロス（ミノター）されていたんだと思う、と彼女は言っている。

　ふざけてんのね、とジョージが言う。

　ふざけてないよ、とHが言う。ていうか、現代は神話の時代とは違うでしょ？　私たちの生きている世界では、殺人事件を捜査するはずの警察が被害者の両親をミノタウロス（ミノター）するわけがないし、マスコミがお金儲けのために有名人や死んだ人までミノタウロス（ミノター）するはずがない。

　ハハハ、とジョージが言う。

　政府が私たちをミノタウロス（ミノター）するなんて考えられない、とHが言う。私たちの政府がそんなことをするわけがない。民主主義が行き渡ってない国とか、善良じゃない国とか、文明化されていない国なら当然、自国の民衆にそうしたりするでしょうけど。でも、私たちの国ではありえない。ていうか、情報を集めるべき人を対象にしてミノタウロス（ミノター）することはあるかもしれない。でも、Eメールや携帯、携帯ゲームなんかを通じて情報を集めるようなことは、一般人を相手にはやらない。それに、私たちが普段通っている店だって、買い物のたびに客の情報を集めるようなことはしない。そんなふうに思うのは妄想だし、狂ってる。ミノタウロス（ミノター）なんていない。そんなのは単なる神話の存在。それにお母さんは、何だっけ？ かなりの政治的な活動をしてたんだった？ お金に関する論文を書いてたんだっけ？ それに、ネットで過激な活動をしてた？ そんな人をモニターする必要があるかしら。むしろあなたの空想の方が危険だと思うわ。モニターするならあなたをすべきね。

彼女は顔を上げる。

私だったらする、と彼女は言う。あなたが相手なら（ワズ）私がしたのに。

あなたが相手だったら（ハド・ビーン）、とジョージは時制の間違いを頭の中で訂正する。

私があなたをただでミノタウロス（ミノター）してあげたのに、とHが言う。

彼女は笑いながら、しかし真剣なまなざしでジョージを真っ直ぐに見詰める。

あるいはひょっとして、あなたが相手だった（ワー）なら、とジョージはもう一つの訂正の可能性を考える（Hの仮定法表現に間違いがあるのを、ジョージが頭の中で訂正している）。

彼女は母のカーペットに仰向けに横たわる。母はこのカーペットをミル通りの外れにある骨董屋で手に入れた。骨董屋と言えば聞こえはいいが、実のところ、がらくた屋だ。

Hは頭が横に並ぶよう、ジョージの隣に寝そべる。

二人の少女は天井を見詰める。

問題はね、先生（ドクター）、とHが言う。

骨董とがらくたとの違いを母ならどう説明しただろうかと考えているジョージの耳には、Hの声が何マイルも離れた遠い場所から聞こえる。

私の中には欲求がある、とHは言っている。

どんな欲求？とジョージが言う。

いっとになりたいという欲求、とHが言う。

もっとって？とジョージが言う。

ええと、とHが言う。その声は妙に、先ほどまでとは違っている。もっとはもっと。

ふうん、とジョージが言う。

私は生まれつき、仮の話よりも実体験の方が向いているのかもしれない、とHが言う。

そしてその手が伸びてきて、ジョージの手をつかむ。

その手はジョージの手をつかむだけでなく、指を絡ませる。

その時点で、ジョージの脳の、言葉を蓄えている部分が空っぽになる。

Hの手が一瞬ジョージの手を握り、それから手を離す。

いい？と彼女は言う。駄目？

ジョージは何も言わない。

焦らなくてもいい、とHが言う。私は待てる。あなたの気持ちの準備ができるまで待つ。それは構わない。

さらに彼女が言う。

それとも、ひょっとしてあんまり――。

ジョージは何も言わない。

ひょっとして私のこと——、とHが言う。

そのとき、ジョージの父が部屋の入り口に立っている。いつからそこにいたのかは分からない。

ジョージが体を起こす。

こんにちは、と彼が言う。ジョージ。この部屋には入らないでほしいという話はしただろう。整理が全然できていないんだ。大事なものもたくさんある。だから、ここのものは何も触ってもらいたくない。それに、今日の晩ご飯を準備するのはおまえの番じゃなかったかな。

そうよ、とジョージが言う。するわ。今から。

お友達も晩ご飯を食べていくのか？と彼女の父が言う。

いいえ、クックさん、私は帰ります、とHが言う。

彼女はまだ床に寝そべったままだ。

夕食までいてくれていいんだよ、ヘレナ、と父が言う。たくさん作るから。

ありがとうございます、クックさん、とHが言う。ご親切はありがたいのですが、夕食までには帰ると家族に言ってあるので。

食べて帰ったらいいのに、とジョージが言う。

駄目よ、とHが言う。

彼女は起き上がる。

じゃあまた、と彼女が言う。

一分後、彼女はもう部屋にいない。

その直後、ジョージは玄関の扉が閉まる音を聞く。

ジョージはまたカーペットに寝そべる。

彼女は少女ではない。石だ。

彼女は壁だ。

彼女にはいろいろなものがぶつかってくる。そんなことを許可した覚えもないし、状況もさっぱり分からないのに。

今は去年の五月。場所はイタリア。城のそばのアーチの下にあるレストランで夕食をとり終わったジョージと母とヘンリーは、屋外のテーブルでくつろいでいる。母は延々とフレスコ画の話を子供たちに（というか、ヘンリーはコンピュータゲームに夢中なので、もっぱらジョージに）聞かせている。一九六〇年代にイタリアの別の町で大洪水があってフレスコ画が傷み、当局と職人が修復のために壁の表面をはぎ取ったところ、その下から、画家の手による下絵が見つかったのだが、下絵は時に表面の絵とかなり違っていたのだという。そもそも絵が損傷を受けなければ誰もそんなことに気がつかなかったのだろうけれども。

ジョージは話を半分しか聞いていない。というのも、ヘンリーがｉＰａｄで今見ているのは不正義（インジャスティス）というゲームで、ヘンリーのような子供には向かないとジョージは思っていたからだ。

それはどんなゲーム?と母が訊く。

アニメに出て来るスーパーヒーローたちがみんな悪者になるゲーム、とジョージが言う。すごく暴力的。

ヘンリー、と母が言う。

彼女はヘンリーの耳からイヤフォンを抜く。

何?とヘンリーが言う。

もっと暴力的じゃないゲームにして、と母が言う。

オーケー、とヘンリーが言う。どうしてもって言うなら。

どうしても、と母が言う。

ヘンリーはイヤフォンを耳に戻し、ゲームを終わらせる。そして、代わりに残酷な歴史（ホリブル・ヒストリーズ）のダウンロードボタンをクリックする。彼はすぐにけらけらと笑い始める。それからしばらくすると、テーブルに置いたiPadの上に突っ伏して眠る。

でも、どっちが先なのかしら？と母が言う。鶏か卵か？　下絵が先か、表面の絵が先か？

下絵が先、とジョージが言う。だって、先にそっちを描いたんだもん。

でも私たちが先に目にするのは表面の絵、それに普通、私たちはそれしか見ることがない、と母が言う。ということは結局、表面の絵が先ってことじゃない？　それに、もし下絵のことなんか知らないとしたら、そんなものは存在しないのと同じことなのかも。

ジョージは大きなため息をつく。母は道を挟んだところにある城壁を指さす。バスが通り過ぎる。その後部は全面が広告になっていて、聖母と子供が昔風に描かれている。ただし、聖母が赤ん坊のイエスに見せているのはiPadの画面だ。

私たちは今ここで夕食をとりながら周囲を見ている、と母は言っている。あそこを見て。私たちの目の前にあるあの場所。もしもこれが七十年前の夜なら――

――うん、でも実際は違う、とジョージが言う。今は今。

――私たちが座っているこの場所から見えたはず。人々が城壁に沿って一列に並ばされ、銃殺される光景が。カフェバーの椅子が並ぶこちら側から撃たれた。

うわ。もう、とジョージが言う。ママったら。そもそもどうしてそんな話を知ってるの？

知らない方がよかった、それとも悪かった？　あるいは知らない方が真実に近い、それとも遠い？と母は言った。

ジョージは顔をしかめる。歴史なんて残酷。果てしない戦争と飢餓と病気の中で、山のような死体が都市の地下に詰め込まれていくだけ。みんな最後は飢え死にしたり、処刑されたり、一か所に集められて銃殺されたり、拷問されたり、遺棄されたり、城壁沿いに並ばされたり、溝の前で銃殺されてそこに埋められたり。ジョージは歴史と聞くだけでぞっとする。歴史のただ一つの救いは、たいていの場合、過去のものになっているということだ。

で、どっちが先？とどうしようもない母が言っている。私たちが見るもの、それとも私たちの見方？

うん、だけど、その過去の出来事っていうの。銃殺とか。大昔の話でしょ、とジョージが言う。

私が生まれるわずか二十年前の話、そして私は今ここに座っている、と母が言う。

大昔の話よ、とジョージが言う。

私は大昔の人間、と母が言う。でもまだここにいる。今でも歴史は進行中。

でも、銃殺は違う、とジョージが言う。だってそれは昔の話。今は今。それが歳月ってものだから。

じゃあ、物事はただ消え去っていくだけ？と母が言う。過去に起きたことはもう存在しない？あるいは存在しなくなるわけ？　目の前で起きているのを私たちが見ることができないという、ただそれだけの理由で？

物事は終われば存在しなくなる、とジョージが言う。

じゃあ、私たちの目の前で起きているのに実はちゃんと見えていない出来事はどうなの？と母が言う。

ジョージはあきれる。

まったく訳が分かんないわ、と彼女は言う。

どうして？と母が言う。

オーケー。あそこのお城、とジョージが言う。今、目の前にあるでしょ？

うん、見える、と母が言う。

ていうか、見ないことはできない、とジョージが言う。目の調子が悪くない限りは。仮に目の調子が悪くたって、お城まで行って手で触れられる。何らかの仕方で確認することができるわ。

その通りね、と母が言う。

これは大昔のいつだかに建てられたのと同じお城で、歴史があって、建物自体にも、その中でも、その周囲でもいろんなことが起こったわけだけれど、それは今ここでお城を眺めている私たちとはまったく関係がない。私たちが観光客でここが観光名所という関係だけは別として。

観光客は他の人と見方が違うのかしら？と母が言う。それにあなた、あの町（ケンブリッジ）で育っていながら、過去の存在が何を意味するか考えたことがないですって？

ジョージはこれ見よがしにあくびをする。

歴史を無視することを学ぶには、世界でもあの町がいちばんだわ、と彼女が言う。必要なことはすべてあの町が教えてくれた。特に観光というものについて。歴史的建造物に囲まれて育つというのはどういうことか。要するに、ただの建物。お母さんはいつも、物事には思っている以上の意味があるとかってくだらないことを言う。二日酔いしたヒッピーの戯言みたい。子供の頃にそういう思想を吹き込まれたせいで、あらゆるものが何かの象徴みたいに見えているんだわ。

あの城はエステ家の命（めい）によって建てられた、と母が言う。エステ家というのはこの一帯を数百年支配し、この土地の芸術、詩、音楽に大きな影響を持った一族。だから、あなたや私が当然のように思っている美術、文学、音楽があるのは彼らのおかげなの。エステ家のおかげで大活躍したアリオスト（ルネサンス期のイタリアの詩人）がいなければ、シェイクスピアはきっと全然違った作品を生んでいたでしょう。シェイクスピアが生まれなかった可能性だってある。

うん、そうかもね、でも、今、それは関係ないじゃない、とジョージが言う。

あのね、ジョージー、世の中には関係ないことなんて一つもないの、と母が言う。

ママが私をジョージーって呼ぶのはいつも、恩着せがましいお説教をするときだわ、とジョージが言う。

それに私たちはフラットな表面の上に生きているわけじゃない、と母が言う。あなたが無関係だと言う何世紀も前の時代にあの城、この町を作った一族は、称号とか血縁とかの点で、多かれ少なかれフランツ・フェルディナント（第一次世界大戦のきっかけとなったサラエヴォ事件で暗殺された人物。フルネームはフランツ・フェルディナント・フォン・エスターライヒ＝エステで称号はエスターライヒ＝エステ大公）と直接つながりがある。

バンドの話？とジョージが言う（同名のロックバンド（スコットランド出身）がある）。

ええ、と母が言う。そのバンドが一九一四年にサラエヴォで暗殺されたのが、第一次世界大戦のきっかけとなった。

第一次世界大戦なんて、来年になれば丸百年前の話、とジョージが言う。もはや私たちに関係があるとは言えないわ。

え、あの大戦が？　あなたのひいおじいちゃん、かつ偶然にも私のおじいちゃんでもある人が一度ならず二度も、塹壕で毒ガス攻撃に遭ったあの戦争が？　それはつまり、あなたのひいおじいちゃんとひいおばあちゃんの夫婦はとても貧しかったということなのに？　だって彼はその後、体の具合が悪くて働くことができなくなって、若くして亡くなったんだから。私の肺が弱いのもひいおじいちゃんの遺伝なのに？　私たちには関係がない？と母は言う。その後、バルカン半島が分割されて、中東ではイスラエルとパレスチナとの間で領土紛争が始まって、アイルランドでは暴動が起きて、ロシアでは革命が起きて、オスマン帝国は滅びて、ドイツにおける破産、大恐慌、社会不安があいまってファシズムが台頭し、また新たな戦争が起きた。そのときにはあなたのおばあちゃんとおじいちゃん——偶然にもそれは私の両親なんだけど——が、今のあなたと二つか三つしか違わない年齢で戦争に参加したというのに？　関係ない？　私たちと？

母は首を横に振る。

何？とジョージが言う。何なの？

ケンブリッジで過ごした裕福な子供時代、と母が言う。

彼女は控えめに笑う。その笑いがジョージを怒らせる。

じゃあ、子供をあそこで育てたくないのなら、母さんと父さんはどうしてあそこに住むことにしたの？と彼女は言う。

ああ、だってほら、と母が言う。いい学校があるし。ロンドンに近いし。不況のときも不動産の価値が安定しているし。生活していく中で本当に重要なものがそろってる。

母は皮肉を言っているのか？　見極めるのは難しい。

とてもよくできた食料銀行（フード・バンク）システムもあるから、あなたが学校を卒業して、あなたのお父さんと私があなたを大学に送って、かつ自分たちでも食べていくということができなくなっても大丈夫、さらにあなたが大学を卒業した後も安心、と母が言う。

ずいぶん無責任な物言いね、とジョージが言う。

ええ、でも少なくとも、私の無責任は新しいタイプの、現代的な無責任、と母が言う。

周囲のテーブルから人がいなくなり始める。時刻は遅く、空気はかなり冷えてきた。三人がここで食事と話をしている間に、アーチの向こうでは雨が降った。母はハンドバッグに手を入れ、ジャンパーを取り出す。そしてそれをジョージに渡して、ヘンリーの肩に掛けさせる。次にバッグから携帯を出す。そして電源を入れる。**罪悪感と怒り**。一瞬の後、スイッチを切る。ジョージはほとんど吐き気を覚えるほど、罪悪感を感じる。彼女は直ちに、母が答えたがるに決まっている質問を頭の中で形にする。

今日行ったところのことだけど、とジョージが言う。

うん、と母が言う。

女の画家も制作に参加していたと思う?とジョージが言う。

母は携帯を手に持っていることを忘れ、長広舌を振るい始める(ジョージが予想していた通りの反応だ)。

知られているルネサンスの画家には女性も何人か混じっているけど、多くはない、割合としては取るに足りない、と彼女はジョージに言う。母は、そこの宮廷、まさにその城で育てられたカタリナという女性の話をする。カタリナは貴族の娘で、エステ家の一人の女性の庇護の下、最高の教育を受けた。その後、カタリナは尼僧院に入った。そこは女性が絵を描くには最高の場所だった。彼女はそこにいる間に有名な尼になり、本を書いた。余技に絵も描いたが、それについては死後まで誰もその存在を知らなかった。

彼女の絵はとてもきれい、と母は言った。私たちは今日(こんにち)でも、実際にカタリナを見ることができる。絵とかを見て、彼女の人柄に触れることができるという意味ね、とジョージが言う。

いいえ、私が言っているのは文字通りにということ、と母が言う。肉体を持ったカタリナ。

どうやって？とジョージ。

ボローニャの教会で、と母が言う。カタリナが列聖されたとき、遺骸が掘り起こされた——そのときいかに甘い香りがしたかという証言がいろいろとあるみたいだけど——

お母さん、とジョージが言う。

——そして遺骸は彼女に捧げられた教会の箱に収められた。だから現地に行けば、今でも彼女に会える。歳月が経っているから黒ずんでいるけれど、彼女は本と聖体顕示台みたいなものを手に箱の中に座っている。

どうかしてるわ、とジョージが言う。

でも、そういう人以外に絵を描いていた女性がいたか？と母が言う。いいえ。現存する多くの絵の制作に女性が加わっていた可能性は低い。特に、私たちが今日見た絵なんかの場合は。とは言っても、まあ、例えばそれに関して私がレポートとか論文を書かなければならないとなったら、ワギナみたいな形が見られることを指摘して——

お母さん、とジョージが言う。

——ここはイタリアよ、ジョージ、大丈夫、私が何を言っているのか誰にも分かりはしないんだから、と母は言いながら、自分の胸骨の上にダイヤモンドの形を描く。青いセクションに描かれていた美しい労働者の胸のところにあったワギナのような形。あの部屋の中でいちばん男性的で強力な人物、部屋の主人公であり主題でもあるはずの公爵より目立っていた人物。きっとあの絵は当時、少し問題になったんじゃないかと思う、だって、あの人物は労働者か奴隷で、しかも明らかに黒人かアラブ系だもの。そして画家は、胸のところのワギナ形で腰回りのロープを補完している。それによって、ロープが萎縮かつ勃起している男根の象徴となっている――

（母はかつて美術史で学位を取った）

――作品全体を貫く、性的・ジェンダー的曖昧性に関して言うと――

（加えて女性学の学位も）

――少なくとも、この画家が監修したと思われる部分に関しては、うん。あるいは、もっと細かい点に目を向けてもいい。あの労働者のパワフルで男性的な効果と釣り合いを取るために描かれたあの女性的な少年、少年的な少女が描かれていること。そしてその人物が矢と輪（フープ）、男性的象徴と女性的象徴をそれぞれの手に持っている点。必要なら、これだけでも、それを描いた人物が女性だと、割と気の利いた主張するのに充分だわ。でも、その可能性はどの程度あるか？

どうして母はそれほど細かい部分を見たことを覚えているのか、とジョージは思う。私も母と同じ部屋を見、まったく同じ場所に立ったのに、そんな細部にはまったく気付かなかった。

母は首を横に振る。

すごく低いわ、ジョージ、残念だけど。

その夜、ホテルの部屋で、ベッドに入る前に母はバスルームで歯を磨いている。このホテルは、人々がフレスコ画を制作していた時代に誰かの家として使われていた。そこはプリシャーノのスイートと呼ばれ、実際に、三人がその日、絵を見に行った宮殿のフレスコ画と関係のある人物の屋敷だった（扉の前にあるパネルの長い説明にそう書かれているのを、イタリア語の読めないジョージは必死に解読した）。部屋の壁には今も、当時の人が見たのと同じフレスコ画が部分的にそのまま残っている――ジョージは実際に手で触れることさえした。絵は、ヘンリーが眠っている小さなシングルベッドの置かれたロフトを貫くように描かれている。その気があれば、絵に触れることができる。駄目だとはどこにも書かれていない。ペレグリーノ・プリシャーノ。ペレグリーノって瓶入りのミネラルウォーターみたいな名前、とジョージは言った。鳥の名前でもある、と母が言った。どんな鳥?とジョージ。ハヤブサ（ペレグリン・ファルコン）、と母。ペレグリーノというのは英語で巡礼者（ピルグリム）のこと。それがいつかの時点で、私たちが鳥の名前として知っているペレグリンに変わった。

　母の知らないことが何か一つでもあるのだろうか?

　ホテルには美術品がたくさん置かれている。ジョージと母が寝るベッドの上には現代のイタリア人アーチストによる作品がある。それは巨大な目の形をしているが、一端に航空機のようなプロペラが付いている。プロペラは巨大なシカモアカエデの種から作ったように見える。金属製の帯、もしくは瞳らしき部分の上部のカーブしたところにはカタツムリの殻が付いていて、ベッドの上に吊られたその全体がとてもゆっくりと動いているので、どう考えてもありえないのにカタツムリまで動いているのかもしれないと感じられる。作品の上の壁には説明のパネルがある。レオン・バッティスタ・アルベルティ・レガロ・ア・レオネッロ・デステ・ウン・マノスクリット・イン・クーイ・コンパリーヴァ・イル・ディゼッニョ・デッロッキオ・アラート。クエスタ・ラッフィグラツィオーネ・アッレゴーリカ・ラップレゼンタ・レレヴァツィオーネ・リンテッレットゥアーレ。ロッキオ・シンボロ・デッラ・ディヴィニタ、レ・アーリ・シンボロ・デッラ・ヴェロチタ、オ・メッリオ・デッラ・コノッシェンツァ・イントゥイティーヴァ、ラ・ソーラ・ケ・ペルメッテ・ディ・アッチェーデレ・アッラ・コンテンプラツィオーネ・エ・アッラ・ヴェーラ・コノッシェンツァ。レオン・バッティスタ・アルベルティ、それが誰であれ、その人はエステ家のレオネッロ（ジョージの集めた情報によると、エステ家というのはフェラーラの貴族なのできっとこれは偉い人物だ）を喜ばせた（リゲイルド）。手書き原稿（マニュスクリプト）の中、何かとの比較（コンペア）とデザイン、そしてジョージの知らないいくつかの単語。しかし、ロッキオという語は目のことかもしれない。作品が明らかに目であるばかりでなく、眼科医(オキュリスト)とも音が似ているから。寓意(アレゴリー)の再現(リフィギュア)、表現(リプレゼント)、知的(インテレクチュアル)な向上(エレヴェーション)、目は象徴する(シンボライズ)、神聖性(ディヴィニティー)を、何かが象徴する(シンボライズ)、速度(ヴェロシティー)を、何とか、直観(イントゥイション)、許可(パーミット)、熟考(コンテンプレーション)——

ジョージはあきらめる。

母の携帯がポーチに入った状態で、ベッド脇のテーブルに置かれている。

罪悪感と怒り。罪悪感と怒り。

母の知らないことがある、とジョージはその目を見上げながら考える。

巨大な目がベッドの上で勝手に回転し、その下でジョージの体全体が、故障しかけたネオンみたいに明るく光ったり、暗くなったりする。

ジョージは芸術に疲れる。いつでも自分がいちばんものを知っているというその態度にはうんざりだ。

告白したいことがある、と、母がバスルームから出てくるとジョージが言う。

へえ?と母が言う。何かしら?

しちゃいけないことをやっちゃったという話、とジョージが言う。

え?と母が言い、歩いている途中で立ち止まる。化粧水の瓶を片手に、反対の手にその蓋を持っている。

何か月も前から胸につかえているの、とジョージが言う。

母は手に持っている物を置き、ベッドの前まで来て、ジョージの隣に座る。

大丈夫よ、と彼女は言う。もう心配しなくていい。何の話であれ。許されないことなんて何もない。

これが本当に許されることかどうか、私には分からない、とジョージは言う。

母の表情は不安に満ちている。

オーケー、と彼女は言う。話して。

ジョージは母に、失われた歌声や天使の彫刻に関するショートメッセージのやりとりを携帯の画面で見たことは話さない。代わりに、キッチンの食器棚に置かれていた母の携帯に着信があって、リサ・ゴリアードという名前が表示されるのを見た日のことを話す。

それで?と母が言う。

ジョージは、母の目に関する話がそこに書かれていたことには触れないことにする。

そこにはこう書かれてた、元気にしてる、何をしてるの、どこにいるの、そして今度はいつ会えるって、とジョージが言う。

母はうなずいている。

それを見て、とジョージは言った。私は返事を送った。

返事を?と母が言う。あなたから?

母さんからの返事を、とジョージが言う。

私からの返事?と母が言う。

母さんのふりをして返事を書いた、とジョージが言う。そのことがずっと胸につかえていたの。見なければよかったってことは分かってる。母さんのプライバシーを侵すべきじゃなかった。どんな状況であれ、母さんのふりをするべきでなかったことも分かってる。

私からの返信には何て書いたの?　思い出せる?と母が言う。

記憶にある限りで、とジョージは言う。

で?と母が言う。

ごめんなさい、リサ、でも私は今、家族と素敵な時間を過ごすだけで大忙し。夫や二人の子供と楽しいことをするだけで精いっぱい。申し訳ないけど、当分あなたには会えそうにない、とジョージは言う。

母は突然、大笑いを始める。ジョージは呆気にとられる。母はそれが久しぶりに聞いた爆笑ネタであるかのように笑っている。

もう、あなたってかわいい子ね、ジョージ、本当に、完璧だわ、と彼女は言う。向こうから返事はあった？

うん、とジョージが言う。返事はこんな感じだった。あなた大丈夫なの、いつもと口調が違うんだけどって。

母はうれしそうにベッドをぽんぽんと叩く。

だから私はまた、こんな返事を書いた、とジョージが言う。私は全然、大丈夫、大事な家族のことで時間を取られてとても忙しくしているだけ、もう、携帯をチェックする時間もないくらいに忙しい。次はこっちから連絡するから、そっちから連絡するのはもうやめて。じゃあね。それから、私は自分のメッセージを消去した。そして彼女のメッセージも消した。

母はとてもうれしそうに大声で笑うので、上のベッドで寝ていたヘンリーが目を覚まし、何事か確かめに階段を下りてくる。

ヘンリーを再びベッドに戻し、寝かせた後、二人もまたベッドに戻る。母は明かりを消す。二人は耳を澄まし、ヘンリーの寝息が落ち着くのを待つ。間もなく静かな寝息になる。

その後、暗闇の中で声を潜めて母がジョージにこんな話を聞かせる。

ある日、キングズクロスでATMの列に並んでたら、私のすぐ前に私の同い年くらいの年頃の女の人がいた。

私と同い年、とジョージが言う。

ジョージ、と母が言う。今誰が話をしているんだっけ？

ごめんなさい、とジョージが言う。

彼女は私に笑顔を見せた。同じ列に並ぶ者同士としてね。彼女の足元に置いてある鞄は口が開いていて、私はそこにぎゅうぎゅう詰めになっているものに興味を持った。筒に巻いた工作用の紙、緑色の糸か毛糸かガーデニング用の紐を大きな球に丸めたもの、そしてたくさんのペンと鉛筆と金属製の道具と定規。とにかく、次の順番が来て、彼女が暗証番号を入力しようとしたときに、あちこちのポケットを叩いたり、鞄の中を探ったり、周りの地面をきょろきょろ見たりし始めたから、何かお探しですか、お手伝いしましょうかって私は訊いたの。すると、彼女は自分のおでこをピシャッとやって、こう言ったわ。**いつから私は、ATMでお金を引き出している最中にキャッシュカードをどこにやったんだろうって慌てるような人間になっちゃったのかしら？ 忘れたと思っていたカードはついさっき自分で機械に入れたところなのに。**私はそれを聞いて笑ってしまった。自分にも身に覚えがあったから。私たちはその後少しおしゃべりをした。鞄に入っていた工作用の紙について私が尋ねたら、本を作っているんだって教えてくれた。アート作品みたいに一冊限りの本。それ自体がアート作品みたいな本。私の性分はあなたも知っている通り。私は興味を持った。だから彼女とメールアドレスを交換した。

二週間ほどして、その女性からメールが届いた。書いてあったのは、**どう思う？**という言葉だけ。で、添付ファイルを開いたら、小さな美しい本の写真が何枚か入ってた。曲線や図形がカラフルに描かれていた。マティスが描いたみたいな感じ。私はとても素敵だと思うと返事を書いた。するとまたメールが届いて、そこにはでも、**私は自分の人生をもっと違うことに使った方がいいのかしら？**と書いてあった。赤の他人同士のやりとりにしてはずいぶん踏み込んだ質問だと思って、私は驚いたわ。私は**もっと違うことに人生を使いたいと思っているの？**と返事を書いた。すると何も反応がなくて、私はまた彼女のことは忘れていた。ところがある日、ランチを一緒に食べようという彼女からのボイスメールが入っていた。でも、それっておかしいのよ。私は彼女に電話番号を教えた覚えはないから。あなたも知っている通り、私は電話番号を誰にも教えない。ボイスメールには、私に見せたいものがあるから、まずアトリエの方に来てほしいという伝言が入っていた。

私はそこに行ってすごく興奮したわ。印刷屋が使う活字がたくさんあった。活字の入った引き出しが開いていたり、半開きになっていたり、インクや絵の具がそこら中に置いてあったり、紙を切る機械、古い印刷機、正体不明のもの、定着材か絵の具か何かが入った瓶があったり。私はそこが気に入った。

彼女が私に見せたかったのはガラスの箱だった。誰かの依頼でやっていた仕事で、三冊の本を作って、それをガラスケースに封入するという内容。本はどのページも美しい絵で装飾されているんだけれど、ガラスを壊さない限りは誰もそれを見ることはできないという仕掛け。

彼女はそこに座ったまま、こう言ったわ。そこで私が悩んでいるのは、わざわざ本のページをきれいな文字と絵でいっぱいにしなくても、中に何かが描いてあるように見せるため縁の部分だけ適当に色を付けて、念入りな仕事をしたふうに見せるために小口を少し汚して皺にして、依頼人に届けてお金を受け取って、大幅に手間を減らしたらどうだろうってこと。詐欺師になるか、それとも、おそらく誰も見ることがないであろう絵に大きな労力を費やすリスクを冒すか？

私たちはランチに出掛けて、かなりお酒に酔っ払った。彼女はこう言った。**あなたが食事するの**

を見ていると興奮するわ。だから私は言った。え？　本当？　そんなことで興奮するの？って。でも、とにかく。悪い気分はしなかった。私が食べる姿を見たがる人がいるというのは。

気色悪い、とジョージは言う。

母は声を抑えて笑う。

私はだんだんと彼女のことが好きになった。彼女は控えめで、礼儀正しくて、むちゃくちゃで、乱暴で、思いも掛けないことをやる人。平凡で非凡、その両方。素行不良の生徒みたい。しかも美人。私の話をよく聞いてくれて、とても優しかった。それ以外にも何か光るものがあった。彼女に見詰められると、そこに何かの真実が感じられて、私はうれしかった。私に、私の人生に注意を払ってくれる人がいるのがうれしかった。私が日々どんな気持ちでいるか、一時間ごとに今何をやっているかに彼女が個人的関心を持ってくれているみたいで。そして一度は私にキスをしたの。正確に言うと、壁を背にして、本物のキスを——

まさか、とジョージが言う。

あなたのお父さんも同じことを言ったわ、と母が言う。

父さんにもこの話をしたの？とジョージが言う。

もちろんよ、と母が言う。お父さんには何でも話す。とにかくその後は、それがゲームだと分かった。キスをすると必ず本当のことが分かるものなの。素敵なキスだったのよ、ジョージ、いい気分だった。でも、それにもかかわらず——

(**私は彼女を絶対に許さない**とジョージは考えている)

——その後は、何かがおかしいと思うようになった、と母は言う。私がどこにいるか、何をしているか、誰と一緒にいるか、誰と会う約束をしたか、誰と仕事をしているか、そんなことを彼女は常に知りたがった。特に、誰と仕事をしているか、そして何を研究しているか、何について論文を書いているか、あれこれの問題についてどう考えているか。いつもそんな感じ。だから私は思った。なるほど、それってちょっと恋愛に似てるって。その執拗さ。人は恋に落ちると、すごく妙なことまで知りたがるもの。だから、ひょっとするとそれは本当に愛情なのかもしれない。それが妙に感じられるのはひょっとすると、それが人生を根底からひっくり返す気にならない限り表に出せないタイプの愛だからなのかも。私はそこまでするつもりはないわよ、ジョージ。私は自分の人生に満足してる。それにおそらく、彼女だってそこまでするつもりはなかった。向こうにも人生がある。夫も子供も。少なくとも私はそう思ってる。少なくとも、一度は写真を見たから。

　でもその後、私が予告をせずにアトリエを訪れたことがあった。扉をノックすると、オーバーオールを着た女の人が出てきて、私がリサはいますかって訊いたら、誰のことですかって訊き返された。リサ・ゴリアード、ここは彼女が本を作っているアトリエでしょうって私が言ったら、その女性が、違います、それは私の名前じゃありません、私の名前は何々で、ここは私が本を作っている作業場です、何かご用ですか？って言うの。だから私は言った。でも、あなたは時々この作業場を他の印刷屋とか製本屋に貸したりもするんでしょう、ね？　すると彼女は、頭のおかしな人を見るような視線を私に向けて、本当に忙しいから、他に用がないのなら失礼しますって言った。そこできびすを返した途端に、私は気付いたわ。リサと知り合ってからその時点で二年ほどが経っていたけど、その間ずっと、彼女がそのアトリエで何かを作ったり、何かの作業をしたりしているのは一度も見たことがなかったって。いつもそこに座って、ただおしゃべりをしてただけ。彼女が何かを書くのも、製本するのも、印刷するのも、裁断するのも見たことがない。

　それから家に帰って、ネットで彼女のことを調べたら、前に見たのと同じホームページがあった。

カンブリアにある書店へのリンクがあって、ただ今、準備中と書かれただけのページ。他にほとんど情報はなし。ていうか、まったくなし。何の痕跡もなかった。

彼女はほとんど存在していなかった、とジョージは言う。でも、かろうじて存在していた。ネット上に存在しないことにあまり意味はない、と母は言う。彼女は間違いなく存在していたんだから。間違いなく存在しているんだから。

もしもこれが映画か小説なら、きっと彼女の正体はスパイよ、とジョージが言う。

そうね、と母が言う。

彼女は闇の中、ジョージの隣で、とてもうれしそうにそう言う。

ありえる、と彼女は言う。ありえないとはとうてい断言できない。可能性は高くないけど。そうであっても私は驚かない。出会いも奇妙だった。状況的にすごく変。まるで、誰かが私の人生を下調べして、いかに私の気を惹くか、注意を惹き付けた後はどうやって私をだますかを計算していたみたい。大したテクニックだわ。素敵なスパイね。もしもスパイならの話だけど。

素敵なスパイなんて存在するの?とジョージが言う。

以前の私ならそんなことは言わなかったでしょうね、と母が言う。私たちはそんな話もしてたのよ、定番のジョークとしてね。あなた実はスパイなんでしょって私が言ったら、悪いけどその質問には答えられないわって彼女が答えるのがお約束だった。

アトリエに行ったという話はしたの?とジョージは言う。

した、と母が言う。アトリエに行ったら、その日は違う人のアトリエになってたって話した。彼女は笑って、私が会ったのは時々そこで仕事をしている人だと説明した。その人は建物の所有者で、人にスペースを貸していることが当局とか役所とかにばれるのを恐れているから、質問されたらいつも自分以外は誰も使っていないと答えるんだって言った。その説明を聞いたら、なるほど、すごく説得力があると思ったわ。完璧な説明だって。でも同時に、なるほど、うまい言い逃れだと感じている自分もいた。そんな二重思考のせいで、彼女とはだんだんと疎遠になった。

でもジョージ、私が今から言うことは、あなたがもっと大きくならないとよく分からないと思うけど——

はいはい、とジョージは言う。

違うの、と母が言う。偉そうなことを言うつもりはない。でも、私が今から言うことを理解するには、もうちょっと年齢を重ねることが必要なの。どうしても時間がかかることも世の中にはある。私はもてあそばれていると感じていたけど、そこに何かがあったのは確かだから。それは本物で、情熱的な感情だった。口に出されることはなかった。互いの理解に任されていた。想像力の領域で。それ自体、すごく刺激的だった。私が今言っているのは、私はとても喜んでいたってこと。たとえもてあそばれていたのだとしても。それと、何よりも重要なのはね、ダーリン、私が見られていたということ。監視されていたということ。それによって人生が、何て言うんだろう、粋になる。

粋?とジョージが言う。粋って何なの?

監視されること、と母が言う。あれはなかなかの経験だった。

でも、相手はスパイでうそつきなんでしょ?とジョージが言う。

見ることと見られること、ジョージー、この問題は決してそんなに簡単なものじゃないのよ、と母が言う。

これら、とジョージが言う。

え?と母が言う。

これらの問題、とジョージが言う。彼女がスパイだったってことは父さんに話した？　父さんは何て言ったの？

お父さんはこう言ったわ（と、母はここから父の声真似をした）。キャロル、誰も君のことをモニターなんかしてないよ。それは抑圧された気持ちが表に現れているだけさ。君は彼女が中流階級の人間だから、そのことに惹かれているんだ。彼女の方は君が労働者階級出身であることに惹かれてる。身分違いの恋という古典的なパターン。二人とも、自分の人生をより面白いものにするために青春ごっこを演じているだけ。

私たちが属する階級は以前みたいに三つだけではなく、今では百五十に分けられているのを父さんは知らないの？とジョージは言う。

母は暗闇の中、ジョージの隣で笑う。

とにかくね、ジョージ。ゲームは自然消滅。私は少し関係に飽きてきた。だから、冬頃、彼女とは連絡を取らなくなった。

うん。知ってる、とジョージが言う。

そのせいで私はちょっと落ち込んでた、と母が言う。知ってた？

みんな知ってる、とジョージが言う。ひどくすさんでたから。

すさんでた？と母が言い、穏やかに笑う。まあね、彼女が恋しかった。今でも恋しい。友達ができたみたいに感じていたから。実際に、友達だった。それにね、ジョージ、彼女といるとき、私は許されたような気持ちになっていた。

許された？とジョージは言う。どうかしてる。

そうね。認められたような気持ち、と母が言う。認められたみたいな気持ちになっていた。気が付くと私は笑ってた。そして自分が、何て言うか、特別な存在になった気がした。映画の登場人物の一人が突然、光のオーラをまとうみたいに。想像できる？

　正直に言っていい？　ノー、とジョージは言う。

　私たちは決して自分を越えられないのか？と母が言う。自分を越える存在になるのは不可能？あなたに関連する部分で言うと、私があなたの母以外のものになるのは許されるのか？

　許されない、とジョージ。

　それはどうして？と母が言う。

　だって私の母さんだもの、とジョージが言う。

　ああ、と母。なるほど。とにかく。関係が続いている間は結構楽しかった。私の頭はおかしい、ジョージ？

　正直に言っていい？　イエス、とジョージが言う。

　そして少なくとも今では、どうして連絡をくれないのかって尋ねるメッセージが来なくなった理由は分かった。ハハハ！と母が言う。

　よかった、とジョージが言う。

　面白い話ね、と母。

　そのリサ・ゴリアードという人、それか、誰であれ別人のふりをしていないときの本当の彼女なんかスパイの国にうせやがれ、とジョージが言う。

　どこか不満そうな短い沈黙がある。ジョージ。ジョージは言いすぎたと思う。すると母が言う。

　そういう言葉遣いはやめてね、ジョージ。

　大丈夫。ヘンリーは寝てる、とジョージが言う。

起きているかも。それに私は寝てない、と母が言う。

言った。

あれは昔。

今は今。

今は二月。

それに私は寝てない。

母は今、何でもない。

ジョージは両手を頭の後ろに組んで、ベッドに寝ている。そしてリサ・ゴリアードを生で見た唯一の機会のことを思い出している。

一家は休暇でギリシアに向かう途中で、朝の六時半という早い時刻に空港に着き、プレタ・マンジェ（サンドイッチを主に販売するチェーン店）で朝食を取っているところだった。トマトとモッツァレラチーズの入ったホットサンドがいいと言おうとしてジョージが後ろを振り向くと、母はそこにいなかった。母は後ろに下がって、長い髪の女性と話をしていた。若そうなのに、髪は白髪に見えた。後ろ姿しか見えなかったが、美人なのはジョージにも分かった。そして母の様子がどこかとても妙だった。彼女はまるで高い棚の上にあるものか、高い枝になったリンゴに手を伸ばそうとしているかのように背伸びをし、つま先立ちしているみたいに見えた。女は前屈みになってジョージの母の肩に手を置き、頰にキスをした。そして最後の別れを告げようと振り向いた瞬間、ジョージにその顔が見えた。

今のは誰？とジョージは母に訊いた。

母は長い説明を始めた。偶然ね、本を作っている友達よ、こんな偶然ってあるかしら、それにしても驚いたわ。

ジョージは母の顔が赤らむのを見た。

その顔色が普段通りに戻るまでに長い時間がかかった。母の顔色が落ち着いたのは、空路の半分に達した頃——ほぼ北ヨーロッパを脱出した頃——だった。

ミノタウロスというのは、恐ろしい迷宮の中心に置かれた、雄牛（ブル）の頭を持つ半獣半人の怪物だ。妻にこの怪物を生ませた王は時々、若者や乙女を生贄（いけにえ）に捧げなければならない。怪物は剣を持った英雄に打ち負かされ、迷宮はシンプルな糸玉によって破られる。たしかそんな話じゃなかったっけ？

ジョージは立ち上がり、扉の前まで行って、そこに掛かっているジーンズのポケットから携帯を出す。時刻は午前一時二十三分。相手が誰であれ、ショートメッセージを送るには少し遅すぎる。

彼女はHにメッセージを送る。

——知りたいことがある。

返事はない。ジョージは再びメッセージを送る。

あなたがミノタウロスのジョークを言ったのは、母がモニターされていたと考えるのは戯言（ブル）だと思ったから？

画面は暗い。

返事はなし。

ジョージはベッドの中で丸まる。そして何も考えないように努力する。

しかし翌日学校で、Hはジョージとほとんど話をしない。嫌な感じではないが、礼儀正しくうなずき、視線をそむけるみたいな形で。ひょっとすると、ジョージが被害妄想に陥っている狂人だと実際に思っているからなのかもしれない。ジョージが話し掛けるとHは返事をしないわけではない。

しかし、ちゃんと返答をするというより、目をそむけることで会話を途切れさせるので、話はなかなか滑らかに続かない。

二人はペアで英語のクラスの共感／同情プロジェクトに取り組み、アイデアを議論することになっているので、問題は特に複雑だ。何とか課題を仕上げ、金曜にはクラス全員の前で発表をしなければならない。しかしHは話の途中に何度も立ち上がり、プリンタが置かれ、紙を次々に吐き出している別のテーブルに行く。プリンタは教室の反対側にあって、その近くには、Hは仲がいいけれどもジョージはそれほどでもない女子が三人いる。Hは席に戻っても横を向いてノートを取り、ジョージが何かを直接訊いたときにだけ返事をする。その態度は丁寧だが、明らかに興味を欠いている。

今日は火曜。だからロック先生との面談がある。

私はあまり情熱的なタイプじゃないのかもしれません、とジョージが言う。

ロック先生はクリスマス以来、ジョージに向かってジョージの言葉を反復するのをやめていた。新たな戦略は、座ったまま何も言わずにじっと話を聞いて、セッション終了の間際、ジョージに一種の話を聞かせたり、ジョージが使った単語や、ジョージの話で印象に残ったことについて即興で何かを話すこと。結果として最近のセッションは、大半がジョージの独白（モノローグ）と、ロック先生による結び（エピローグ）とから成っていた。

私は今朝、父さんに訊いたんです、とジョージが言う。私って情熱的なタイプだと思うかって。そうしたら、おまえは間違いなく衝動（ドライヴ）に動かされるタイプで、その衝動（ドライヴ）には間違いなくたくさんの情熱が混じってるって言ってました。でも、たぶん適当に返事をしてただけだと思います。どっちみち、私が情熱的かどうかなんて父さんには分かってないだろうけど。とにかくその後に、弟がふざけて自分の手の甲にキスをしてチュッチュと音を立て始めたものだから、困った父が話を変えたんです。私たちが学校に行くために家を出るときには、弟は玄関前（ドライヴ）に停まった父のヴァンの隣に立って、もっとくだらないことを言いだしました。この玄関前（ドライヴ）にはたくさんの情熱がある、この玄関前（ドライヴ）は情熱に満ちているって。だから私は、そもそも人にそんな話をしたってだけで、自分が間抜けになったみたいな気がしました。

ロック先生はそこに座ったまま、立像のように黙っている。

ということは、ジョージとまともに話をしない人物が今日は二人いるということ。

もし父も含めるなら、三人。

ロック先生の部屋で安楽椅子に座っているジョージは、自分が徐々に意固地になるのを感じる。彼女は口をつぐむ。そして腕を組む。時計を見上げると、時間はまだ十分しか経っていない。セッションの残り時間は六十分（今は二時間連続の授業時間帯だ）。彼女は一言も発しない。

チクタクチクタク。

残り五十九分。

ロック先生はテーブルの前に座り、ジョージと向き合っている。テーブルと並ぶロック先生はまるで、ジョージという島から切り離された本土のようで、本日最後の渡し船は既に出てしまったみたいに感じられる。

静寂。

静寂の中、五分が経過する。

その五分だけでも一時間が経ったように感じられる。

ジョージは不作法に見られるリスクを冒して鞄からイヤフォンを取り出し、携帯に入れた音楽を聴こうかと思う。でも、できない。なぜならこれは新しい携帯で、二か月近く前に買ったものとはいえ、まだ曲は全然ダウンロードしていないから。入っているのは、昨日HがＤＮＡの復習のために歌詞を書き、ダウンロードしてくれた例の曲だけ。

私はいつでもあなたが欲しい。

欲しいという単語はかなり厄介だ。私は欲しいという意味のウォロー（volo）という語はあるけれども、普通は人間に対しては使わない。デーシーデロー（desidero）は？　私は欠乏を感じる、欲望する。アマーボー（amabo）は？　私は愛するだろう。

しかしもしも、決して愛さないなら？　決して欲望しないなら？　決して欲しないなら？

ヌムクアム・アマーボー（Numquam amabo）？

ロック先生、携帯でメッセージを送ってもいいですか？とジョージが言う。

私宛にメッセージを？とロック先生が言う。

いえ、とジョージが言う。先生にじゃありません。

じゃあ、まずいわね、ジョージア、だってこのセッションは私たち二人が互いに話をする時間という約束になっているから、とロック先生が言う。

へえ、とジョージが言う。けど、私たち今、何もしゃべってませんよね、何も言わずにただここに座っているだけ。

それはあなたの選択よ、ジョージア、とロック先生が言う。ここで私とどう時間を使うか、あなたは選ぶことができる。

おっしゃっているのは、学校内の何かの会議で私が先生の部屋に来るように決められた時間のことですか、とジョージが言う。母が亡くなった後の私の様子をミノタウロスできるように。

あなたをミノタウロスする？とロック先生が言う。

何ですか?とジョージが言う。

あなたをミノタウロスするって言ったわね。ロック先生が言う。

いいえ、言ってません、とジョージが言う。モニターって言ったんです。先生が私をモニターしてるって。きっと先生の頭の中ではそっちの単語が聞こえたんでしょう。そして何か、先生の方の理由で、私がそう言ったと思い込んだんじゃないですか。

ロック先生は少し居心地が悪そうに見える。そして何かを書き付ける。先生は再び顔を上げてジョージを見る。その顔は会話の前とまったく同じ開放的な無表情だ。

それにどっちみち、もしも時間の使い方を決める権利が文字通り私にあるのなら、その間に携帯でメッセージを送るのもありですよね、とジョージが言う。

私宛でなくては駄目、とロック先生が言う。それにそんなことをしたら、困ったことになる。だって、あなたも知っている通り、昼休憩以外の時間にあなたが携帯を鞄から出して学校敷地内で使っているのを見たら、私は携帯を没収しなくちゃならない。あなたのもとに携帯が戻るのは金曜の放課後になるわ。

そのルールって、カウンセリング中にも当てはまるんですか?とジョージが言う。

ロック先生が立ち上がる。ジョージは驚く。先生は扉の内側に掛かっていたコートを取り、扉を開ける。

一緒に来て、と彼女は言う。

どこへ?とジョージ。

いいから、と彼女。

上着は要ります?とジョージ。

二人は廊下を進み、生徒たちが授業を受けている教室を通り過ぎ、表玄関から出て、建物の正面に沿って歩き、ロック先生が校門から出る。ジョージも後に続く。

二人で門を出た途端、ロック先生が立ち止まる。

携帯を出していいわよ、ジョージア、ここならルール違反にならない、と彼女は言う。

ジョージが携帯を出す。

ロック先生は背を向ける。

今ならさっき言っていたメッセージを送っていい、とロック先生が言う。

——センペルは常に、とジョージが書く。それか、いい単語がある。ウスクエクアークエ。あらゆる場所で、とか、すべての場合にという意味。ペルペトゥウスは連続的とか断続的、コンティネンテルは継続的に。でも、どれも私の表現したいことにぴたっとこない。今はどの単語もただの言葉としか感じられないから。そして彼女は送信を押す。

二人がロック先生の部屋に戻ったときには、セッションの残り時間は十分になっている。そろそろ先生が前に身を乗り出して、好きなお話とか、セッションを締めくくるコメントとかを始める時間ですよ、とジョージが言う。

ええ、でも今日はね、ジョージア、あなたにセッションを締めくくってもらいたいと思うの。今日持ち上がったテーマはおそらく、話すことと話さないこととという問題。そしていつ、どこで、どんなふうに話したり話さなかったりするかということ。だから、学校の敷地から少しはみ出ることが重要だった。つながりたいというあなたの切迫した欲求のために。

それからロック先生は、口に出して何かを言うことの意味について少し話す。

それは物事を整理しようとする決意を意味する。同時に、言葉にできないすべてのことも意味するの。だって、実際にそれを言葉にしようと試みるんだから。

ロック先生の言葉に悪意はない。彼女は本当にとても親切だ。

この部屋を出て携帯をチェックしたら、ロック先生が特別な計らいをしてくれたおかげで送ることのできたメッセージが、送信不能という言葉とともに赤い感嘆符を添えて送り返されているだろうとジョージは説明する。もはや存在しない携帯番号にメッセージを送るのは不可能だから。

じゃあ、あなたはメッセージが送った相手に届かないと分かっていて送ったの？とロック先生が言う。

ジョージはうなずく。

ロック先生は瞬きをする。そして時計に目をやる。

残りは二分よ、ジョージア、と彼女は言う。今日のセッションで話しておきたいことは他にない？　話さずにいられないこととか？

ないです、とジョージが言う。

二人は一分と三十秒間、黙って座っている。するとベルが鳴る。

来週の火曜、同じ時間にね、ジョージア、とロック先生が言う。じゃあまた。


ジョージが家に戻ると、Hが玄関の前で待っている。

Hが家に来るのはこれで三度目。

私に話し掛けているのだとは思わなかった／私が決して愛することがないのだったら／欲しがることがないのだったら／欲望することがないのだったら／ひょっとしてあんまり――

やあ、とジョージが言う。

やあ、とHが言う。あの。私。

いいよ、とジョージが言う。

今日はすごく最低な気分だったの、とHが言う。とても話ができる状態じゃなかった。

それからHは、昨日の夜、家に帰ったとき、一家でデンマークに引っ越すことになったと聞かされたのだと説明した。

引っ越し？とジョージが言う。あなたが？

Hがうなずく。

いなくなる？とジョージ。

Hがうなずく
永遠に？とジョージ。

Hがいったん目を逸らしてから、またジョージを見る。

学校に通う子供をそんなふうに簡単によそへ連れ出すなんてあり？とジョージが言う。

Hは肩をすくめる。

いつ？とジョージが言う。

三月の初め、とHが言う。父さんの仕事の関係で。父さんは今コペンハーゲンにいる。素敵なアパートが見つかったんだって。

彼女は悲惨な表情を浮かべる。

ジョージは肩をすくめる。

共感／同情は？と彼女は言う。

Hがうなずく。

アイデアを持ってきた、と彼女は言う。

二人は一階のテーブルに向かう。HがｉＰａｄの電源を入れる。

彼女が思い付いたのは、ジョージの母がわざわざイタリアまで現物を見に行くほど気に入ったあの絵画を描いた画家について発表をしようというアイデアだ。同じ画家が描いた他のいくつかの絵と伝記的な事実の断片を彼女は見つけ出していた。

大してたくさん見つかったわけじゃないんだけど、と彼女は言う。その画家のことを調べていて見つかるわずかな情報からは、彼についてほとんど何も分かっていないということが分かる。生まれたのがいつかも確かなことは分からない。でも、いつ死んだのかは分かる。そう書かれた手紙が残っているから。死因はたぶんペスト。享年は四十二とある。そこから逆算するとおおよその生年は分かるけど、一年の誤差は残る。それと、画家本人が書いた手紙も残ってる。あなたのお母さんがあなたに話した手紙。公爵に対して賃上げを要求する手紙よ。ロンドンのナショナル・ギャラリーに彼が描いた絵が一枚と、大英博物館にデッサンが一枚ある。世界中でも、彼の作品は十五か十六しか残っていない。少なくとも、私が集めた情報ではそういうこと。調べた内容の大半はイタリア語だったから、グーグル翻訳で読んだだけだけど。

Hは何かを読み上げる。

コッサは一四七七年と一四七八年の間でボローニャのinfiertiペストの犠牲者でした。七八であろう可能性が最も高いです。この年の病気のジャケットは生（なま）から来ました。

ジャケットがどうしたって？とジョージが言う。

この年の病気のジャケットは生から来ました、とHが繰り返す。私は表示された通りに書き写した。グーグル翻訳ではそうなったの。

彼女は別の断片を読む。

初期のいくつかの作品はほとんど残っていませんが——

その後、彼女は不快（アノイア）か被害妄想（パラノイア）に似た音の単語を口にする。

彼女はそのページをジョージに見せる。

——スキファノイアほど画期的で想像力にあふれる作品はない。

これだ。私たちが行ったのはこの場所、と、単語を見てジョージが言う。

（今は何か月も前。車の中で、隣に座る母がその語を発音している。三人は今、そこに向かっている。

スキ。ファ。ノイ。ア、と彼女は言う。翻訳すると、退屈を逃れるための宮殿ってこと。

本当に退屈を逃れられるかどうか、私が判定する、とジョージが言い返している。

地名を記す標識に英語でレイム（ださい）と読める言葉を見つけてジョージが笑う。

車がまた別の看板を通り過ぎる。そこに書かれているのは

シェッリ・ディ・ヴィーヴェレ
ノン・ベルティ・ラ
ヴィータ

そう書いてあったのか？　生きることを何とか、人生を何とかするな？（イタリア語でおおよそ「生きることを選べ、人生を飲むな」の意。）看板はあっという間に通り過ぎる。）

Hが共感／同情プロジェクトをこの画家でやろうと思ったのは、彼について知られていることが非常に少ないのが理由だった。知られていることが少なければ、たくさんのことをでっち上げることができて、かつ、間違っていると採点されることもない。誰にも反論する根拠がないのだから。

うん、でも、マクスウェル先生は例の調子で、歴史的想像力を働かせなさい、自分が別の時代に生きているとイメージしなさい、みたいなつまんないことを期待してるんじゃないかな？とジョージが言う。**自分が中世の洗濯屋とか魔法使いになったと思って、二十一世紀にパラシュートで落とされたときのことを考えてみなさい。**

じゃあ、画家は別の時代の言葉遣いでしゃべることにする、とHが言う。ホーとか、畜生（ガズークス）とか、いやはや（イギャド）とか（いずれも古風な英単語）。

ホーなんて言葉は知らなかったんじゃないかな、ラッパーが使っているような意味ではね、画家がいたのがイタリアだかどこだか知らないけど、とジョージが言う。

向こうでも何かそれに相当する言葉があったはずよね、とHが言う。

ジョージは二階に上がる。そして母の書斎に入って、棚から辞書を取る。その中に、ホー（ho）という語は驚きを表す言葉、また船乗りの呼び掛けとして一三〇〇年から存在していたと記されている。現代では、売春婦と、ほっほっという笑い声の他に、警察用語として常習犯（habitual offender）とか、政治用語として内務省（home office）を表すこともある。

ホーホーホー、とHが言う。シェイクスピアにはホーがいっぱい出てくる。歌えヘイホー、緑のヒイラギに。友はおおかた偽りで、恋はおおかた徒し夢（あだ）（『お気に召すまま』二幕七場一八〇―一八一行）。

（Hは去年夏のシェイクスピア・フェスティバルにアルバイトとして参加し、日給十ポンドで切符販売と公演後の清掃をやっていた。）

画家が私たちと同じしゃべり方をすることにした方がよくない？とジョージが言う。その方が共感的じゃない？

うん、でも、言語は絶対違ってたわよね、とHが言う。

うん、きっとイタリア語、とジョージが言う。

でも、当時のイタリア語よね、とHが言う。当時、イタリアの人がしゃべってた言葉。それは今とは違うはず。想像してみて。彼が当時の服を着て、階段を上り下りする姿を。そこは高層ビル。彼の目に自動車はどう見えると思う？

車輪の付いた小さな牢屋、とジョージが言う。

車輪の付いた小さな告解室。彼の目には何でも神様に関連したものに見えたはず、とHが言う。

いいね、とジョージ。今の、メモしておいて。

彼は交換留学生みたいな感じ、別の国から来たというだけじゃなくて、別の時代から来た留学生、とHが言う。

彼はこんなふうに思うでしょうね、**やれやれ、芸術についても私についてもろくに何も知らない、ただ私がいくつか絵を描いて、最期はペストで死んだらしいという程度のことしか知らない十六歳の娘っ子が、勝手に私のことをでっち上げているぞ**って、とジョージが言う。

Hが笑う。

実在する人についていろいろと適当にでっち上げるのは無理だわ、とジョージが言う。

実在する人について適当にでっち上げるというのは、私たちが普段からしていることよ、とHが言う。今だって、あなたは私について勝手なことをでっち上げてる。そして私だって、あなたについて勝手に想像を膨らませている。あなただって知ってるでしょ。

ジョージは赤面する。そして赤面したことに気付いて驚く。彼女は顔をそむける。慌てて別のことを考える。これは想像力を働かせる典型的な場面だ。人は誰かに死者の国から戻ってきてほしいと思う。人はその死者が戻ってくるのをいつまでも、いつまでも待っている。しかし、望んでいる人物の代わりに、死んだルネサンス期の画家が自分と作品のことを延々と物語る。しかも、それは自分が元々何も知らなかった人物。そしてその作業を通じて共感というものを学ぶ、そういうことか？

　まさに母がやりそうな曲芸だ。

　ちょうど今、テレビで生命保険のCMをしていて、一人の人がペストの犠牲者に扮している。広告が暗示しているのは、その生命保険会社は何世紀も前から存在していて、補償できないものは何もないということだ。

　でも、ペストで死ぬのはどんな気分だろう？と彼女は考える。他人の骨が散らばる穴に埋められる気分は。伝染を恐れる人が、まだぬくもりの残る遺体を穴に埋め、その後、死んだ人たちをさらにその上に埋める。彼女は一瞬、冷たい床の下に眠る骨のことを考える。教会の敷石の下、あるいは、下に骨があることなど知らずに誰もが暮らし、働いている普通の町の建物の下。骨がざわつく。彼女が想像を巡らすのを感じて、骨たちが動きだす。それはあの、狩人に首を絞められて本当にショックを受けている家鴨を描いた画家の骨だ。優しい馬の目、生意気そうな顔をした羊かヤギの背中の上に浮かぶ女、母があれほど感動し、今Hが画面に呼び出したあのぼろを着た、色の黒い頑健な男を描いた画家。

　実物の方がもっとよかったと思う、とジョージが言う。

　ネットの説明によると、これは怠惰の寓意だって、とHが言う。たぶん服がぼろぼろで、貧しそうに見えるからね。

もしも母さんが生きていれば、そんな説明が書かれたホームページをゲリラ広告(サブヴァート)のネタにしたでしょうね、とジョージが言う。

彼が怠惰の寓意だと書いてあるのと同じ場所に、活動の寓意だという説明もある、とHが言う。

彼女は次に、片手に矢、反対の手に輪を持った裕福な若者の絵を呼び出す。

つまり母さんが既に、その、死んでいなければということだけど、とジョージが言う。その絵も向こうで見た。ぼろを着た男と同じ並び。生(なま)で。

Hは、フェラーラの宮殿以外の場所にある、同じ画家の絵を三枚見つける。その一枚は、天使が処女マリアの前にひざまずき、受胎を告げる場面だ。その頭上、空高くに、何かの形が浮かんでいる。神だ。しかし形がおかしい。靴のような形、あるいは——何だろう?

次にジョージは、絵の下の方にカタツムリが描かれていることに気付く。まるで本物のカタツムリが絵の上を這っているみたい。カタツムリの形は神の形とそっくりだ。

神はカタツムリに似ているという意味だろうか? それとも、絵の上を這うカタツムリが神に似ているという意味か?

殻は完璧な螺旋(らせん)。

別の一枚は明るい金色の絵だ。一人の女が植物の細い茎を持っている。茎の先には、花の代わりに目が付いている。

すごい、とHが言う。

花=目を持つ女性はかすかにほほ笑んでいる。内気な手品師のように。

Hが最後に見つけたのは、茶色い目のハンサムな男の絵だ。男は手に指輪を持っている。その手は絵を飛び出して、額の縁から現実世界にはみ出しているように見え、男はまるで、ほら、君の指輪だ、要らないのか？と文字通り言っているかのようだ。

かぶっているのは黒い帽子。ひょっとすると喪に服しているのかもしれない。

見て、とHが言う。

彼女が指差しているのは背景、男の後ろにある岩だ。少しペニスを思わせる形をした岩の露頭が、ごつごつした対岸――小さな湾を挟んで、ハンサムな男の頭の反対側――にある洞穴の方を向いている。

二人の少女はどっと笑う。

それはあからさまであると同時に密かだ。微妙でありながら大胆、大胆すぎて微妙。いったん気が付くと、見ないことはできない。それによって、ハンサムな男の意図が完璧に明らかにされている。ただし、気が付けばの話。気が付きさえすれば、絵のすべての要素がまったく違って見える。それはまるで、勇気のある誰かが発した鋭い一言のようだ。その声は、しかし、同時に起きている二つ以上のことに耳を傾けていない限り聞こえない。それは嘘でもなければ偽りでもない。仮に見る者が気付かなくても、明白にそこに存在する。もしも岩や風景だと思いたければ、ただの岩や風景に見える。しかし、そこには常にさらなるものが存在する。もしも人が目を向けさえすれば。

二人は笑うのをやめる。そのときHが、キスをしようとするかのようにジョージの方へ身を乗り出す。そう、それほど近い距離。あまりに近いので、ジョージは一秒か二秒の間、Hの息を吸う。

しかし彼女はジョージにキスをしない。

私はまた戻ってくる、と彼女は言う。

ジョージは何も言わない。

Hは頭を離す。

そしてジョージに向かってうなずく。

ジョージは肩をすくめる。


三十分後。ジョージとHはジョージの部屋にいる。二人は、まったく知らない画家について皆の前でしゃべるのはあまりにも多くの説明が必要で、あまりにも下調べが大変だという結論に達していた。例えば、甲虫をすり潰して絵の具を作る方法や、教皇、聖人、神や女神、神話に登場するものとかデルフォイの何かとか、当時の人なら知っていたけれども自分たちが知らないことがたくさんあって、下調べの甘さが簡単にばれてしまいそうだ（デルフォイの何かって何?とジョージが言う。デルフォイの、たしか、聖三脚鼎とHが言う。デルフォイの聖三脚鼎って何?とジョージ。ほらね? 私たちには何も分かってないってこと、とHが言う）。

その代わり、二人は共感と同情の違いを簡単なパントマイムで演じることにする。

共感のときは、Hが道路で転ぶふりをする。偶然それを目にした通行人を演じるジョージは、他人が同じことをするのを見たというだけの理由で、同様に自分の足につまずく。同情のときもHがまた転ぶふりをするが、今回はジョージがそばに歩み寄って、大丈夫ですかと尋ね、かわいそうになどと言う。次に、Hがドラッグでハイになっている演技をして、それを見たジョージもめまいと酔いと高揚を感じるふりをする。そして二人は、最後の寸劇が共感の実演か同情の実演か、どちらだと思うかとクラスの皆に問い掛ける。

二人はこの発表を、旅する共感と同情と名付けることにする。

Hは天井に広がる染みに感心している。ジョージは今、背後にある染みの存在から父の注意を逸らす種類の写真でその部分を隠している。子猫の写真や同級生たちが熱心に聞いているバンドの写真。ジョージはどちらにもまったく興味がないので、写真が湿気で傷んでも何とも思わない。

あの女の人は誰?と、部屋の反対側に貼られた写真を見ながらHが言う。

イタリアの映画女優、とジョージが言う。あれは母が買ってくれた。

演技がうまい?とH。

知らない、とジョージが言う。あの人が出ている映画は観たことがないから。

Hはフランスの若い女性歌手の写真を見る。そしてベッドの上、枕に近い壁に整然と貼られた写真を見る。大人になってからのジョージの母、若い頃の写真、子供の頃の写真、赤ん坊の頃の白黒写真。彼女はジョージのベッドに腰を下ろし、写真を眺める。

お母さんの話を聞かせて、と彼女が言う。

その前にあなたの話を聞かせて、とジョージ。そうしたら私も話す。

何を?とHが言う。どんな話?

何でもいい、とジョージ。あなたの記憶にあることなら何でも。今夜、どこかのタイミングで頭に思い浮かんだこと。

いつ?とH。

いつでも、とジョージが言う。写真を見たときとか。いつでも。

ああ、オーケー、とHが言う。うん。ジャケットと生について。

彼女はジョージに、去年夏にアルバイトをしたシェイクスピア・フェスティバルについて話す。ケンブリッジのセントジョーンズカレッジで催された『お気に召すまま』でチケットの販売ともぎりをしたときのことだ。彼女は二交代で働いていたのだが、夜の部の客が普段なら七十人ほどのところ、予想外に膨れ上がって三百人近くになった。

だから、私は必死に切符を売ってた、と彼女は言う。十一と十五の掛け算早見表とにらめっこでね。十五ポンドが通常料金、十一ポンドが割引料金。ほとんど釣り銭なしの状態から始めた。五ポンド札が二枚、一ポンド硬貨が一枚と小銭が少し。だから最初しばらくは、料金ぴったしの持ち合わせがある人にしかチケットを売ることができなかったわけ。すごく寒い夜で、列に並んでいる人はいらいらするばかりでなく凍えてもいた。寒さは私にもはっきりと分かったわ、上着（ジャケット）を着ていなかったから。

あとは生（なま）ね、とジョージが言う。

うん、でも、もうちょっと待って、とHが言う。チケットの販売が終わったら、ポットを持って二百七十五人のお客さんの間を回って、発泡スチロール製カップ入りのホットワインを配らなきゃならなかった。すごく寒かったから、みんながワインを欲しがるんだけど、配る係は私一人。ポットはすごく重いのに、傾けないと注げない。でも傾けすぎたら、片手にカップを持っているから、自分の手の上にワインを全部ぶちまけることになっちゃう。私はその日、『お気に召すまま』を既に一回半観てた。朝の部で後半を、そして午後の部で一通り。だから家に帰りたい気分だったんだけど帰れなかった。夜の部の後半が終わった後に、懐中電灯で道を照らして出口までお客さんを案内する仕事が残っていたから。そういうわけで、後半はポットのそばで体を温めていた。てか、ポットを腕で抱えて、読書をしようとしてた。薄暗いし、演者の気が散るという理由から懐中電灯を照らすのは禁止されてたんだけど。

ロザリンドを演じていた女の子はお客さんの背後を行ったり来たりしながら、女の子になりきったり男の子になりきったりして、徐々にギャニミード（『お気に召すまま』でロザリンドが男装したときの名前）のキャラに入り込んでいた。彼女はその夜、すごく機嫌が悪かったの。一つには、トリニティーカレッジの方で演じられている『ハムレット』でオフィーリア役が病気になったせいで、こちらの舞台の休憩時間に、その代役をやらなきゃならなかったから。それに加えて、午後の部の『ハムレット』で、〃これがローズマリー、忘れないでという印〃って、例の名台詞を始めたタイミングに客の誰かがチェリーソーダをブシュってやったせいで、台詞が飛んじゃってたから。とにかく、彼女が薄暗い中、男の子になりきったり、女の子になりきったりしながら何度もそこを往復するのが、私が座っているところから見えた。私は半分それを眺めながら、半分は本を読もうと頑張っていた。そのとき、何かが私の視界に入った。小さくて素早い何か。最初は、彼女が今やっている役を忘れてオフィーリアに戻ってしまって、四つん這いになったんじゃないかと思った。彼女は、オフィーリアの頭がおかしくなる場面で実際にそんな演技をしてたから。でもそれにしては、動いているものが素早すぎるし、小さすぎる。それにとにかく、しばらく前から舞台の方で彼女の声が聞こえてた。〃女の知恵に扉を閉ざすことはできない〃（『お気に召すまま』第四幕第一場参照）っていう私の大好きな台詞。そしてその四本足の生き物はお客さんの背後を走り抜け、また戻ってきた。私にはそれがキツネだと分かった。口に何かをくわえているのが見えた。客席の背もたれにあったコートか上着（ジャケット）を奪って、逃げていたの。キツネは五分後に同じことをした。また戻ってきて、今度はハンドバッグらしきものをくわえて逃げた。そして芝居が終わった後、私が道に立って懐中電灯で出口を照らしていたら、持ち物を盗まれたお客さんが三、四人、きょろきょろと庭を探し回った後、何も分からないまま帰って行った。私は知ってた。その人たちは知らなかった。でも、私は教えたくなかった。そんなことをしたらキツネに対する裏切りになるような気がした。その後、家に帰る途中で、私は寒さを忘れていたことに気付いた。キツネのいたずらを見た時点で寒さを忘れていたの。

この年の病気のジャケットは生（なま）から来ました、とジョージが言う。ジャケットというのは皮膚のことだと思う。

どうして?とHが言う。

ジャケットうんぬんという部分は、とジョージが言う。その年の病気によって皮膚が生々しい状態になったということかも。そういえば、行ったり来たりで思い出したことがある。それから、生（なま）の話がまだ。

彼女はHに、いつ家族で引っ越す予定なのかを訊く。

三月の第一週、とH。

新しい学校か、とジョージが言う。

この四年で五つ目の学校、とHが言う。私は変化に慣れっこなのかも。だからこんなにバランスの取れた人格で、社交的能力が高いのね。あなたの番。

へ?　社交的能力が高い?とジョージが言う。

今度はあなたが記憶にある話をする番よ、とHが言う。写真を見たときに思い出したこと。

今は去年の五月。場所はイタリア。一家はレンタカーで空港に戻る途中だ。

スキファ何だっけ?とジョージが言う。

ノイア、と母が言う。

ヘンリーは後部座席で歌を歌いだす。スキッパノイ、スキッパノイ。そこの船やーい（シップ・アホイ）。そこの船やーい（シップ・アホイ）。

まじでうるさいよ、ヘンリー、とジョージが言う。

母はペット・ショップ・ボーイズの歌を歌い始める。

絶対に退屈な人間にはならない、と彼女は歌う。彼らはおしゃれに勘考（ソート）した、そして思い（ソート）が埋め

合わせをする。

勘考したじゃない、とジョージが言う。喧嘩した。

違う、とジョージの母が言う。

合ってる、とジョージが言う。正しい歌詞は、**俺たちはおしゃれして喧嘩した、でも思った、埋め合わせをしようって。**

違う、と母が言う。だって、ペット・ショップ・ボーイズが書く歌詞はいつだって知的なんだから。考えてみて。思いが埋め合わせをしてくれるから、おしゃれに勘考する。**思いが埋め合わせをする。**これは言葉の綾ね。もしも盾があったら、ラテン語でそう刻んで、私のモットーにしたいわ。私にとってペット・ショップ・ボーイズが昔から決して退屈なバンドじゃない理由はまさにそういうところよ。美しい哲学的説明と理解。

母さんの歌詞だと意味が通らない、とジョージが言う。おしゃれに勘考するなんて不可能。**喧嘩**が正しい。明らかだわ。母さんのは聞き間違い。

いつか証明してあげる、と母が言う。今度機会があったら曲を流して、一緒に聞きましょう。

今すぐネットで歌詞を調べればいいのに、とジョージが言う。

ネットの情報なんて間違いだらけ、と母が言う。家に帰ったら、自分の耳を使って、オリジナルを一緒に聞くの。

私が正しい方に五十ポンド賭けてもいい、とジョージが言う。

乗った、と母が言う。大損しても知らないわよ。

フランチェスコ・デ、何でしたっけ？と、インフォメーション・コーナーの女性が言った。

コッサ、とジョージが言う。

コッタ？と女性。

コッサ、デじゃなくてデル、とジョージが言う。ルを付けてください。

デラ・フランチェスカ、と、別の女性が近づいてきて言う。

違います、とジョージ。フランチェスコ。次にデル。次にコッサ。フランチェスコ・デル・コッサ。

二人目の女性が首を横に振る。最初の女性も首を振る。

聖ヴィンチェンツォの絵です。聖ヴィンチェンツォ・フェラーラ、とジョージが言う。

実はその点はジョージの間違いだった。フェラーラではない。それはヴィンチェンツォ・フェレーリという聖人の絵で、イタリアでジョージが訪れたフェラーラとは関係がない。

しかしそれはともかく、ジョージが初めて聖ヴィンチェンツォ・フェレーリを見に行った日にインフォメーション・コーナーにいた女性は二人とも、画家の名にも絵にも心当たりがなかった。おそらくここでは、本当に有名な絵以外については誰も何も尋ねたりしないのだろう。とはいえ、知らないのも当然だ。数百、いや、数千の絵が並ぶ美術館ですべての作品を把握している人がいるとはとても考えられない。たとえそれが美術館の一翼のインフォメーション・コーナーにいる人だとしても。

そしてジョージが初めて自分でその絵を見たときも、大して感銘は受けなかった。前を通り過ぎながらちらっと目をやって、もうそれで充分だと思いそうな絵。実際、ほとんどの人がほとんどいつもそうしているのを、ジョージは来るたび目にした。それはたちまち見る者を引き込むタイプの絵ではない。表層的な感じ方から奥へ進むには、少しじっくり見る必要があった。それはイタリアの宮殿にあった絵とも違っていた。少なくとも初見では、違って見えた。

綴りを教えてもらえますか、と一方の女性が言った。

彼女はジョージが言う通りにコンピュータに名前を入力した。そして検索結果を待った。結果が表示されると二人の女性は驚いた様子だった。まるで、何かすごいことをやり遂げたかのようだ。ジョージが質問したこととそれに答えられたことで一日がより幸福になったかのように、二人は喜んでいた。

第五十五室にあります！と最初の女性が言った。

彼女はジョージに握手を求めそうなほどの喜びようだった。

それは今から三週間前、三月初めのことだった。それ以来、ジョージは週に二度、朝起きて、服を着て、朝食をとり、ヘンリーに学校へ行く準備をさせて、スクールバスに乗るのを見届けてから、母に敬意を表しつつ、プレイリストに出てきた適当なフランスの歌に合わせて例のダンスを居間で踊り、上着を羽織り、古い引き出しからゲリラ広告（サブヴァート）のキャッシュカード（父はこの口座のことを忘れていた）を拝借し、学校に行くふりをしながら家を出て、すぐに裏に回り込み、父の目の届かないところで自転車に乗って駅に向かい、昼間の割引料金になる時刻まで切符売り場の近くか待合室で時間をつぶす。ジョージはその後、昔の小説に出てくる人のように監視カメラの下を、木の葉の下、葉の落ちた枝の下、鳥の目や翼の下と移動し、街の地平線に浮かぶ巨大昆虫の触角のような塔に向かってうなずく。ジョージは地下に下りて、違う場所で地上に出る。五十年前に例の歌手がレストランの支配人にロールパンを投げつけた場所だ。その近くに、母が好きな画家が描いた絵で、唯一イギリスにある作品が置かれている美術館の翼棟がある。

フランチェスコ・デル・コッサ
（一四三五／六頃―一四七七／八頃）
聖ヴィンチェンツォ・フェレーリ　一四七三―五
聖ヴィンチェンツォ・フェレーリはスペインのドミニコ会士。ヨーロッパ中で活躍し、異端者の改宗に熱心だった。絵の中で彼は片手に福音書を持ち、反対の手で上を指差している。その先には、傷を見せるキリストのビジョンが描かれている。キリストの脇には、受難の際の道具などを手にした天使たちが控えている。これはボローニャにあるサンペトローニオ聖堂の、聖ヴィンチェンツォ・フェレーリに捧げられた礼拝堂の祭壇画。
ポプラ材に卵テンペラ　NG五九七　一八五八年購入。

説明は絵を描いた画家よりも、そこに描かれた人物について詳しい。頃。画家がこの絵を描いた年や画家の生没年がはっきりとは分からないということ以外、ここには情報が何もない。絵は同時代の画家による他の作品と合わせて一つの部屋に展示されている。最初は、他の人が描いた絵の方がどれも興味深く見える。こちらの絵は、よくありがちなただの宗教画（まずこれだけで興味がうせる）に見える。描かれているのは、かなり厳めしい顔つきをした修道僧（興味をなくす第二の理由）。僧は指を上に向け、反対の手には本を広げて持っているが、その指と本の両方が、立ち止まって見る者を叱りつけているように感じさせる（見たくなくなる第三の理由）。

しかしそこであなたは、彼が見ているのが自分ではないことに気付く。彼はあなたの頭を越えた場所、あるいははるか遠くを見ている。何かが向こうで起きていて、彼にはそれが見えているかのように。

次に、僧の横側に石敷きの道がある。それはじっと見ていると、道路から滝へと変化しているように見える。敷石が文字通り石から水へと変成（モーフィング）しているかのようだ。

それをきっかけに、この絵が意外な仕掛けに満ちていることが分かり始める。絵の上部、金色のアーチのようなものの中にイエスがいるが、妙に年を取っていて、イエスにしてはややぞんざい、かつ少しフレンドリーに描かれている。まるでイエスの格好に扮した凡人かホームレスのようだ。服はサーモンピンク。おかげでどことなく、絵の中で浮いた存在に見える。彼を囲む天使は雲に乗っているが、その様子はあまりにも地味だ。天使の翼の色は鮮やかな赤、あるいは紫、あるいは銀。全員、男にも見えるし女にも見える。手には、ネットのSM動画に出てくるような責め具を持っているが、おとなしそうな物腰はSM動画とは大違い。おとなしそうというより、優しいのかも。説明のプレートに、〝道具（インストルメント）〟を持っていると書かれているのは適切だ。なぜなら、天使たちは今にもその楽器（インストルメント）のチューニングに取り掛かり、音楽の演奏を始めそうに見えるから。

次に、聖人が小さなテーブルの上に立っていることに気が付く。テーブルは小さな舞台のようだ。そのせいで、聖人が着ている黒いマントのような物が舞台の幕に見えてくる。テーブルの脚の間からは奥の円柱の基部が見える。舞台裏が明かされているみたいな、世界はすべてお芝居だと言っているみたいな細部。しかし同時に、本を持っている手首の皺はやけにリアルだ。本当に重い物を持っている手の皮膚とそっくり。

中でも特にいいのは、聖人の頭の高さで円柱が折れていること。しかもその折れた先端から木が生え、小さな森が出来始めているように見えることだ。

聖人の脚の後ろ、背景にはとても小さな人々が描かれている。彼らは遠近法のせいで小さく見えているはずだが、同時にそのせいで聖人が巨人に見える。果たしてこの絵から目を逸らしたとき、同じ部屋にある他の絵がどれも、小さくなったみたいに感じられる。この絵の後では、どれも平面的で古くさく見える。まるでマンネリのドラマがリアルなふりをしているような感じ。少なくともこの絵だけは、すべてが演技であることを認めている。

あるいはひょっとして、ジョージがこの一枚の絵を見るのにたっぷりと時間をかけただけのことで、どんなものであれしっかりと時間をかけて眺めれば同様に魅力的に見えてくるのかもしれない。

ジョージは今までにそこに七回通っている。訪れるたび、僧の厳めしさは減り、苦労のない顔に見え始める。彼は何にも悩まされることがない――同じ部屋にある他の絵にも、絵の中で起きていることにも、毎日絵の前を行き来するさまざまな人生を抱えた人々、美術館の他の展示室、広場、道路、車、街、国、海、美術館の向こうに広がるよその国々にも。見よ。両腕を大きく広げた神の姿は、妊婦の体の断面図に描かれた子宮内の赤ん坊にも少し似ている。とても年老いた賢い赤ん坊。聖人がまとうマントの生地を見よ。腕と同様に大きく開かれたマントは、聖人の体の真ん中あたりで黒から銀色へと切り替わっている。こちらを叱りつけているように見えていた人差し指が、上を見ろと言っているように見え始める。説明のプレートには神を見ろという指示だと書かれているが、実際にはそれよりも、上に行くにつれて濃さを増す青い空を見ろと言っているようだ。あるいは、石の上に森が育つ様を。あるいは拷問の道具であるはずのものが本当はいかに無力であるかを示しているようだ。あれは単なる博物館の展示品、昔のドラマの小道具にすぎず、その恐ろしさはとっくの昔に消え去っているのだ、と。

ジョージは自分でも意外なことに、ますます絵に興味をそそられる。一見、この絵は――あるいは同じ部屋にある、五百年以上前に描かれたどの絵を取っても――現実世界とほとんど関係がないように見えるけれども。今では彼女が第五十五室に入ると、妙なことだが、昔からの友人に会っているような気がする。とはいえ、相手と彼女との視線が合うことはない。聖人は常に、少し横を向いているから。しかし、まるでそこにいるのがあなた一人ではないかのように、まるですべての出来事があなただけに降りかかっているわけではないかのように、聖人の視線が逸れているのも悪くない。実際、そこにいるのはあなただけではないから。そしてすべてはあなただけに降りかかっているわけではないから。

親しみの持てる芸術作品。あのとき母は目の前にある絵が**ちょっとあなたに似てる**と言った。寛大だけど、何だっけ？　何か別の言葉。

冷笑的？

ジョージには思い出せない。

最初に美術館に来たときには、自分が見ているこの絵の存在さえ母は知らなかった、あるいは他の人たちと同じようにもっと有名な絵を見に行く途中で目もくれずに前を通り過ぎていたかもしれない、ということをジョージはずっと意識していた。

今日、彼女の目に留まるのは、聖人の片側にある、開発途上みたいに荒れた岩だらけの風景が、反対側ではかなり瀟洒（しょうしゃ）で立派な建物に変わっていることだ。

それはまるで、聖人の背後を通り過ぎるとき、左から右では完成に向かい、右から左だと荒廃に向かうかのようだ。

どちらの状態も美しい。

彼女は聖人の左、開いた扉の向こうにある絵に目をやる。描かれているのは、桜の枝を手に、派手な玉座に座る女性。画家の名はコズメ・トゥーラ。この絵でも、頭の上に掛かる紐にガラスか珊瑚の球が連なっている。ジョージの左にある絵でも同様。そちらは聖母マリアと幼子を描いたもので、描いたのはやはりコズメ・トゥーラ。

聖ヴィンチェンツォ・フェレーリの絵にある珊瑚とガラスの球は、中でもとりわけ輝いていて、最もリアルだ。

ガラスや珊瑚の球を描く技法を学ぶ学校が当時はあって、この画家たちは皆そこに通っていたのかもしれない。

今日は水曜だ。ジョージは二時間続きの数学、英語、ラテン語、生物、歴史、二時間続きのフランス語をサボっている。今日はその代わり、三十分間（正午からスタート）に第五十五室を出入りする人の数を数え、そのうちの何人がフランチェスコ・デル・コッサの絵の前で足を止め、どれだけの時間それを眺めるかをチェックするつもりだ。

そうすることで、注意持続時間と芸術との統計学的研究ができる。

その後、昼食をとり、キングズクロス駅に戻って、ヘンリーが学校から戻ってくるのよりも先に帰宅する。

そしてキャッシュカードをいつもの場所に戻し、雨が降っていなければ庭に出て、約束通りに、遊牧民のテント小屋にいる少女に日々の挨拶をする。それが終わると家に入り、夕食を作って、父があまりひどくない状態で帰宅することを祈る。

酒に酔うのは素敵な気分だ、と先日、父は言っていた。ふわふわした羊毛にくるまれて、自分と世界との間に分厚いクッションがあるみたいな感じ。

彼がそう言ったときジョージは思った。体中が糞にまみれて草が毛にへばりついている老羊が家の中にいる方が、酒を飲んだ後の父の臭いよりましだ、と。

その日は週末だった。彼女はテレビで映画を観ていた。仲のいいティーンエイジャーの四人の少女が、夏休みをそれぞれ違う場所で過ごさなければならないことが分かって落ち込んでいる。そこで彼女たちは、同じ一本のジーンズを着回す約束をする。変わらぬ友情の印として、自分のいる場所から次の友達のいる場所へとジーンズを送るのだ。すると次には、ジーンズが彼女たちの人生において魔法の触媒として作用する。少女たちはそれぞれの学習曲線を描いて成長する。ある者は自尊心を得、恋に落ち、両親が離婚し、誰かが死ぬ。

一人の子供が癌で死ぬ展開になり、ジーンズがそれを看取る少女に力を与える場面では、居間の床に腰を下ろしていたジョージがそのあざとさに対して狼のように吠え立てた。

彼女はその映画はやめて、引っ越し前にHが持ってきてくれたDVDの一枚を観ることにした。Hは引っ越しにあたって母親が処分することにした映画の山を持参して、ジョージに手渡しながら言った。母親同盟があなたを標的に決めたみたいよ。**一九六〇年代のことが好きで、本格的に喪に服しているかわいそうなお友達にこれを渡して**だって。

本格的に喪に服す。ジョージはその言い回しが気に入った。DVDプレーヤーの隣に積まれた山のいちばん上には、ジョージの部屋の壁に貼られたのと同じ女優の写真があった。それは、無人に近いある島にボートで出掛けていった人々の物語。その後、一人が行方不明になる。文字通り姿を消す。そこから後は皆で彼女を探しつつ、互いに恋に落ちたり、冷めたりする展開。しかし、行方不明の女性は見つからず、何が起こったのかも分からない。ジョージは最初から最後まで床に座ったまま、一歩も動かずに観続けた。その後、ディスクを取り出し、山のいちばん上にあった次のDVDを手に取った。

タイトルはフランス語で、他と似たような映画。字幕はない。再生が始まると、まるで怪しいビデオをコピーしたようで、海賊版並の画像の粗さだった。

父が部屋に入ってきて、彼女の後ろの椅子に座った。

彼女にはそれが臭いで分かった。

何の映画だい、ジョージー?と彼が言う。

ジョージはタイトルを教えようとするが、実際にそうしたら生意気な口をきいていると思われることに気付いて、彼女は笑った。

フランス語、と彼女は言った。

おまえの笑い声が聞けたのはうれしいよ、と背後で彼が言う。

映画は二人の若い男がとても小さな煉瓦塀を作るところから始まった。彼らは煉瓦の積み方を覚えているところなのだろうか？　その後、たくさんの人がフランス語で、ジョージにはさっぱり分からない話をする。政治の話らしい。それから画面は、背の高い草の中に座っている若者たちに切り替わる。ストライキや抗議活動らしき映像もあった。それを観ていたジョージは、ケンブリッジの学生のことを考える。彼らは大学の建物でどのくらい抵抗したのだろう？　警察や警備員が学生に対してずいぶん手荒だったという噂は学校でも聞いたことがある。母はジョージからそんな話を聞き出し、その断片やエピソードをゲリラ広告（サブヴァート）に変えた。

父は今、母がジョージをジョージと呼ぶきっかけになった映画と歌についてだらだらとしゃべっている（ザ・シーカーズが歌う「ジョージー・ガール」は同題のイギリス映画（一九六六年）の主題歌だった）。

私は言ったんだよ、でも、おまえが大きくなって映画の女の子みたいになったらどうするんだって。映画の子は少し冴えない感じで、ちょっと駄目人間っぽいのさ。でも、母さんの言う通りだった。ヒーローらしくない主人公が母さんは好きなんだ。いや、ヒロインらしくない主人公。人は自分らしさを殺さなくても成功を収めることが可能だと、母さんは信じていた。私も含めてね、たぶん。な？　聞いてるか、ジョージ、ジョージー？

うん、とジョージが言う。

彼女はため息をついた。自分の名前の由来となっているという歌が好きではなかったからだ。父はその歌を口笛で吹き始め、世界に新たなジョージー娘が誕生するくだりを歌った。映画に登場する人々はスクリーンに顔が映らない。腕と脚と胴体が座り、あれこれについておしゃべりする。しゃべっているという事実が大事であるかのように、映画はおしゃべりの場面を映し出す。彼らはしゃべりながら、周りの草の茎をいじる。茎の端を折ったり、結んだり。草笛を吹こうとするかのように裂いたり。茎を手に取って、話している最中にたばこの先で焼き、先が燃え落ちたらまたもっと根元の方で同じことをするか、別の茎で試す。次に映画は、文字が落書きされた壁を映し出す。プリュト・ラ・ヴィ（フランス語で「まず生きること」の意）。

あのな、と背後にいる父が言う。おまえは遠からず私のところから出て行く、そうだろ？

ジョージは振り向かなかった。

じゃあ、月へ行くチケットを私のためにもう買ってくれたわけ？と彼女が言った。

沈黙。何年も前におしゃべりを交わしているフランス人たちを除いては。ジョージは後ろを振り向いた。父は真剣な顔をしていた。ぼんやりとしているわけでも、感傷的になっているわけでもなかった。酒に酔っているようにさえ見えなかった。部屋の空気は、明らかにそんな臭いがしていたけれども。

物事の自然の成り行きってものだな、と父が言った。おまえの母さんはある意味、ラッキーだ。おまえを失わなくて済むんだからな。ヘンリーのことも。

父さん、とジョージは言った。私はどこにも行かない。まだ十六よ。

父はうつむいた。泣きだしそうにも見えた。

いつか私が父の話を聞く日が来るのかもしれない、とジョージは思った。でも今は無理。相手は父さんだから。

そう考えていると、惨めな気持ちになった。だから彼女は妥協した。ほんの少しだけ。

ああ、そういえば、父さん、と彼女は言った。私の部屋、雨漏りしてるの。

部屋がどうしたって?と父は言った。

そして背筋を伸ばした。

天井から雨漏りしている、と彼女は言った。しばらく前からそうなってたみたい。ポスターとかの裏だから気が付かなかった。今日初めて気付いた。

父は椅子から跳び上がった。

彼が一段飛ばしで階段を上がるのが聞こえた。

ジョージは興味深い／退屈なフランス映画を停めずに、ラップトップを開いた。そして**イタリアの映画監督**と入力し、画像検索のボタンをクリックした。

暗闇に座る男の写真が現れた。顔の見えないその男は、胸のところに明るい写真を貼り付けている。いや、写真ではない。誰かが文字通り男の体をスクリーンに使い、映画を投影しているのだ。

ジョージはリンクをクリックした。それはある映画監督に関する記事だった。監督はイタリアの美術館で椅子に腰掛け、別の芸術家がその監督自身が撮った映画を最初から最後まで当人の胸に投影するという企画だ。

記事によると、アート企画から間もなくして、この監督は海岸で死亡しているのが見つかったらしい。

記事には、若い男娼（レント・ボーイ）、暗殺、殺人、陰謀説、マフィア、ヴァチカンなどの語が並んでいた。遺体が見つかった場所で花火を上げる人々の写真も添えられていた。

父が屋根裏をのしのし歩き回る音が聞こえた。自分の家の側面に誰かが映画を投影したらどうなるだろう。映画の内容が家の中の居住スペースに影響を与えるだろうか？と彼女は考えた。あるいは、胸に映画を映したら、呼吸に影響があるだろうか？と。

まさか、そんなはずはない。

しかし、人が仮に何かを作ったとして、まるでそれが自分になりかわったかのように常に作品を通して自分が見られるとしたらどうだろう。

ジョージは何世紀も前の絵に囲まれてそこに座っている。いったん世界から消え、ぎりぎり首の皮一枚で生き延び、また何世紀も後に現れた画家の手になる絵を、彼女は見ている。彼の首の皮。がめつさから、より多くの報酬を要求した画家。あるいは、自分の値打ちを知っていたから、より多くの報酬を要求した画家。他の誰よりも自分は腕がいいと考えていた画家。あるいは、自分にはもっと価値があると知っていた画家。

価値とお金は等しいのか？　両者は同じものか？　私たちの存在はお金か？　私たちが何者であ

るかは、いくら稼ぐ（メイク）かで決まるのか？　メイク（「作る」「稼ぐ」などいくつもの意味がある語）という言葉の意味は何？　私たちは作成（メイク）するものと等しいのか？　**ちょっとだけわれを見失うというのも結構楽しいものね。私たちは絵を見た。それ以上、何を知る必要がある？**　金融危機（バンキング）。食料銀行危機（フードバンキング）。テント小屋にいる少女。**（きっとギャラもたくさんもらったんだろう。）**

ちょっとの間、この道徳的難問について考えてみて。

彼女は首を横に振る。頭の中に、からからと音を立てる硬い物がいっぱい詰まっているみたいだ。風で部屋の天窓が勝手に開き、家の裏にあるシカモアカエデの種と羽と枯れ葉が部屋に舞い込んで、机、ベッド、本、床の上に散らばり、洗濯してある彼女の服の上に町のごみが積もった、あの十一月の午後のよう。

美術館は普通の生活空間とかなり違う。概してすごく清潔だ。どんなパンフレットでもオンラインガイドでも誰も改めて触れてはいないが、ジョージにとって売りなのは、匂いが素敵ということだ。少なくともこの新しい翼棟はそうだ。ジョージは古い翼棟については知らない。ここは木の匂いがする。今、静かだと思うと、あっという間に騒がしくなることがある。ベンチに腰を下ろしていると、部屋には他に誰も（案内係を除いて）いないこともある。とはいえ、他の部屋の足音は常に聞こえる。どこの床も簡単にきしむからだ。そしていきなり、日本やドイツなどからやって来た旅行者の大集団で部屋がいっぱいになる。時には子供、時には大人。たいていは通路の先の、レオナルド・ダ・ビンチが描いた下絵（カートゥーン）を見る順番が回ってくるのを待つ間の暇つぶしだ。そちらには普段からもっと長い列ができている。

彼女は携帯を取り出し、Hにショートメッセージを送る。

——レオナルド・ダ・ビンチが漫画（カートゥーン）を描いてたって知ってた？

ジョージは統計学的実験に備えてノートとペンを準備する。

Hからはすぐに返事が来る。

うん、彼は時代の先駆者。ヘリクス・ザ・キャットを考えたのも彼（ダ・ビンチの描いた猫のスケッチが現存することと、アニメなどにもなっているフィリックス・ザ・キャットと、ヘリクス（螺旋・ツイストの意）をかけている）

Hは既にデンマークに引っ越した。町の名前はスコットランド系の人が発音すると売春宿（ホアハウス）と聞こえそうな音（おそらくオーフスのこと）。引っ越したその日から、携帯にメッセージが届くようになった。内容はかなりばらばら。Hが今どこにいるか、向こうはどうか、Hが何を感じ、何をしているか、みたいな話はまったくなかった。Hは普通の人が話すようなことには一度も触れなかった。その代わり、メッセージは何の説明もなしに、情報を載せた矢のように空間を飛び、標的、すなわちジョージに届いた。

最初のメッセージはこうだった。

母親の名前はフィオルデリシア・マストリア

次いで、かなり時間が経ってから、

父親は大聖堂の鐘塔を建てた

翌日、

彼は一四七〇年三月二十五日にエステ公ボルソに手紙を書いて、あなたが見に行ったあの絵に対してより多くのお金を要求した

このメッセージの後、ジョージは、それらが二人の間にあるリアルなものに関する内容だと気付いた（彼女はそれまで一度も返事を書いていなかった。携帯を手に取って返信しようとするたびに、単語の途中まで、あるいは数単語を入力したところで手が止まり、それを消去し、結局、何も送信していなかったから)。
二時間後に次のメッセージ。
公爵は手紙の下の余白に、ラテン語でこう記している。彼には既に決まっている金額で満足させろ
その夜遅く、
彼は肩を落として町を去り、仕事を探して別の場所に移った
翌日は朝と晩に、
一四七〇年三月二十五日は金曜
そして
長年の間、彼の絵はすべて、別人が描いたものと考えられていた
そこで画家に関する情報は尽きたようだった。
代わりにそれから数日の間、Hはジョージに向けて謎めいた小さな矢をラテン語で飛ばしてきた。
レース・ウェーサーナ・パルワクエ・アモル・ノーミネ
アディウウェーテ
プエッラ・フルウィース・オクリース
クエム・ウォロー・エス
クイーンゲンタ・ミーリア・パッスウム・アンブレム
ラテン語が届き始めた翌日、ジョージはメッセージを解読し、俺は五百マイル歩く(I would walk five hundred miles)(ラテン語で書かれた五つめのメッセージの意味)というのは眼鏡をかけたおたくっぽいスコットランド人の双子デュオの歌だと突き止めた。

彼女は曲をダウンロードして聴いた。

その後、ヘルプ！（Help!）、愛という名の欲望（Crazy Little Thing Called Love）、ブラウン・アイド・ガール（Brown-Eyed Girl）（先のラテン語二つ目、一つ目、三つ目を英訳するとこれらのタイトルになる。それぞれ、ザ・ビートルズ、クイーン、ヴァン・モリソンの楽曲）というタイトルの曲をダウンロードし、そのすべてを聴いた。彼女はプレイリスト――新しい携帯で最初のリスト――を作り、ラテン語でタイトルを入力した。クエム・ウォロー・エスがおそらく愛のデュエット（You're The One That I Want）（ジョン・トラボルタとオリビア・ニュートン・ジョンが映画『グリース』で歌った曲）だと気付いたときには思わず吹き出していた。

どれもとてもいい曲だった。それに、ラテン語を取っていなかったHがこれほど上手な翻訳をしたというのはさらにすごいことだ。

それはまた、例えば、スーパーマーケットで買い物をしている最中にスピーカーから歌が流れてきたときに、今後はもうそれが気にならないことをも意味している。ありがたい。ほぼどこに出掛けても常に歌は流れているし、買い物、カフェ、テレビのCMなどで歌を聞かされるのは大変な苦痛だ。

おまけに、Hのおかげで聴いた曲はどれも、そこら中で耳にするタイプの曲だった。しかしそれだけではない。よく耳を傾ければ、それらの曲もまたそれなりにいい歌だ。それらを彼女が聴くことを誰かが望んでいる、単なる誰かではなく、ヘレナ・フィスカーがそう望んでいるという事実は、さらに奇妙でもあり、素晴らしいことでもあった。

それは、会話をするのに何もしゃべる必要がないという感じに似ている。Hはジョージの耳に個人的に届く言語を探っているかのようだ。ジョージに対してそんなことをしてくれた人は、これまで一人もいなかった。彼女は今までずっと、他人の言葉をしゃべってきた。彼女にとってそれは新鮮だった。その新鮮さは、なじみの古い事柄――そういう古い歌や、ラテン語そのもののように大昔のもの――を新たな存在に変える力を持っていた。しかもそれらは、新たな存在に変わったからといって、それらが本来持っている何かを失うことはなかった。それを何と呼べばいいのだろう？ジョージはナショナル・ギャラリーの新しい翼棟で、古い絵画の前に座り、言葉を探る。

本来持っている古典的な威信？

彼女はうなずく。それだ。今起きていることが物事を新しくすると同時に、古いものでもあらしめる。その両方。

歌をダウンロードした後、彼女は最初の返事をHに送った。

またヘリクスしよう。去年の夏みたいに。

彼女はすぐに次のメッセージを送る。

（ヘリクス：ギリシア語でツイストのこと）

返ってきたメッセージは、外の世界とジョージの胸との間にあるものを貫いた。つまり、ジョージは文字通り、何かを感じた。

あなたの声が聴けてうれしい
シルヴィー・ヴァルタンという名の（どうやらジョージが少し似ているかもしれない）歌手の声のよさは、どうしても角が取れないところ、あるいは嘘がつけないところにある。その上、録音されたのは何十年も前のことだが、彼女の声には常に、耳に届いた瞬間に生まれる荒々しいライブ感がある。それはいわば、サンドペーパーでこすられているような快感だ。今、生きていることを実感させる声。ジョージは激しくて悲しいものを聴きたくなったとき、**夢見る**とか**読む**とかいう単語をシルヴィー・ヴァルタンがフランス語で狼のように吠えるのを聴く。先週のある日、彼女はイヤフォンを差して自転車に乗り、この曲をリピートモードで聴きながら、母が亡くなったアデンブルックス病院に向かった。そして病院を通り過ぎてさらに進み、町外れを目指した。前日の朝、ロンドンへ電車で向かう途中に、金属製の構造物が窓から見えたからだ。その彫刻のようなものは、二重螺旋によく似た形をしていた。

それは実際にＤＮＡの構造を模した彫刻で、二マイル続く自転車道（ケンブリッジの南部に作られたＤＮＡ自転車道（DNA Cycle Path）と呼ばれるもの）の起点を表す印だった。アスファルトには、ヒトの遺伝子の一つを構成する一万二百五十七の要素を表す小さな四角が異なる色でペイントされていた。

彼女は早春の太陽の下、自転車道脇の草むらに腰を下ろした。草は湿っていた。彼女はそれを気にしなかった。蜂や蝿が飛び回っていた。小さな蜂のような生き物が上着の袖に止まり、彼女はそれを人差し指で正確に弾いた。

しかし、その直後、自分の指がそれほど小さな生き物にどれだけ大きな衝撃を及ぼしたかに彼女は気付いた。

きっと、まったく予期せぬタイミングに、空中で振り回された巨大な木の幹にぶつかったようなものだ。

神様に殴られた気分かも。

そのとき彼女は、何かぼんやりしたものが動くのを曇りガラスを透かして見ているような感じで悟った。愛は向こうからやって来るもので、自分にはどうすることもできないのだ、と。

未知という雲、と母が彼女の耳元で言った。

それが既知の雲と出会う、とジョージは頭の中で返答した。

それから彼女は、携帯のカメラを地面に向けながら、遺伝子一つ分の距離をサイクリングした。

そして終点にあるもう一つの二重螺旋彫刻を写真に収めた。

彼女は携帯の画面で写真を見てから、また実物の彫刻に目をやった。

それは派手なベッドスプリングか、特注品の梯子に見えた。同時に、叫びにも似ていた。もしも大空へ叫ぶ声に何かの形があるのだとしたら。それは歴史と正反対の存在にも見えた。学校ではいつも、DNAの歴史はこの町で作られたのだと教え続けているけれども。

でも、もしも歴史が実際に叫びだったとしたらどうなのだろう？　あの上に向かうバネ、梯子みたいなもの、実際には歴史と全然違うものをただ習慣的にそう呼んでいるだけなのだとしたら？　一般に歴史と呼ばれている概念が詐欺的なものだったとしたら？

詐欺に遭った概念。ハハハ。

ひょっとすると、そんなバネを抑えつけようとするもの、あるいは上に向かう叫びを妨げようとするものは、本当の歴史の成り立ちに対峙する勢力ではないか。

彼女は家に帰ると動画と写真をダウンロードし、送信した。

あなたがこっちに戻ったら、ヒトゲノムの三万分の一の距離をサイクリングしようと彼女は書いた。**ヒトゲノム全部の長さをサイクリングしたかったら、休憩なしでも四年かかる。仕事を分担して、それぞれが半分の距離をサイクリングすることにしたら二年ずつ。でも、楽しさは激減。その距離は地球十五周分。半分ずつなら七周半。**

このEメールを半分くらいまで書いたとき、ジョージは最初の文で、しよう（ウィル）という未来形を使ったことに気付いた。まるで未来などというものが存在するかのように。

！

それから、ロザリンド・フランクリンが二重螺旋の発見に対する功績を危うく認められ損なうと

ころだったって知ってた？（たぶん知ってたでしょうけど）。彼女自身、クリックとワトソンによる発見の元となるX線回折写真を撮影して、同じ発見に向かっていたのに。彼女が自分の研究について話している姿を見たワトソンは、回折に関する講義ではもっと優しく軽い口調でしゃべった方がいい（！）と思った。彼女が眼鏡を外して、少し髪型に気を配れば、もっと興味を持って話が聞けると彼は考えたらしい。だから、例の建物解体用鉄球（レッキング・ボール）の歌に新しい歌詞を加えなきゃならない。だって、そんなことがあったのはたった六十年前のことだから。六十年といえば、あなたのおばあちゃんの年齢より短い。私の母が生まれるわずか十年前の話。これぞまさに、真の歴史の生成に対峙する歴史的事実。それはさておき、動画に写っている緑の帯はアデニン、青はシトシン、黄色はグアニン、赤はチミン。

ああ、そうそう、ついでに、覚えてるかな。以前訊かれた質問の答え。テー・センペル・ウォラム（私はいつでもあなたが欲しい）。

どうか覚えていて、そう願いながら彼女はメールを送信した。

嘲笑的！　ジョージのことを表現するのに、寛大とセットで母が使った言葉はそれだ。冷笑的ではない。

思い出すときって地震みたいな感じ、とヘンリーが昨日言った。時々、ほとんど丸一日、思い出さないこともある。そして突然思い出すんだ。それか、昔あった別のことを思い出す。例えば、みんなで例の店に入って、息を吹き込んだら長い紙筒が出てくる笛を買ったときのこと。

ヘンリーは学校で出された地震と津波の課題をやっている。彼が調べたことを書き込み、スケッチをしている教科書の表紙には、巨大な手が持ち上げて、横倒しに置いたような高速道路の写真が使われている。トラックや車はすべて道路から滑り落ち、道路のそばで車輪を上に向けてひっくり返っている。

奇妙なことだが、写真は美しい。この本に収められた写真はどれもきれいだ。地割れの走る道路。塔が縦にちょうど半分だけ崩れて、てっぺんにあった時計のローマ数字が七から十一まで残り、あとの半分が空（そら）になっている光景。避難用テントを背景に、やかんを手にして立つ幼い少女。それは自然災害の写真なのに、ファッション誌の写真に似て見える。災害に遭った場所の写真はほとんどどれでも、実際の死者が写り込んでいない限り、ファッション誌の写真（ファッション・シュート）のように見える。

遅かれ早かれ、と母がジョージの頭の中で言った。**死者の写り込んだ写真まで、ファッション誌の写真みたいになるでしょうね。**

銃殺されたファッション（ファッション・ショット）。ハハハ。

いいゲリラ広告（サブヴァート）になりそうだ。

ジョージは弟がカウンターテーブルで地震と津波に関する本を開いて、しおれた花のようにうなだれているのを見た。

彼女はその横に椅子を近づけた。

あなたは地溝、と彼女は言った。

僕が何？と彼は小さな声で言った。

あなたは断層、と彼女は言った。

違うもん、と彼は言った。

いえ、そうなの、あなたはサンアンドレアス断層。あなたは構造（テクトニック）プレート、と彼女は言った。

姉ちゃんが構造プレートだ、と彼は言った。

棒や石なら骨が折れるかもしれないけれど、言葉じゃ傷つかない（英語のことわざ）、と彼女は言った。

あなたは漂流する大陸。

姉ちゃんが漂流する大陸だ、と彼。

あなたは漂流する大厄、と彼女は言う（その微妙な意味はヘンリーにはほとんど伝わらないけれども）。あなたはリヒター・スケール（地震の規模（マグニチュード）を表す尺度）。あなたは鱗だらけ（スケーリー）のリヒター。にばか。

棒や石なら、とヘンリーが言った。

彼は悲しそうな顔で、鼻歌を歌い始めていた。

骨が折れるかもしれない。棒や石なら。

ジョージは庭に出た。そして小石と生垣の小枝を集めた。彼女はキッチンに戻り、ヘンリーの上にそれをばらまいた。小さな枝や葉が彼の髪に絡みついた。砂利が一面に飛び散り、砂糖、バター、スプーンの引き出しの中に入った。

ヘンリーは自分の体の上と周囲に散らばるごみを見回し、驚いた表情で彼女を見上げた。

骨は折れた？と彼女は言った。どう？

彼女は彼を少しくすぐった。

この骨が折れた？と彼女は言った。こっちの骨？　それともこれ？

うまくいった。彼は降参し、顔が明るくなった。そして笑い、彼女の腕の中で体をねじった。

よし。

彼女はバターと砂糖の中から、スプーンで砂利をすくい出した。そして枝と葉と砂をペーパータオルで拭き取って、テーブルをきれいにした。彼女は自分たちの夕食に卵を料理した。（ポプラ材に卵テンペラ。こじゃれたレストランの料理みたい。どんな味がするだろう？　数百年前という大昔に産み落とされた無数の卵を材料に描かれたすべての絵画、その卵を産んだ鶏たちの短い生命について考えてみよ。）

ジョージがヘンリーを風呂に入れ、床に就かせたときには、ヘンリーの頭には棒と石のジョークの余韻がまだ残っていて、ジョージの髪にはまだ砂利が残っていた。

地球は岩でできている。地球が生まれたのは四十五億年以上前。五百年という時間など何でもない。瞬きするほどの時間。いや、それ以下だ。

震度四から五で、壁や棚から物が落ちる。

震度六では壁そのものが崩れる。

地球上では毎年、数千の地震が起きている。大半は、誰も気付かないほど小規模だ。

しかし、いくつかの兆候に人は注目するようになった。犬が吠える。カエルが一帯から姿を消す。空が奇妙な光で満たされる。

ロック先生、と、ジョージは前回ロック先生と面談したときに言っていた。私は今、硬いところと先生との間にいるんです。

ロック先生がほほ笑みに近い表情を浮かべた。

だから私は、硬いところじゃなくて、先生のいる方へ向かうことにしました、とジョージは言った。

ロック先生は少しおびえた顔に変わった。

それからジョージはロック先生に、嘘をついたことを後悔していると話した。

私がミノタウロス（ミノター）という言葉を口にした後で、先生の聞き間違いだというふりをした日のことです、とジョージは言った。あれは聞き間違いじゃありませんでした。私は実際にそう言ったんです。なのに言わなかったふりをしました。私は正直に言って、謝りたかった。私は先生を手こずらせたかった。それと、この数週間、先生にお話ししたことはすごく被害妄想じみたことばかりでした。

特に母のこととか。私は話をでっち上げていたんです。今では自分でもそれが分かります。

ロック先生はうなずいた。

それから先生はジョージに、ミノタウロスの物語は、人が混乱（メイズ）したときの対処法を表現しているのだと話した。今使った単語は仰天（アメイズ）ではなく、混乱（メイズ）だと彼女は念を押した。人が迷路で混乱したとき、そこから抜け出るためには、自分が残した糸をたどって、来た方向へ戻るのがいい。それはつまり、自分の来し方、自分のルーツを知るということと大いに関連している――

私の意見は先生の解釈と少し違います、とジョージは言った。

ロック先生は話をやめた。彼女は人に話を遮られて、仰天（アメイズ）しているようだった（あるいはひょっとして混乱（メイズ）していたのかも）。

ジョージは首を横に振った。

話にはひねり（ツイスト）が必要だというだけのことだと思います。物語には外部からの助けが要るんです、とジョージは言った。もしも女の子がテセウスに糸玉を手渡していなかったら、きっと彼は迷路から出られなかったでしょう。今でもまだ迷路に閉じ込められていたかもしれないし、ミノタウロスだっていまだにアテナイの乙女を決められた数だけ要求し、食べていたかもしれない。

ええ、もちろん、とロック先生が言う。でもね、ジョージア、他方で、その物語の比喩的な意味としては――

ああ、ロック先生、正直に言うと、私は物語の意味というものには本当に、心底、うんざりしているんです、とジョージは言う。私にとって、亡くなった日の朝の母はとても煩わしかった。母は私のことをかわいい王子様って何度も呼んだんです、王室に生まれた新しい赤ん坊が私と同じ名前を持っていたから（二〇一三年七月二十二日にウィリアム王子とその夫人キャサリンとの間に生まれた長男ジョージのこと）。私の両親は去年の夏から、そうやってふざけるようになりました。おかげで毎朝、私は玄関で母にキスをされそうになりながら、それを振り切って学校に行かなくちゃならなかった。そして次に母が家に帰ってきたのは二週間後。そのときにはもう灰となって、段ボール箱に入れられていました。父はそれを仕事用ヴァンの助手席に置いて町を走り、母が好きだった場所に少しずつまいて回った。でも、屋外の場所ばかりですよ。あまり騒がれないように、そしてあまりひどい法律違反にならないように。とはいっても、父は一部はポケットに入れてロンドンまで持って行って、母が好きだった美術館や劇場や仕事場の建物の、外側と内側のひびや隙間を探したりもしました。そして親指の先でそこに、母の一部を押し込んだ。そして箱にはまだたくさん母が残っているので、この夏は皆で母をスコットランドや外国など、彼女が好きだった場所に連れて行くことができる。要するに。私が言いたいのは。申し訳ないのですが。比喩ではないんです、ロック先生。

沈黙。

(石のような沈黙と呼んでもいいかもしれない。)

ジョージは本当にそんなことを言ったのか?

いいや。

やれやれ。

ジョージが実際に口にしたのは、最初の一文だけ。**私は物語の意味というものには本当に、心底、うんざりしているんです**から先は何も言っていない。

しかし、母のことを思い浮かべてみよう。母がほほ笑む姿、ミノタウロスの目を見詰め、ウィンクする姿を。

母の遺灰を持って雨の中を車で走り、母の望む場所を探す父の姿を。

父のそんな姿を思い浮かべた途端、ジョージの頭の中で未来時制のヴィジョンが開けた。それは夏の光景。二か月ほど後のある日、ジョージが学校かロンドンから戻ると、父が前庭でホースを手に持ったまま立っている。父は今、誰にも触らせない高価なボーズのヘッドフォンを使ってベートーヴェンの交響曲を聴いている。そしてまず元気よく(コン・ブリオ)、次いでゆったりと(アンダンテ)指揮をしながら、新しく植えた緑色の芝に水をまいている。

しかし、時間は未来から今に戻る。ロック先生にはまだ、話を遮られたショックが残っている。

ロック先生は限界まで上がりきっていた眉毛を元の位置まで戻した。彼女はジョージが別のことを言うかどうか見極めるために間を取っている表情を見せた。

ジョージも同様に、これ以上は何も言わないと先生に伝える表情を作った。

ロック先生はゆっくりと息を吐いた。そして前に身を乗り出した。彼女はジョージに、あの単語を口にしながら言わなかったふりをしたことについて正直に話してくれてうれしいと言った。それからまた、少なくともそこまでジョージが沈黙を保ったままだったので、椅子に深く座り直した。そして次に、真実を語る人が古代のギリシアでどう思われていたかという話を始めた。

ギリシア人の生活や哲学において、真実を語る人というのは非常に重要な存在だった、とロック先生は言った。普通は何の権力も、取り立てて言うほどの社会的地位も持たない人よ。そんな人が、お上(かみ)が間違っていると思ったら彼ら自ら立ち上がって、耳障りなことであっても本当のことを大きな声で訴えるの。たとえそれで自分たちの命を脅かすことになろうとも。

彼らじゃなくて、彼または彼女。自分たちの命じゃなくて、自分の命。ついでに言うと、二つ目のたとえ、というか例示の方がミノタウロスの話よりもずっと効果的だったと思います。

ロック先生が机の上に鉛筆を置くと、コツリと音がした。彼女は首を横に振った。そしてほほ笑んだ。

ジョージア、と彼女は言った。きっと自分でも分かっていると思うけど。あなたって本当に文法に細かいわね。

それは褒め言葉だと思って受け止めておきます、ロック先生、とジョージは言った。

ええ、ジョージア、それでいいわ。来週火曜日、同じ時間に、とロック先生が言う。じゃあまた。


ジョージがノートを開く。時刻は昼近い。

ここまでの物語の構造に従うなら、そろそろ友人が入ってくるか、玄関が開くか、何かのプロットが現れる頃だ（しかしどんな種類のプロットか？　死者が埋葬された区画の話？　建物が建てられる土地の話？　秘密の戦略の話？）。物語におけるひねりの魂が次に待ち受ける物語へと優しく後押しを始める頃合い。

ジョージはそれに備え、待っている。

彼女は美術館にある適当な絵を見たり見なかったりする客を数えようとしている。

彼女がまだ知らないのは、今からおよそ半時間ほど後、数を集計（部屋を通過したのは計百五十七人、そのうち、絵を見た時間が一秒以内なのは二十五人。一人の女性は立ち止まって額縁の彫刻を見るけれども、絵を見るのはわずか三秒間。十代後半の女の子が二人と男の子が一人立ち止まって、聖ヴィンチェンツォの河童みたいな髪型と第三の目みたいに見える額のできものについて冗談を言い、丸十三秒間絵の前に立っていた）している最中に、次のことが起こるということ。

〔リサ・ゴリアード登場〕

ジョージはたった一度、空港で見掛けたことしかないけれども、すぐにそれが彼女だと気付く。美術館のこの部屋に入ってきたリサ・ゴリアードは一瞬、周りを見回し、ジョージを見るが、それが知り合いの子供とは気付かず、ジョージの目の前、彼女と聖ヴィンチェンツォ・フェレーリとの間に立つだろう。

彼女は数分間、絵の前に立つ。ジョージを除けば、そこまで長い時間、絵を見ていた人はいない。それから彼女はブランド物のバッグを肩に掛け直し、部屋から出て行く。

ジョージはその後を追う。

ジョージは人混み（人はたくさんいるだろう）に紛れながら彼女のすぐ後ろに立ち、階段を下りながら、問い掛けるように名前（リサ？）を呼んで、本人であることを確かめようとする。名前を呼んで振り返るかどうかを確認し（実際に彼女は振り返るだろう）、振り返ったら目を逸らし、普通のティーンエイジャーという顔をして、名前を呼んだのが自分ではないふりをする。

ジョージは自分でも意外なほど、尾行の才能を発揮する。

彼女は普通のティーンエイジャーを装いながら密かに女を尾け、地下鉄駅に降り、また地上に出て、ロンドンの街を反対側まで移動する。やがて女は家に着き、中に入って、扉を閉める。

それからジョージは道路を挟んだ向かい側にしばらく立つ。

次にどうすればいいのか、今いるのがロンドンのどのあたりなのかさえ、もはや彼女には分からない。

オーケー。

彼女は家の真向かいに低い塀があることに気付く。そしてそこまで行って腰を下ろす。

一。ルネサンス初期の専門家か、聖ヴィンチェンツォ・フェレーリの専門家（可能性は低いが、ありえる）でもない限り、広いロンドンにある無数の絵画の中であの絵を知らないだろうし、わざわざ見に行こうとも思わないだろう。となると、あの女性が絵に関してその存在という基本的事実を含め何かを知っていたということは、ジョージの母がフェラーラに出掛けたときからきっと何らかの形で彼女をつけ回していたはずだ――今、ジョージを尾行しているのでなければ。

二。ジョージの母は亡くなった。葬式があった。母は今、灰だ。それなのに、どうしてこの女はいまだに母を追っているのか？　それとも、追っている相手はジョージなのか？（それはなさそうだ。ともかく、今はジョージの方が女を追っている。）

三。（そしてジョージはこの可能性を考慮して、自分の目が大きく見開かれるのを感じる。）ひょっとして、そのすべての根底に、突き詰めてみれば、愛の証拠があるのかもしれない。

ジョージはそう考えて腹を立てるだろう。

同時に、母に対する誇りが心を満たす。とりわけ、母の才能に驚嘆することになるだろう。

ミノタウロスの迷路とミノタウロスを撃退する能力とはまったく別物だ。

まさにその通り！

ハイタッチ。

その両方。

ちょっとの間、この道徳的難問について考えてみて。想像してみて。あなたは芸術家だとする。

女の家の向かいにある塀に腰掛けたジョージが携帯を取り出す。そして写真を撮る。

さらにもう一枚。

その後、しばらくそこに座ったまま、家を見張る。

次にここに来るとき、彼女はまた同じことをする。そして母の目の代わりに、自分の目を使う。

家を見張っている姿を誰に見られようと、彼女は気に懸けないだろう。

しかし、これらのことは起きていない。

少なくとも、まだ起きてはいない。

今、ジョージは現在時制において美術館でベンチに座り、壁に掛かる古い絵を見ている。

間違いなく、意味のある行動だ。予見可能な未来においては。

訳者あとがき

本書はAli Smith, *How to Be Both* (Pantheon, 2014) の翻訳である。

作者アリ・スミスは一九六二年にスコットランドで生まれ、ケンブリッジ大学大学院を出た後、スコットランドのエディンバラで教鞭を執るが、再びケンブリッジに戻り、作家として活動を始めた。最初に発表した短編集（*Free Love and Other Stories*［1995］）はスコットランドのサルティア文学新人賞を受賞。初の長編は『ライク（*Like*）』（一九九七）。長編第二作『ホテルワールド（*Hotel World*）』（二〇〇一）はスコットランドの数々の文学賞を獲得し、オレンジ賞、ブッカー賞の最終候補にもなった。第三作『アクシデンタル（*The Accidental*）』（二〇〇五）はホイットブレッド賞を受賞。ここに訳した『両方になる』はアリ・スミスの長編第七作。ブッカー賞およびフォリオ賞の最終候補となり、ゴールドスミス賞とコスタ賞（旧ホイットブレッド賞）に輝いた。その後は、季節四部作として企画されているシリーズの長編『秋（*Autumn*）』（二〇一六）と『冬（*Winter*）』（二〇一七）を立て続けに発表し、ともにポスト欧州連合脱退（ブレグジット）のイギリスを描く傑作として好評を博している。

邦訳としては、二〇〇三年にＤＨＣから刊行された『ホテルワールド』以外に、岸本佐知子さんの編んだ『変愛小説集』（講談社、二〇〇八年）に収められた「五月」をはじめ、いくつかの短編が日本語に訳されている。アリ・スミスは数々の受賞歴からも明らかなように、イギリスでは既に確固たる実力派作家としての地位を得ている。二〇一八年にタイムズ文芸付録が約二百人の作家・批評家・学者を対象にして、イギリスおよびアイルランド在住の最も優れていると考える存命作家を挙げてもらうアンケートを行った際にも、カズオ・イシグロやゼイディー・スミスなどをおさえてアリ・スミスが第一位に輝いた。本邦でも、雑誌やアンソロジー掲載の翻訳紹介を通じてじわじわと人気と注目を集めつつある。言葉遊びや印象的な警句、笑えるエピソードや謎めいたやり取りがテンポよく繰り出されるのがスミスの持ち味だと言っていいだろう。薬の説明書みたいな言い方をするなら、彼女の作品は「読むと元気が出る」「心が軽くなる」という効能があるように思う。

実は本書には、おそらくほとんどの読者が目にしたことがないと思われるような、驚くべき仕掛けがある。通常、訳者のあとがきは簡単な作品解説も兼ねているので、本来ならここで、簡単にでもその説明をしたいところなのだが、「どんな仕掛けがあるのかは、本そのものの中に絶対に書かないでほしい」という作者の希望があって、それはできない（ただし、書評や広告で仕掛けに言及するのは自由だ。本年の新潮クレスト・ブックス・フェア小冊子でも、拙著『実験する小説たち』でも仕掛けを明かしている）。

さて、その仕掛けとも関係するのだが、奇妙なことに本書は、ともに第一部と題された二つのパートから成る。目のマークが記されたパートでは、十五世紀頃に実在したイタリア人画家フランチェスコ・デル・コッサ（の魂）が地中からよみがえって現代のイギリスに現れ、ケンブリッジに暮らすティーンエージャーの女の子を見守りながら、自分が生きた十五世紀の出来事を一人称で綴る。生きる時代も場所も大きく異なるフランチェスコには、少女がしゃべる言語が理解できないばかりでなく、自動車やスマートフォンが何をするものなのかも分からない。

監視カメラのマークが記されたもう一つのパートでは、〝目〟のパートで画家に見られているのと同じイギリス人少女が、母を突然失った悲しみから立ち直ろうとしている。そして、母と行ったイタリア旅行の思い出や、謎めいた友人Hとの交流が三人称で語られる。

以上二つの語りが並置されることで、この本には不思議な遠近法的効果が生まれている。二つの物語がどう関係するのかについて論じると、大事な部分でネタバレに近いことになりそうだが、ネタバレしてもさほど面白さは減じられないとも思うので、ほんの少しだけ説明しておこう。ネタバレが心配な方は次の短い段落を読み飛ばしてください。

最も単純に解釈すると、〝目〟パートの物語は、ジョージが（Hの助けを借りて／あるいはHのために）書いたものに見える。実際、フランチェスコの綴りは通常 Francesco なのに、この小説の中では Francescho と綴られているのは、「Hがプラスされている」という一種の遊びを意味しているのかもしれない（残念ながら、邦訳ではその遊びを再現することはできなかった）。他方で、〝監視カメラ〟パートの物語は、十五世紀にあったかもしれないし、なかったかもしれない〝目〟パートみたいな下絵（物語）から派生しているようでもある。

「両方になる」という本書のタイトルは、男と女、過去と現在、白人と有色人種、領主と人民、快楽と美など、いくつもの二項対立を無化（無効化？）する方向への動きを肯定している。だが、この小説の魅力は、そうした大胆かつ知的な試みが、非常に軽いタッチで成し遂げられているところにある。だから、読者の皆様にはぜひ、訳者がここにくだくだと書きたがるような面倒な理屈は抜きにして、どっぷりとアリ・スミスの語りの魅力に浸っていただきたい。

二〇一七年の後期に、大阪大学大学院言語文化研究科の演習でともに『両方になる』を読んでくれた安保夏絵さん、小倉永慈君、久保和眞君、小口洋輔君、シー・イン・ハンさん、舞さつきさん（五十音順）に感謝します。実験小説概論の延長で、その実例として読み始めただけのつもりが、登場人物や家具の位置関係、塀の高さや構造、しぐさや言い回しや言葉遊び一つ一つの含意など、脱線気味な私のおしゃべりに延々と付き合わせることになってしまいましたが、同時にいくつも示唆的なコメントをもらい、あの場の私は教員と学生の両方になれた気がします。ありがとう。企画と編集に当たっては、今回も新潮社の佐々木一彦さんに大変お世話になりました。ありがとうございました。そしていつものことながら、訳者の日常を支えてくれるFさん、Iさん、S君にも感謝します。ありがとう。

二〇一八年八月

木原善彦

Ali Smith

How to Be Both
Ali Smith

両方(りょうほう)になる

著 者
アリ・スミス
訳 者
木原善彦
発 行
2018年9月25日
4 刷
2023年3月30日
発行者 佐藤隆信
発行所 株式会社新潮社
〒162-8711 東京都新宿区矢来町71
電話 編集部 03-3266-5411
読者係 03-3266-5111
http://www.shinchosha.co.jp

印刷所
株式会社精興社
製本所
大口製本印刷株式会社

乱丁・落丁本は、ご面倒ですが小社読者係宛お送り下さい。
送料小社負担にてお取替えいたします。
価格はカバーに表示してあります。

ISBN978-4-10-590152-3 C0397